길을 노래하는 사람들

길을 노래하는 사람들

초판 1쇄 인쇄 ┃ 2019.10.11
초판 1쇄 발행 ┃ 2019.10.21

지은이 ┃ 김연식
발행인 ┃ 황인욱
발행처 ┃ 도서출판 오래

주   소 ┃ 0491 서울시 마포구 토정로 222, 406호(신수동, 한국출판컨텐츠센터)
전   화 ┃ (02)797-8786~7, 070-4109-9966
팩   스 ┃ (02)797-9911
이메일 ┃ orebook@naver.com
홈페이지 ┃ www.orebook.com
출판신고번호 ┃ 제2016-000355호

ISBN 979-11-5829-053-5 (03810)

이 도서의 국립중앙도서관 출판예정도서목록(CIP)은 서지정보유통지원시스템 홈페이지(http://seoji.nl.go.kr)와
국가자료공동목록시스템(http://www.nl.go.kr/kolisnet)에서 이용하실 수 있습니다.(CIP제어번호: CIP2017033306)

길을
노래하는
사람들

김연식 지음

圖書出版 오래

2018년 여름.

8년간의 자치단체장 생활을 마치고 고향을 찾았다.

정치인으로 생활한지 12년이 지났지만 그래도 내 나이 아직 50에 불과했다. 시골에서 여유를 부리기에는 아직 이른 나이지만 그래도 모처럼 찾아온 휴식을 피하고 싶지 않았다. 가끔씩 어머니가 하고 계시는 농사일도 돕고 맑은 공기를 마시며 산에 오르기도 했다. 그러면서 보고 싶었던 책도 읽고 틈틈이 글을 쓰며 마음의 여유도 찾았다.

이번에 출판되는 책은 나름대로 의미가 있다.

평소 길에 관심이 많았던 나는 2015년 동해 삼척 태백 영월 정선 등 강원도 5개 지역 시장군수와 충북 제천 단양 충주 음성 진천, 경기도 안성 평택 등 12개 지역 시장군수가 참여하는 동서고속도로 추진협의회 초대회장을 맡았다. 동서고속도로는 경기도 평택에서 충북을 거쳐 강원도 영월 정선 태백 삼척 동해안으로 연결되는 말 그대로 동서축의 고속도로이다. 현재 평택에서 제천까지는 개통돼 있지만 제천~강원도 구간은 미착공 상태이다.

나는 회장을 맡으면서 틈나는 대로 동해 삼척 태백 영월 정선 등을 다니며 도로사정을 살피고 주변사람들의 얘기도 들었다. 그리고 동서고속도로에 포함된 지역은 아니지만 평창과 횡성을 오가며 주민들의 삶과 역사 문화 등을 보고 들을 수 있었다.

　길은 서로 다른 곳을 연결하는 통로이다.
　인류는 문명의 발전과정에서 끝없이 길을 만들고 넓혀 왔다. 길의 연장과 확장은 인류의 진화를 나타내는 척도이고 문명의 발전 정도를 가늠하는 궤적이다.
　얼마 전 뉴스를 보니 북한의 고속철도와 고속도로 건설비용이 수 십 조원에 달한다고 했다. 우리가 그렇게 원하는 제천~삼척 간 동서고속도로 건설비용은이 4조5,000억 원인데… 우리 동네부터 먼저 해주고 북한에 해 줬으면 좋겠다는 생각이 가득했다. 우리가 낸 세금으로 왜 북한부터 해 줘야 하나… 이런 생각을 하니 가슴이 답답했다.

　아니나 다를까?

학교 도서관에서 프롤로그를 쓰면서 잠시 휴식하는 사이 눈에 들어오는 글이 있다.

> 〈김정은 대장 동지의 위대성 교양자료〉
> 청년대장 동지는 3세 때부터 총을 들었다. 자동총으로 1초에 3발을 쏘았고, 100m 앞에 있는 전등이나 병을 명중시켰다.
> 8세가 되는 해에는 생일이 되기도 전에 대형 트럭을 운전하여 구불구불하고 울퉁불퉁한 길을 시속 120km로 달려서 목적지에 무사히 도착했다. (이하 생략)

북한학 박사과정을 공부하면서 김정은에 대한 책을 읽다 보니 거짓말 같은 얘기가 쓰여 있다.

혼자 속으로 생각해 본다.

'이걸 북한 사람들은 믿을까?'

북한의 김정은은 1984년 1월 8일생이다. 위 글에 의하면 8살 된 어린아이가 비포장 길(구불구불 울퉁불퉁한 도로)을 어떻게 시속

120km로 달렸을까? 그것도 트럭으로? 북한의 트럭은 비포장 길에도 120km를 달릴 수 있을까? 우리나라는 고속도로에서도 속도를 100km로 제한하고 있는데… 거짓말이 아닐까?

도서관에 앉아 이런 저런 생각을 하다가 책 제목을 '길을 노래하는 사람들'이라고 정했다. 이유는 낙후된 강원 남부지역 주민들이 동서고속도로와 고속철이 빨리 건설되기를 간절하게 바라고 있기 때문이다. 마치 노래를 부르듯이…

동해에서 시작된 햇살이 삼척 태백 정선 영월을 연결하는 도로에 가득하고, 이곳에 살고 있는 사람들이 밝고 환한 모습으로 살았으면 한다. 🔲

2019년 가을 삼청동에서

INDEX

INDEX

1장

물 따라 길을 내고…
길 따라 마을은 형성되고

사람이 다니던 길에 차가 다니기 시작한 것은 그리 오래되지 않았다. 우리나라 5,000년의 역사를 놓고 본다면 차가 다닌 길이 생긴 것은 불과 100여 년 밖에 안됐다. 나머지 4,900년은 걸어 다니거나 마차로 이동했다.

내가 길에 관심을 가진 것은 시골에서 태어났기 때문이다.
어려서부터 버스를 타고 긴 시간을 이동했고, 대학과 군 생활을 하면서는 강원도에 있는 시골집을 오가는데 거의 하루를 소비했다.

사회에 진출해서는 우리나라 길이 철저하게 정치논리에 의해 생겨나고 있다는 것을 깨달았다. 경부축과 호남축으로 산업화가 이루어지면서 강원도 길은 늘 소외돼 왔다.

그렇지만 이곳에 살고 있는 사람들이 잊어버리지 않은 것이 있다.
그것은 바로 '선함과 진실함' 이다.
'물 따라 길을 내고… 길 따라 마을은 형성되고…' 는 동서고속도로 건설을 추진하면서 함께 했던 도시의 사람들과, 그리고 내가 자주 다녔던 평창 횡성 사람들의 선함과 진실함을 기억하고자 서술한 것이다.

| 무릉계곡의 추억 |

무릉계곡은 동해시를 대표하는 계곡이다.
동해시 중심지에서 서쪽으로 약 10㎞ 지점에 있다.
계곡입구의 삼화사에서 상류 방향으로 걸쳐 있으며 1977년 국민관광지로 지정됐다.
산수의 풍경이 중국 고사에 나오는 무릉도원과 같다고 해서 무릉계곡이라 부르며 소금강이라고
도 한다.
동해시의 동쪽에 솟아 있는 두타산(1,353m) 청옥산(1,404m) 고적대(1,354m) 등에서 발원한 소
하천들이 계곡을 흘러 전천을 이룬다.

북평역 블루스

북평역은 아버지의 추억이 서려 있는 곳이다.

북평고등학교에 다녔던 아버지는 북평역과 관련된 많은 추억을 들려주셨다. 1940년 북평역으로 시작돼 1984년 동해역으로 역명이 변경되기까지 수많은 사연을 간직한 북평역은 아버지와 나에게도 잊지 못할 추억의 장소로 남아있다. 도계중학교를 졸업하고 북평고등학교에 진학한 아버지는 당시 북평에서 하숙을 하셨으며 주말에는 기차를 타고 시골집으로 오갔다. 당시 북평역은 도계 신기 미로출신 학생들이 주말을 맞아 집으로 가는 유일한 통로여서 많은 학생들이 붐볐다.

그리고 도경역에서도 마찬가지로 삼척공고 학생들이 무더기로 합승해 기차 안은 온통 북평고와 삼척공고 아이들의 세상이었다. 사춘기 시절 학생들이라 크고 작은 사고도 많이 일어났다. 학교는 예전이나 지금이나 공부 잘하는 학생, 운동 잘하는 학생, 싸움 잘하는 학생, 담배 피우는 학생 등 각양각색의 스펙트럼이 공존하는 특성이 있다. 그 중에서 문제가 되는 것은 별로 없지만 폭력은 범죄와 연결되기 때문에 절대 금기시 하고 있다.

하지만 학교사회에서 싸움이 없어진다는 것은, 그것도 감수성이 예민한 청소년들 사이에서 폭력이 없어진다는 것은 어려운 일이다.

과거 학생들 사이에는 선후배라는 서열이 엄격히 적용돼 적지 않은 폭력이 발생됐다. 일종의 '군기'라는 것이 학교 내에 존재해 선배들은 후배들의 복장과 용모 등을 철저히 검사했고, 기준에 벗어나면 가차 없이 폭력으로 이어졌다. 교복의 단추 하나가 떨어져도 육체적 고통의 대상이 되는 얼차려가 주어졌고 손톱이나 머리카락 길이가 기준에 벗어나도 선배들 앞에 불려나가 힘없는 양이 되곤 했다. 다행이 이런 일들로 가해지는 고통은 참을만 하지만 불량학생들로부터 가해지는 폭력은 단순히 '군기' 차원을 넘어 가슴에 멍이 들 정도의 상처가 된다.

학교 때 규율부 선배는 그렇게 무서웠고, 간혹 점심시간에 규율부 선배가 교실에 나타나면 학생들은 겁에 질려 공포분위기가 연출됐다. 참 좋지 않은 '교복문화'는 1980년대 초 전두환 정권이 들어서면서 교복 두발 자율화라는 명분으로 사라졌지만 학창시절 잊지 못할 추억이라는 것은 누구나 기억할 것이다.

아버지 세대에도 이런 '교복문화'는 존재해 우리세대보다 더 강했던 것으로 전해진다. 과거 북평역에서 출발한 보통열차가 통리역까지 가려면 2시간은 걸렸다. 학생들을 가득 태운 기차 안에서 벌어지는 천태만상은 상상하기 어려울 정도로 1, 2학년들에겐 공포의 대상이었다.

3학년 선배 중 불량 끼가 가득한 학생들은 아예 기차를 연결하는 통로에 진을 치고 후배들을 괴롭혔다. 후배들을 불러 담배를 피우게 하고 복장 상태를 지적하며 폭력을 사용하는 경우도 있었다. 특히 일부 학생들은 기차 안에서 술을 마시며 선배들의 권위를 과시하기도 했다. 아버지도 마찬가지로 북평역에서 통리역까지 가는 2시간동안 선배들에게 괴롭힘을 당했다고 한다.

특히 북평고와 삼척공고 학생들 간의 집단 충돌도 기차 안에서 벌어져 후배들은 물론 승객들에게도 공포감을 주었다고 했다. 북평고 1학년 시절 여러 차례 이런 경험을 한 아버지는 토요일만 되면 수업이 끝나자마자 하숙집에 들리지 않고 곧바로 기차역으로 달려가 가장 먼저 차를 탔다고 했다. 선배들이 타는 기차를 피하기 위해 점심도 굶고 이 차를 탔다는 것이다. 오후 늦게 출발하는 기차는 선배들을 비롯해 많은 학생들이 탔지만 정오를 갓 넘어 출발하는 기차는 학생들이 거의 없어 편안하게 시골집까지 갈 수 있다는 것이 아버지의 설명이었다.

하지만 이것도 잠시.

일요일 다시 북평으로 가기 위해서는 또다시 기차를 타야하고 기차를 타면 선배들을 안 볼 수 없는 상황이 된다. 그때는 집에서 가져 온 떡이나 과일 등을 선배들에게 건네고 편안하게 올 수 있었다고 했다. 참 어려운 등하교 길이었다. 북평역은 이렇게 사연 많은 추억으로 남아 있다. 바로 '북평역 블루스'이다. 블루스 음악은 19세기 중엽 미국의 노예해방 선언 이후 미국으로 넘어온 남부 아프리카 흑인들이 창시한 음악이라고 한다. 추억의 음악인 것이다.

└ 동해역으로 개명전의 북평역 모습(동해시청 홈페이지에서 발췌)

나에게도 북평역은 추억이 많은 곳이다.

동해 묵호에 집이 있던 고모는 북평역 바로 앞에 직장이 있었다.

고모는 장손인 나에게 무척이나 잘 해 줬으며 북평장이 열리는 날이면 옷이나 가방 등을 사주셨다. 지금도 기억나는 북평장은 끝자리가 3일과 8일 열리는 5일장이며, 주말이면 나도 모르게 약속이나 한 듯 북평역을 거쳐 고모에게로 갔다. 영동지역 최대의 장으로 태백 삼척 울진 강릉 등을 비롯한 전국 각지에서 장꾼들이 모여든다. 요즘은 5일장 규모가 점점 작아지고 있지만 북평장은 날이 갈수록 커지고 있다.

동해시지(市誌)를 보면 북평장은 조선시대 정조 때인 1796년에 시작됐다. 벌써 200년이 넘는 역사를 자랑한다. 처음에는 물물교환 방식으로 열렸겠지만 지금은 수많은 사람이 찾아 지역경기의 활성화 척도를 보여준다.

예전에 북평장은 '뒷드르장' 으로 불렸다고 한다. '뒷드르' 란 북평의 '뒷들' 에서 유래한 것으로 삼척의 뒤편에 있다고 해 그런 지명이 붙었다고 한다. 전국의 유명 장터를 찾아 떠도는 장돌뱅이는 북평장을 이리장 모란장과 더불어 우리나라 3대 장으로 꼽는다. 장터의 면적은 3만 평에 달하는데 좌판이 설치된 곳만 4,000여 평으로 노점이 무려 500여개에 이른다. 북평장은 물건뿐만 아니고 사람 구경도 재미있다. 걸쭉한 농담과 함께 건강식품을 파는 아저씨, 신선한 고등어를 가득 쌓아놓고 흥정을 하는 할머니, 칼만 전문으로 가는 할아버지 등은 북평장에서 볼 수 있는 멋진 풍경들이다.

동해 북평장은 그렇게 사람과 사람이 어깨를 비비며 삶의 온기를 확인할 수 있는 따뜻한 곳이다.

북평장을 끼고 있는 동해역은 이제 21세기 새로운 시대를 맞고 있다.

역이 생긴지 75년을 넘었고 2000년 1월에는 지역 관리역으로 승격되고 2005년 강릉~동해간 전철화가 되면서 2006년 7월에는 강원지사 관할역이 됐다. 그만큼 동해역의 중요성이 커진 것이다.

이제 남은 것은 평창 동계올림픽을 계기로 추진되고 있는 서울~강릉간 고속철이 동해 삼척까지 연결돼야 한다는 것이다. 원주~강릉간 ktx 복선전철은 총 길이가 120.3 km로 모두 6개 역으로 구성됐다.

이제는 동해 삼척 차례이다.

서울에서 출발한 ktx가 1시간 30여분 만에 동해역에 도착해 사람냄새 가득한 북평장을 구경하고 무릉계곡과 논골담길을 둘러볼 수 있는 세상이 열려야 한다. 그러기 위해서는 힘과 지혜를 모아야 한다. 사람들은 혼자 갈 길만 생각하지 말고, 함께 갈 수 있는 길을 열어야 한다. 그 길이 열려야 비로소 우리가 원하는 아름다움을 찾을 수 있는 것이다.

결코 꿈이 아니다.

반드시 현실로 만들어야 한다. ■

자작나무 숲길

자작나무의 꽃말은 '당신을 기다립니다.' 라고 한다.

누군가를 기다린다는 것은 촌각일 수도 있고, 아니면 수십 년 일수 있다. 초등학교시절 짝사랑 하던 친구를 수십 년 기다리는 사람도 있고, 여고시절 남몰래 사랑하던 선생님을 추억 속에 담아둔 채 만남을 기다리는 사람도 있을 것이다. 기다림의 미학이라 불리는 자작나무는 수명도 100년 안팎이라고 하니 어떻게 보면 사람의 삶과 비슷한 것 같다.

자작나무는 햇빛을 좋아해 산불이나 산사태로 빈 땅이 생기면 가장 먼저 찾아가 자기 식구들로 숲을 만들어 빠른 속도로 자란다.

시간이 지나면서 다른 나무들의 씨앗이 밑에서 자라 자작나무 키보다 더 커지면 새로운 주인에게 땅을 넘기고 조용히 사라지는 것이 자작나무다. 내 손으로 일군 땅을 자자손손 세습하겠다는 욕심을 버리고 당대로 끝내는 자작나무의 삶은 사람에게 많은 교훈을 주고 있다.

　한마디로 고상하고 단아한 외모처럼 처신이 깔끔하다.

　자작나무는 영하 20~30도의 혹한을 새하얀 껍질 하나로 버틸 정도로 생명력이 강하다. 종이처럼 얇은 껍질이 겹겹이 쌓여 있는데 마치 하얀 장미꽃잎을 보는 듯하다. 자신의 보온을 위해 껍질을 겹겹으로 만들어 사람에게도 유용한 자원을 주고 있다. 예전에 얇은 껍질은 매끄럽고 잘 벗겨져 종이를 대신해 불경을 새기거나 그림을 그리는 데 쓰였다고 한다.

　또한 나무의 재질이 좋아 목재로도 많이 사용된다. 황백색의 깨끗한 색깔에 무늬가 아름답고 가공하기도 좋아 가구나 실내 내장재 등으로 이용한다. 봄에는 고로쇠나무처럼 물을 뽑아 마신다. 사포닌 성분이 많아 약간 쌉쌀한 맛이 나는 자작나무 물은 건강음료로 인기가 높다. 또한 껍질은 기름기가 많아 불을 붙이면 잘 붙고 오래간다. 과거 불쏘시개로 부엌 한구석을 차지했으며, 탈 때 나는 '자작자작' 소리를 듣고 자작나무란 이름을 붙였다고 한다.

　가끔 영화를 보면 추운 겨울에 흰 눈과 함께 자작나무 숲이 나오는 경우가 있다.

시베리아의 광활한 눈밭을 달려가는 기차.

영화 속에 차가움이 그대로 전달되는 장면에서 무엇보다 눈길을 끄는 것은 하얀 눈밭의 늘씬한 자작나무 숲이다. 북유럽에 넓게 분포돼 있는 자작나무 숲은 추위와는 반대로 따뜻한 사랑과 낭만을 가져다준다. 따뜻한 남쪽나라를 마다하고 삭풍이 몰아치는 한대지방을 선택한 자작나무는 자기들만의 터를 잡는데 성공해 사람에게 아름다운 볼거리를 제공하고 있다.

초선시장 재직시절 핀란드 산타마을 도시인 로바니에미 시장 일행을 몇 차례 만나 교류를 시작한 것도 자작나무 숲에 대한 애정이었다. 로바니에미 시장의 방문 초청을 몇 차례 받았지만 시간을 핑계로 아직 방문한 적은 없다. 기회가 되면 꼭 가보고 싶은 곳이 자작나무가 가득한 핀란드의 겨울 산타마을이다.

겨울 풍경의 한 자리를 차지한 이국적인 모습은 우리나라에서도 볼 수 있다. 동해는 아니지만 가까운 태백과 인제 등에 분포돼 있는 자작나무 숲은 하얀 눈과 흰 살을 드러낸 나무들이 마치 '겨울동화' 속의 한 장면처럼 느껴진다. 추운 곳에서 자라기 때문에 산간지방에서 많이 볼 수 있는 숲은 마치 요정이 튀어나올 것 같은 환상마저 든다. 수천 그루의 자작나무들이 동해바다처럼 끝없이 펼쳐져 있다. 숲으로 들어서면 신선이 된 느낌이다. 바람이 지나갈 때 마다 속삭이듯 흔들리는 나뭇잎 소리는 감미롭기까지 하다. 자작나무를 왜 '나무의 여왕' 이라 하는지, 자작나무 숲을 왜 '숲의 백미' 라 부르는지 느껴보지 않고는 모른다.

한 번도 경험하지 못한 풍경을 품은 자작나무 숲은 그 자체로 휴식과 치유를 준다. 머릿속을 가득 채운 골치 아픈 생각들은 저절로 사라진다. 말로만 듣던 '자연이 주는 힐링' 이라는 것을 느낄 수 있다.

백석선생의 시 '백화(白樺)' 이다. 백화란 하얀 자작나무라는 뜻으로 1938년 함경남도 함주에서 쓴 내용이다.

> 산골집은 대들보도 기둥도 문살도 자작나무다
> 밤이면 캥캥 여우가 우는 山도 자작나무다
> 그 맛있는 메밀국수를 삶는 장작도 자작나무다
> 그리고 甘露같이 단 샘이 솟는 박우물도 자작나무다
> 山너머는 平安道 땅이 뵈인다는 이 山골은 온통 자작나무다

태백산맥을 끼고 있는 강원도는 대부분 산지라서 북한의 토양과 기후가 비슷하다. 하지만 동해에서 자작나무를 보기란 쉽지 않다. 산지에 많이 자생하는 자작나무는 해안지대의 특성상 바닷가에 잘 자라지 않기 때문이다. 그러나 바닷가를 조금만 벗어나 무릉계곡과 구호동 등 내륙으로 가면 쉽게 찾을 수 있는 것이 자작나무다.

자작나무는 어린 시절 늘 가까이 했다.

산골에서 성장한 이유로 산은 친구와 같은 존재였다.

백석선생의 시에 공감하는 이유도 바로 이런 이유에서다. 산에서 나무를 하고, 산에서 머루와 다래를 따고, 산에서 토끼를 잡고 노는 일이 일상화 된 생활이었다. 산에는 소나무와 참나무 밤나무 등 수없이 많은 나무들이 자라고 있었지만 유독 눈에 띈 것은 자작나무였다.

할아버지는 자작나무로 낫자루와 호미자루 등을 만들었다. 할아버지를 따라 산에 자주 다니던 시절이라 자작나무는 그렇게 익숙한 모습으로 기억에 사라지지 않고 있다. 어른이 되어 느끼는 자작나무의 모습은 정말 많은 것을 깨우치게 하고 있다.

자작나무의 효능과 아름다움은 단순히 농기구 재료로 사용되는 것이 아니라 사람에게 유용한 자원이 된다는 것을 알고 더 사랑하게 되었다. 더욱이 자작나무 숲은 보는 즐거움도 있지만 힐링의 공간으로 활용돼 많은 사람들이 찾는다. 무릉계곡을 지나 두타산에 오르다 발견한 자작나무는 비록 군락을 이루지는 않았지만 어린 시절 산에 다니며 보았던 추억을 되살리기엔 충분했다.

바다와 가까이 있는 동해는 산이 많은 내륙지방보다 숲이 좀 부족하다.

사람들은 대부분 숲을 좋아한다.

나무를 심는 것도 중요하지만 어떤 나무를 어디에 심는가도 중요하다. 동해에 가면 사랑하는 그님을 기다리는 자작나무의 꽃말처럼 시내 한곳에 자작나무를 심는 것도 좋지 않을까 하는 생각이 든다. 동해바다의 흰 파도와 자작나무 숲이 어울리는 색다른 멋이 많은 관광객을 유혹할 수 있을 것이다. 경기도 평택에서 시작된 동서고속도로가 완공되면 제천을 지나 영월 정선 태백 삼척을 거쳐 동해에 도착하는 시간은 2시간대이다.

강원 충북 경기 등 3개 지역 12개 시장 군수가 참여하는 동서고속도로 추진위원장으로 재임하면서 백석 선생의 시처럼 하얀 자작나무가 가득한 공원이 동해에 있으면 좋겠다는 생각을 해 본다. 🔲

스님은 사랑을 싣고

무릉계곡에 처음 가본 것은 대학 1학년 여름방학 때다.

80년대 대학생활이란 대부분 낭만을 생각할 것이다.

한편으로는 군사정권에 대한 반감이 확산돼 지성의 전당이라는 대학에서 시위가 끊이지 않았다.

시골에서 고등학교를 졸업하고 전교생이 1만 5,000여명이나 되는 큰 학교에 입학하니 모든 것이 새롭게만 보였다.

학원가는 시위가 끊이지 않았고 학교 앞 주막촌에서는 선배들과 과 친구들, 향우회 선배들, 동아리선배 등과의 모임이 거의 매일 열려 라면과 막걸리를 마시는 일이 하루의 중요한 일과가 됐다.

ㄴ 동해 무릉계곡 삼화사

ㄴ 무릉반석 곳곳에 새겨져 있는 글씨

그렇게 아무것도 모른 채 1학기를 보내고 여름방학을 맞아 시골집에 오니 기다리는 것은 친구들이었다.

고등학교 졸업 후 모처럼 만나는 동네 선후배들은 너무나 반가웠고 함께 어울려 술을 마시는 일은 방학기간에도 이어졌다. 그러던 어느 날 북평에 살고 있는 한 선배로부터 동해에 놀러 오라던 연락이 왔다. 버스를 타고 몇몇 친구 선배들과 같이 만난 곳이 삼화사 앞 무릉계곡 인근 백숙집이었다. 평소 때와 마찬가지로 술잔이 오가고 대화가 무르익을 무렵 옆 좌석에는 또래의 사람들이 술을 마시고 있었다.

북평 사는 선배와는 아주 잘 아는 사이였지만 무슨 이유에서인지 시비가 붙어 주먹다짐이 오가기 시작했다. 우리는 영문도 모르고 지켜보다가 싸움이 커지자 주차장 밖까지 나와 주먹이 오가는 등 큰 싸움으로 번졌다. 나중에는 싸움을 말리는 사람까지 뒤엉켜 말 그대로 백주 대낮에 난동으로 번진 것이다.

초청받은 우리 일행과 주변 상인들은 경찰에 신고도 못하고 그런 상황을 지켜볼 뿐이었다. 7, 8명이 집단으로 주먹다짐이 오가는 와중에 주차장 저 편에서 걸어오는 스님이 한분 계셨다. 주변 상인들은 혈기 왕성한 젊은이들의 폭력 앞에 쉽게 뛰어들어 말리지도 못하고 있는 상황인데 스님은 홀로 싸움의 현장으로 걸어가 "멈추어라"고 말씀하셨다.

하지만 누구 하나 스님의 말을 듣지 않았고 싸움은 점점 과격해져 갔다. 그때 스님이 덩치 큰 젊은이의 팔을 꺾어 한손으로 제압하고 무릎을 꿇게 만들었다. 순식간에 벌어진 상황에 싸움은 잠시 멈춰지고 함께 싸우던 사람들은 주춤하는 모습이었다. 스님은 다시 다른 덩치 큰 사람을 붙잡아 역시 팔을 꺾인 후 땅바닥에 주저앉게 만들었다. 눈 깜짝할 사이에 건장한 두 명이 스님 앞에 꼼짝 못하는 상황이 된 것이다. 우리는 마치 소림사 영화에서나 보는 장면을 현장에서 목격한 것이다. 스님의 행동으로 주변은 순식간에 조용해졌고 싸움에 집중하던 젊은이들은 다들 자리를 피하기 시작했다. 스님은 덩치 큰 두 사내를 일으켜 세운 뒤 나머지 일행들을 모두 불러 처음 싸움이 붙었던 음식점으로 들어갔다. 음식점에 들어간 젊은이들은 누가 말하지 않았는데도 모두 무릎을 꿇고 앉았다. 말없이 그 장면을 지켜보던 스님은 주전자에 들어있던 막걸리를 잔에 가득 부어 벌컥벌컥 마시기 시작했다.

'스님도 술을 마시는구나.'

아무것도 몰랐던 대학 1학년 시절 그런 모습을 본 우리는 모든 것이 신기함 그 자체였다.

이윽고 스님이 말을 열었다.

"여기서 나이 제일 많은 사람이 누구냐?"

아무도 말을 하지 못하고 있는 가운데 한 구석에서 "저 형이 군대 제대한지 얼마 안 됐는데요…" 라고 말했다.

그는 조금 전에 스님에게 제압당했던 첫 번째 사람이었다.

스님은 본인이 마셨던 막걸리 잔에 술을 가득 부어 그 사람에게 주면서 싸움의 이유도 묻지 않고 물끄러미 쳐다보기만 했다. 그리고 피가 묻어있는 손과 얼굴을 직접 닦아주는 자상함을 보였다.

이윽고 스님은 "싸움은 전쟁터에서 하는 것이다. 젊은이들이 피를 보면서 성장하면 안 된다." 라는 짧막한 말을 남기고 자리를 일어섰다. 그리고 싸움에 참여했던 사람들을 한명 한명씩 불러 꼭 안아주며 "사랑한데이…" 라고 말하며 자리를 떠났다.

그리고 아마 '포니' 로 기억되는 승용차를 타고 무릉계곡을 벗어났다. 순간 젊은이들은 아무 말도 없이 모두 고개만 숙이고 있었다. 스님은 그렇게 사랑을 남기고 사라졌다. 지금도 기억에 남는 것은 그 스님이 참 멋있어 보였다는 것이다. 키도 작고 얼굴도 하얗게 생겨 부잣집 도련님처럼 보였으나 어떻게 덩치 큰 젊은이들을 두 명이나 한꺼번에 제압을 할까 하는 생각이 든다. 그날 스님이 떠나자 우리 일행도 자리를 빠져 나와 수근그리기 시작했다.

'저 스님이 소림사에서 무술을 했던 스님이다.

옛날에 조폭 두목이었다.

삼화사 주지스님이다.

가짜스님이다.' 등 별의별 말을 다 했지만 확인된 것은 없었다.

우리 일행 중에 한명은 본인도 무술을 배워 스님이 되겠다고 했으나 그는 그날 이후로 별명만 '스님' 이 됐다.

삼화사(三和寺) 바로 아래에 있는 무릉계곡에서 벌어진 일이 벌써 30년이 넘었다. 삼화사는 신라 선덕여왕 11년인 642년에 자장율사가 건립했다고 전해진다. 임진왜란 때 불에 타고 약사전만 남았는데 조선시대 현종과 순조 고종 때 재난에 의해 소진됐던 것을 재건축했다. 대한불교조계종 제4교구 본사인 월정사의 말사이며, 경내에는 보물로 지정된 삼층석탑과 철불이 있다.

이처럼 수차례의 화재와 중건을 거쳐 오다가 1907년에는 의병이 숙박했다는 이유로 왜병들이 불을 질러 대웅전 선당 등 200여 칸이 소실되었다. 그 이듬해 이 중 일부를 건축하였으며, 1979년 8월에 무릉반석 위쪽으로 절을 옮겨 중건했다. 무릉반석은 약 1,500평정도 되는 넓은 바위로 지금도 많은 관광객들과 동해시민들로부터 사랑을 받고 있다.

삼화사 아래 무릉반석 사이로 펼쳐져 있는 무릉계곡은 호암소 선녀탕 쌍폭포 용추폭포 등 다양한 화강암 계곡의 하천지형이 스펙트럼처럼 잘 펼쳐져 있다. 동해안 최고의 산수라고 할 만큼 아름다운 자연경관의 백미를 보여준다. 특히 무릉도원이라 불리는 이곳은 고려 시대에 동안거사 이승휴가 살면서 '제왕운기'를 저술했고, 조선 선조 때 삼척부사 김효원이 이름을 붙였다고 전해진다.

또한 조선전기 4대 명필가의 한 사람인 양사언의 석각과 매월당 김시습을 비롯한 수많은 시인묵객들의 시가 무릉반석 위에 새겨져 있다. 사람들은 멋진 바위에 글씨가 왜 그렇게 많이 새겨져 있냐고 반문하는 경우도 있지만 그 또한 한 시대를 장식한 역사의 현장이라고 생각된다.

이렇게 유서 깊은 곳에서 30여 년 전 폭력사태가 벌어졌고, 폭력사태를 평정하고 젊은이들에게 사랑을 가르쳐 준 사람도 스님이었다. 그 분이 삼화사 소속이었는지 아니었는지는 몰라도 분명한 것은 삼화사에 오신 것만은 틀림이 없어 보인다.

지금은 아마도 70을 넘긴 나이겠지만 온화하면서 카리스마 넘치는 미소는 평화로움과 여유로움을 주는 무릉계곡의 이미지와 부합되는 듯싶다. 동해시의 가장 유명한 관광지 중의 하나인 삼화사 무릉계곡은 세월이 지난 지금도 '사랑을 주고 떠난 스님의 장소'로 기억된다. 🔲

논골담길

묵호에 가면 낭만이 있다.

묵호항 수변공원 뒤편 언덕으로 올라가면 다닥다닥 붙어 있는 주택사이에 가파르고 좁은 골목이 있다.

논골담길이다.

거미줄처럼 복잡한 골목길 담화마을 안내 벽화가 정겨움을 준다.

논골담길은 묵호항과 그 주변에 일자리가 넘쳐나던 시절, 목호등대 주변 언덕에 많은 사람들이 집을 짓고 살았던 생활의 역사와 문화적 감성을 벽화로 그려냈다. 묵호등대를 중심으로 네 개의 대표적인 골목길이 있는데, 2010년부터 골목길마다 다른 주제로 벽화를 그렸다.

등대오름길은 희망과 미래를 그렸고, 논골 1길은 묵호의 현재를, 논골 2길은 묵호의 종합적인 모습을, 논골 3길은 묵호의 과거를 그렸다. 묵호등대 담화마을의 좁고 가파른 골목길에서 벽화를 보면 재미있는 질문이 많다. 예를 들어 '지금 그대가 이 길을 오르는 이유는 무엇인가' 라는 철학적 질문도 있다.

또 곳곳에는 '갈매기가 숲으로 가지 않는 이유는 꽃들에게 희망을 줄 수 없기 때문' 이라는 문구가 있다.

'바람이 언덕을 향하는 이유는 숙명처럼 기다리는 언덕배기의 삶을 차마 외면할 수 없기 때문' 이라는 문구.

'등대가 어둠을 비추는 이유는 사랑을 잃고 길 위에 서성이는 눈먼 이들의 희망이기 때문' 이라는 말.

여러 가지 재미있는 말들이지만 나름대로 삶의 이유에 대한 생각의 길을 열어준다.

바로 시간여행이다.

묵호등대 담화마을에는 그 옛날 이곳 사람들이 자신의 몸무게 보다 무거운 명태나 오징어를 지고 오르던 골목길이다. 등에 지고, 머리에 이던 날 것의 생선물이 흘러 질척이는 길이 돼 '논골' 이라고 했으며, 오늘날에는 논골담길이라는 이름을 얻었다. 가파른 골목길을 오르기는 결코 쉽지 않다. 골목길을 오르다 숨을 고르며 계단에 앉아 쉬기도 하고, 바다와 골목길을 보며 벽면에 쓰인 철학적인 시를 읽으며 과거로의 여행을 하기도 한다. 김진자 시인이 쓴 '논골담화-묵호등대 그 불빛 아래엔' 이라는 시를 보면 그 시대의 삶과 사람들의 애환 추억 등이 고스란히 담겨져 있다.

현실적이고 감성적인 표현이 탁월하고 삶의 흔적이 그대로 묻어난다.

평생을 발아래 바다를 두고 살아온 사람들
고산길 산등성이에 매서운 바람이 들이쳐도
아부지들은 먼 바다로 익까바리 나가셨다
남자들이 떠난 지붕 위엔
밤이면 별꽃들이 저 혼자 피고 지고
아침이면 가난이 고드름으로 달려
온 종일 허기는 식구들처럼 붙어 있었다
칼바람에 온몸을 싸맨 채
익까배를 가르고 명태 내장을 다듬으며
덕장에서 꾸덕꾸덕 명태가 마를 동안
그리움도 외로움도 얼었다 녹았다
설움은 이미 버린지 오래였다
수없이 오르내리던 비탈길 선등성이엔
닳아버린 고벵이 관절처럼
주인 잃은 대문이 녹슨 채 삐걱거리고
허공에서 딸그락딸그락 명태 부딪치는

소리가 들려올 즈음

한 해 겨울은 그렇게 지나가고 있었다

겨울이 다 가도록 돌아오지 못한

아부지들을 기다리며

등대는 밤이면 대낮처럼 불을 밝히고

애타게 애타게 손짓을 했지만

먼 바다에서 영-영 돌아오지 못하고,

아부지들은 세월은 구불구불

논골로 돌고 돌아

그 옛날 새 새댁 옥희 엄마는

기억도 희미해진 할머니가 되었다

망부석처럼 서 있는 묵호등대

그 불빛 아래엔

조갑지만큼이나 숱한 사연이

못다 한 이야기로 담벼락이 피어나고

고봉밥처럼 넉넉하게 정을 나누며

바다 바라기를 하는 사람들이

따개비처럼 다닥 붙어서 살고 있다.

논골담화의 시에는 묵호사람들이 쓰던 말이 나온다.

익까바리는 먼 바다로 오징어 잡으러 갈 때 하던 말이다.

익까는 오징어를 말한다. 조갑지는 조개껍데기를 이르는 말로 아직도 어른들 사이에서는 많이 사용된다. 논골담길을 걸으며 잃어버린 순수함을 찾고, 더 넓은 바다처럼 새로운 세상과의 만남을 상상해 본다.

바다의 향기를 가득 담고 열리는 논골담길 축제도 있다.

과거 묵호지역의 역사와 문화를 표현한 감성관광지로 주목받고 있는 논골담길 축제는 묵호를 새롭게 해석하기 위해 마련됐다.

특히 옛 추억의 향수에 흠뻑 취할 수 있는 시간으로 꾸며지고 과거로의 여행을 직접 체험할 수 있는 시간도 주어져 의미가 더하다. 그리고 논골담길 이야기 기행과 복고문화 체험전, 연탄불 먹거리 체험, 추억의 음악다방, 7080 논골담길 콘서트 등이 열려 주말을 묵호에 머물게 만든다.

어린 시절 나는 고모가 부곡동에 살았기 때문에 방학이면 거의 묵호에서 보냈다. 묵호항에 떠 있는 배가 그렇게 크게 보였고, 묵호등대는 왜 그리 크게만 생각됐는지 어른이 되어서야 알 것 같다. 그때 놀았던 부곡동과 묵호의 모습은 많이 변했지만 논골담길에 가면 추억을 되살릴 수 있어서 너무 좋다. 묵호시가지와 바다가 한눈에 들어오는 이곳은 달동네 비탈길이지만 아직도 많은 사람들이 새로운 모습으로 옹기종기 모여 산다. 평화롭고 조용한 어촌사람들이 묵호항을 지키고 지금까지 살아왔지만 현재는 카페도 생겨나고 추억을 살릴 수 있는 숙박업소도 있다.

ㄴ 묵호지역 대표 관광지인 논골담길

논골담길이 이렇게 유명세를 타고 감성여행지로 부각된 것은 주민들
의 노력이 있었기에 가능했다. 논골담길은 묵호항에서 묵호등대까지 이
어진 길로 한 때 어업으로 크게 호황기를 가졌지만 어족자원이 고갈되면
서 주민들이 하나 둘 마을을 떠났다. 그렇게 위축된 마을은 어업으로 풍족
했던 과거를 벽화로 재창조하기 시작했고 사람들은 다시 몰려들었다.

처음에는 당시 시대상과 주민들의 생활을 토대로 골목길과 담벼락에 그림을 그려 넣었다. 미대생 출신들로 구성된 '공공미술 공동체 마주보기' 회원들이 스케치를 하고 마을 어르신들이 채색을 담당했다. 볼거리가 화려한 것은 아니지만 감성을 자극한 여행지로 해마다 방문객이 늘어나고 있는 추세다. 또한 지금도 다른 주제로 벽화가 그려지고 있는 현재 진행형 관광지이기 때문에 계절마다 방문해도 새로운 경험을 얻어갈 수 있다. 몇 년 전부터 쉬어갈 수 있도록 벤치나 카페가 곳곳에 자리하고 있어 푸른 바다와 정감 가는 마을을 보며 여유를 즐길 수 있는 시간도 된다.

그리고 묵호항과 어달리 횟집촌을 가면 동해의 탁 트인 바다와 함께 사람 사는 재미가 물씬 풍겨난다. 이곳에서 맛 볼 수 있는 싱싱한 오징어 회는 보는 것만으로도 침샘이 자극된다. 가격이 싸고, 신선하고, 다양한 횟감도 있고 말 그대로 부족함이 없다. 쫄깃하고 고소한 마법의 음식이라 불리는 오징어 회는 묵호항 어판장의 백미라고 할 수 있다.

1941년 8월11일 개항된 묵호항은 과거 무연탄 중심의 무역항 역할과 함께 어항으로 발전해 많은 사람들이 찾고 있다.

묵호등대는 1963년 6월 8일 건립돼 항해하는 선박들의 안전운항에 기여했고, 지금은 관광지로서 또 다른 매력을 발산하고 있다. 등대의 해발고도가 67m 정도지만 논골담길을 따라 올라가면 숨이 찰 정도이다. 등대의 대형불빛은 멀리 42km에서도 식별이 가능하다고 한다. 묵호는 이처럼 바다의 역사와 함께 낭만이 있는 새로운 도시로 태어나고 있는 것이다.

쪽빛 바다가 보이고 언덕위에 하얀 집들이 가득한 그리스 산토리니 같지는 않지만 이곳 사람들의 인심과 사랑은 더 풍요롭고 아름답다고 생각된다. 🔲

| 오십천에 뜨는 달 |

오십천의 시작은 삼척시와 태백시의 경계인 백병산(1,259m)이다.
이곳에서 발원한 물이 동해안으로 흐르고 길이는 약 50㎞이다.
오십천이라는 명칭은 상류에서 하류까지 가려면 물을 오십 번 정도 건너야 한다는 데서 붙여졌다
고 한다.

죽서루의 석양

초등학교 시절 죽서루는 우리들의 놀이터였다.

삼척교리 언덕에 있던 초등학교까지 꽤나 먼 거리였지만 학교를 마치면 친구들과 어울려 장난치고 놀던 곳이 죽서루였다. 집이 죽서루 옆 성내리였기 때문이다.

당시만 해도 죽서루는 담이 없었다. 중학교 다닐 적에 돌담이 지금처럼 설치됐다. 친구들과 어울려 죽서루 앞마당에서 자전거를 타고 놀았고 군청 뒷길 성북리로 가는 가파른 언덕에서 자전거를 타고 길 끝까지 오르는 게임도 했다. 경사가 너무 심해 자전거를 타고 정상까지 가기란 쉽지 않았다. 몇 번의 실패 끝에 초등학교 6학년 때 부터는 쉬지 않고 오르는데 성공했다. 그리고 죽서루에서 오십천을 건너 성남리로 연결되는 출렁다리는 장난치기 참 좋은 장소였다. 길이가 꽤나 길어서 사람들이 오가면 다리 중간에서 친구들과 힘을 합쳐 출렁다리를 흔드는 장난을 쳤다. 아마도 이곳에 살았던 사람들은 이런 추억이 누구나 있을 것이다.

출렁다리는 1970년 8월에 설치돼 22년간 운영돼 오다 1992년 6월 안전을 이유로 철거됐다. 대신 출렁다리 아래 콘크리트로 튼튼한 교량이 신축돼 성내리와 성남리의 가교 역할을 하고 있다. 죽서루와 출렁다리에서 해질 때 까지 놀았던 우리는 석양이 질 무렵 각자 집으로 돌아갔다. 그렇게 신나게 놀다 집으로 돌아가는 길에 보이는 석양은 너무나 아름다웠다. 특히 죽서루 누각 너머로 사라지는 붉은 태양은 묘한 기분이 들 정도로 신성함 마저 들었다.

어린 나이에 느끼는 감정은 어른이 되어서도 사라지지 않고 있다. 아마도 여기에서 꿈을 키우고 희망을 꿈꿔 왔던 것 같다. 중학교 시절에는 우리 동네인 성내리와 성북리 성남리 친구들과 어울려 사춘기를 보냈다. 성남리에 사는 한 친구는 소형 카세트 녹음기가 집에 있어 우리에게 늘 조용필 음악을 들려주었다. 당시 '가요톱텐' 이라는 TV프로가 있었는데 조용필의 '촛불' 이라는 노래는 꺼지지 않고 연속 1위를 달렸다. 친구들은 모여서 촛불을 부르며 함께 시간을 보냈다.

죽서루가 유명한 것은 시간이 좀 지나면서 알았다. 교가 중에 '관동 팔경 죽서루 솟아 있는 곳… 오십천 맑은 물 바라다보며…' 라는 가사가 있었지만 큰 의미 없이 따라 불렀다. 더군다나 살던 집이 죽서루 바로 옆이어서 그렇게 유명하고 역사 깊은 곳인지는 모르고 살았다. 그러다가 중학교에 입학하면서 국어와 국사를 배우면서 죽서루의 중요성을 알게되었다.

죽서루는 현재 보물 213호로 지정되었으며 관동팔경 중의 하나이다.
다른 관동팔경의 누각과 정자가 바다를 끼고 있는 것과는 달리 죽서루만 유일하게 강을 끼고 있다. 건립 시기는 알 수 없으나 여러 가지 역사적 기록을 통해 보면 고려 때부터 존재했다는 것을 알 수 있다.

이승휴의 '동안거사집'에 의하면 고려 원종 7년인 1266년에 이승휴가 안집사(安集使)였던 진자후와 죽서루에 올라 시를 지었다는 기록이 남아 있다. 따라서 죽서루는 1266년 이전에 건립되었다는 것을 알 수 있다. 그러다가 조선 태종 3년인 1403년에 부사 김효손이 대대적으로 중창해 지금에 이르렀다.

죽서루란 이름은 누각의 동쪽에 대나무 숲이 있었고, 그 죽림 안에 죽장사란 절이 있었다는 이유로 죽서루로 명명되었다. 또한 죽서루 동편에 죽죽선녀의 유희소가 있었다는 데서 유래한다는 설도 있다. 누각의 전면에 걸려 있는 '죽서루'와 '관동제일루'라는 현판은 1715년 조선 숙종 때 삼척부사 이성조가 쓴 글씨로 죽서루를 관동에서 제일가는 누각으로 표현하고 있다. 또한 현판 중에는 '제일계정(第一溪亭)'이라고 쓴 삼척부사 허목의 글씨가 있는데, 이것은 오십천의 계류와 기묘한 조화를 이루고 있는 죽서루의 아름다운 모습을 나타낸 것이다.

    죽서루와 오십천의 비경은 옛날부터 많은 묵객들의 화폭에 담겨져
있다.

    오십천이 감돌아가는 절벽.

    그 벼랑 위에 날아갈 듯 서 있는 죽서루는 화가들 사이에 인기가 많았
다. 조선 후기 화가들은 실제 자연을 화폭에 그대로 옮기는 그림을 많이
그렸는데, 이것이 바로 진경산수화라고 한다. 당시 화가들은 전국의 유명
한 명승지를 찾아 그림을 그리기 시작했고 단양팔경 금강산 관동팔경 등
의 아름다운 절경이 화제가 되었다. 특히 죽서루와 오십천은 그 모습이 빼
어나 겸재 정선, 단원 김홍도 등 유명한 화가들이 직접 찾아 그림을 그려
오늘날까지 전해지고 있다. 특히 절벽이 높게 솟아 있는 바로 아래 깊은
소의 물이 여울을 이루어 감돌아 흐른다. 석양 무렵 바위에 반사돼 더욱
빛나는 푸른 물결과 수직으로 선 암벽의 빼어난 경치는 보는 사람의 감탄
을 자아내고 있다.

    조선시대 화가들과 선비들은 이런 경치를 좋아해서 죽서루가 관동팔
경 중에서도 가장 뛰어난 곳으로 찬양하고 있다. 죽서루는 삼척 관아에서
지은 것으로 추정된다. 개인이 건축한 것이 아니라 관아에 바로 붙어 있는
누각으로 내가 중학교 다닐 때만 해도 군청이 바로 옆에 있었다. 그러다가
군청이 교동으로 이사를 가고 군청 자리는 죽서루의 정원으로 꾸며졌다.
어린 시절 가뭄이 들면 죽서루에 흐르는 물이 얕아져 동네 어른들이 수영

을 해서 오십천을 건너는 일도 종종 있었다. 그리고 죽서로 아래 오십천에서 황어 낚시를 즐기는 강태공도 있었다. 황어는 송어처럼 담수형과 강과 바다를 오가는 강해형이 있는데 오십천에 살고 있는 황어는 강해형 황어이다. 세월이 흘러도 추억은 그대로 남아 있다.

죽서루에 돌담길이 생긴 후 우리는 놀이터를 잃었다.
그 무렵 사춘기를 겪었던 나이라 친구들과 어울려 뛰어놀던 일도 많이 줄었지만 죽서루를 가로막는 담 때문에 가는 일도 점점 줄어들었다. 특히

∟. 관동팔경의 하나인 삼척 죽서루

나 입장료를 받았기 때문에 죽서루를 가는 일은 거의 없다시피 했다. 이후 학교를 졸업하고 삼척을 떠나 대학과 군대 사회생활을 하면서 죽서루의 기억은 추억 속에만 남아 있었다.

얼마 전 다시 찾았지만 살던 집은 없어지고 집터는 문화재 발굴로 여기 저기 파헤쳐져 있었다. 그렇게 높게만 여겨졌던 군청 옆 성북리 가는 도로는 나지막한 작은 언덕길에 불과했다. 어른이 되어 다시 보는 죽서루는 변함없는 절경을 간직하고 있지만 주변은 또 다른 모습이다. 그렇게 깊고 푸른 죽서루 아래 오십천은 물이 많이 얕아지고 출렁다리도 없어져 기억 속에만 남게 됐다. 앞집에 살던 친구는 경찰이 되어 시민의 안녕을 책임지는 사람이 됐고, 성남리에서 죽서루 돌담길을 따라 다소곳하게 학교에 다니던 친구는 큰 도시로 나간 이후 소식이 끊겼다고 한다. 그때 죽서루에서 뛰어놀던 몇몇 친구들과는 지금도 연락을 하고 1년에 몇 번씩은 만나지만 이미 세월은 흘러 50을 넘은 나이가 됐다.

죽서루 앞마당에서 누각 너머 사라지는 석양을 보며 꿈을 키워왔던 소년이 이젠 두 아이의 아버지가 됐고 머리도 하얗게 변해가고 있다.

'내가 세상을 바꾸지는 못하지만, 세상을 위해 할 일은 있다.'

죽서루에 올라 석양을 바라보며 이렇게 무언의 각오를 다졌다.

달빛 젖은 오십천

오십천은 삼척을 대표하는 하천이다.

아홉 선비의 고장이라고 불리는 삼척시 도계읍 구사리 백병산에서 시작된 오십천은 도계읍을 지나 신기 미로를 거쳐 삼척 앞바다로 흘러간다. 어려서부터 이곳을 수없이 지나다녔지만 오십천이 아름답다는 것은 어른이 되어서야 알았다. 사춘기 시절에는 태백 통리역에서 기차를 타고 삼척 도경역까지 거의 주말마다 다녔던 기억이 있다. 간혹 차창 밖에 떠 있는 달빛이 오십천에 비치면 상념에 빠지기도 하고 어린 마음에 향수에 젖어 눈물을 흘리기도 했다.

삼척시 도계읍 신리 너와마을에서 태어난 나는 초등학교부터 삼척시 내에서 유학생활을 해야 했다. 할아버지와 부모님은 농사일 때문에 너와 마을을 떠날 수 없었고, 어린 나이에 혼자 삼척시내 죽서루 옆에 있는 작은댁에 맡겨졌다. 주말이면 부모님이 그리워 차표를 끊어 혼자 삼척에서 호산가는 버스를 탔다. 꼬불꼬불한 7번 국도를 달려 맹방 근덕 동막 임원 앞바다를 보면서 1시간여 달리면 호산에 도착한다. 그리고 호산에서 다시 황지행 버스를 갈아타고 또다시 1시간여 달려 부모님이 계시는 고향에 내렸다. 삼척에서 무려 두 시간이나 걸리지만 지루함은 전혀 없었다. 지금은 고향에서 삼척시내까지 35분이면 다닐 수 있지만 당시에는 2시간이나 걸렸다. 그렇게 토요일 오후 부모님에 계시는 시골집에 도착해 하루를 보내고 일요일이면 어김없이 집을 떠나야 했다. 한창 부모님의 사랑을 받고 살아야 할 12살의 어린 나이였지만 학교를 가기 위해서는 집을 떠날 수밖에 없었다. 일요일 오후 늦게 시골집에서 버스를 타고 통리에 도착한다.

통리역에서 도경역까지 가는 기차를 타기 위해서다.

정말 집을 떠나기 싫었지만 떠나는 내 마음도, 보내는 부모님 마음도 오죽했을까 하는 생각이 든다. 그렇게 통리에 도착해 기차를 타고 1시간 정도 가면 도경역에 도착한다. 예전의 기차는 열차를 연결하는 통로 입구에 임의로 출입문을 열 수 있었다. 좌석에 앉기 보다는 통로에 서서 이런 저런 생각을 하며 가는 경우가 많았다. 통리에서 출발한 열차는 심포리를 지나 도계까지 가려면 터널을 수없이 많이 지나야 한다. 한 번에 오르내리지 못해 스위치백으로 가야 겨우 나한정이라는 곳에 안착할 수 있다.

도계역에 도착한 기차는 비로소 오십천을 따라 펼쳐진 평지 철로를 따라 시원하게 달린다. 마교를 지나면서 오십천에 비쳐진 달빛은 기차가 도경리까지 운행하는 내내 물위를 따라다닌다. 강물에 젖은 달을 보며 수많은 생각이 교차한다.

시골에서 농사를 짓고 계시는 엄마 생각.

집에 가고 싶은 생각.

학교에 가기 싫은 생각.

고등학교는 무슨 일이 있어도 집 가까운 곳으로 가야겠다는 생각.

빨리 어른이 되고 싶다는 생각 등등…

당시 오십천에 떠 있는 달을 보면서 가슴이 저려오는 아픔도 느껴봤고, 미래에 대한 삶을 생각할 정도로 많은 추억이 남아 있다. 지금 생각하면 기쁨 보다는 슬펐던 기억이 더 많았던 것 같다. 아무도 모르는 낯선 땅에서 어린 나이에 새로운 친구들을 사귀고 적응해야 했던 일들은 지금의 나를 단단하게 만들어 준 계기가 됐다.

고등학교와 대학 직업 등을 선택한 것도 누구의 조언이 아니라 모두 나의 판단에 따라 이루어졌다. 대학에서 정치학을 전공한 것도, 대학 졸업 후 신문사에 취직한 것도, 13년 4개월의 기자생활을 접고 강원도의원에 도전한 것도, 남들이 어렵다고 했던 2010년 태백시장 선거에 도전한 것도… 오로지 나의 선택에 따라 내가 가야할 길을 거침없이 걸어왔다.

지금은 아무 후회도 없고, 또 앞으로 내가 선택한 길에 대해서도 후회는 하지 않을 자신이 있다. 돌이켜 보면 너무나 빨리 시간이 흘렀고, 나 자신도 너무나 많은 변화를 거듭해 온 것 같다. 그렇지만 시골출신이라 순수함은 아직 변함없이 가지고 있다는 생각이다.

오십천에 비쳐진 달빛이 아직도 그대로인 것처럼 순수함은 평생 가져가야 할 덕목인 듯하다.

오십천은 지금도 삼척시를 가로질러 동해로 흐른다.

'오십천'이란 이름은 구사리 발원지에서부터 동해까지 50여번 돌아 흐른다고 해서 붙여진 설도 있다. 그러나 많은 사람들은 발원지에서 하천을 50여번 건너야 삼척 바다까지 갈 수 있다는 의미에서 붙여진 이름이라고 한다. 어른이 되어 느끼는 오십천의 모습은 또 다르다.

38호선 국도가 개통된 이후 기차로 이동하는 경우는 거의 사라졌지만 강 주변의 절경은 그대로 남아 있다. 또 강가에 즐비해 있던 슬레이트집과 사택 농가주택 등은 아파트로 바뀌거나 현대식 건물로 잘 꾸며져 있지만 협곡의 암벽들은 장기간에 걸친 침식과 퇴적작용으로 그 웅장한 모습을 그대로 간직하고 있다. 협곡이 끝나는 곳에 위치한 죽서루, 석회암 지형과 길게 늘어진 송림, 가을철이면 붉게 물들어 가는 단풍은 오십천에서만 볼 수 있는 또 다른 비경이다. 그리고 석양 무렵 돌에 부딪혀 은빛으로 보이는 물살과 수직으로 선 암벽의 빼어난 경치는 마치 고구려 민족의 거친 기백처럼 보인다.

ㄴ, 삼척시 도계읍 구사리에 있는 오십천 발원지 표지석

　　삼척 사람들은 특유의 사투리와는 반대로 정감이 많고 포근함과 끈끈한 의리를 지니고 있다. 초등학교와 중학교를 졸업한지 30년이 넘었지만 아직도 동창생들과 끈끈한 관계를 유지하고 있는 것도 거친 기백만으로는 있을 수 없는 일이다. 그것은 서로가 서로를 이해하고 아껴주는 의리가 있기 때문에 가능한 일이다. 의리는 남자의 세계에서만 통하는 것이 아니다. 식당을 운영하는 여자 동창, 은행에 다니는 여자 동창, 회사에 다니는 여자동창 등 수없이 많은 친구들이 지역을 튼튼하게 지키고 있다.

그들의 공통점은 여자지만 바로 의리가 있다는 것이다.

또한 초등학교를 졸업한지 40년이 되어가지만 아직도 지역에서 건강한 버팀목으로 생활하고 있는 남자 동창들. 자주는 만나지 못하지만 그래도 가끔 만나면 진심어린 마음으로 위로해주고 함께 나눌 수 있는 따뜻한 정. 그것은 오십천에 젖은 달빛이 영원한 것처럼, 친구라는 이름으로 영원할 것이다. 🔲

'오랍들이 가와'

삼척을 대표하는 말 중의 하나가 '오랍들이'이다.

이웃 또는 집 주위를 뜻하는 강원도 사투리지만 삼척지방에서 유난히 많이 사용된다. 어린 시절 오랍들이라는 말을 너무나 많이 들으면서 성장했기 때문에 이 말이 생소하지는 않다.

내가 태어날 무렵 우리 집에는 1917년 출생한 할아버지와 1942년생인 아버지, 1943년생인 어머니가 살고 계셨다. 할머니는 1963년 먼저 돌아가셨다. 할아버지는 이후 1982년까지 사셨다. 전통적으로 농사를 업으로 하고 있는 동네에는 한 집에 보통 6~8명의 식구들이 살고 있었고, 우리 집에도 고모들을 합하면 꽤나 많은 식구들이 살았다.

산간지방에서 농사를 짓는 관계로 벼농사는 겨우 식구들이 입에 풀칠할 정도로 작은 논을 경작했고 대부분 옥수수와 보리 등이 주를 이루었다. 목돈이 되는 주요 수입원은 소였다. 소가 많아야 부잣집 소리를 들었는데, 우리 집에는 보통 3~5마리 정도를 키웠다. 소를 키우는 일은 쉬운 것이 아니다. 봄이 되면 소를 몰아 산속에 풀어놓고 하루 종일 방목을 했다. 저녁이 되면 다시 소를 몰아 집으로 돌아오는데, 이 일은 대부분 아이들의 몫이었다. 당시 고아가 많이 버려진 사회현상 때문에 일부 시골집은 버려진 고아들을 데려다가 목동 일을 전담시키는 경우도 있었다.

ㄴ.오랍들이길 표지판

소 먹이는 일은 이른 봄부터 시작해 낙엽이 지는 초가을까지 이어졌다.

여름방학이면 산에 소를 풀어 놓고 동네 아이들과 같이 멱을 감거나 끼리끼리 어울려 밥을 지어 먹었다. 반찬이라 해 봤자 집에서 가져온 김치가 전부였고 하루 종일 산 속에서 놀이를 하거나 물고기를 잡는데 시간을 보냈다. 공부라는 것은 생각지도 못했고 학교수업이 전부였다. 방학숙제는 개학을 불과 2~3일 남겨두고 몰아서 했지만 늘 부족했다. 일기 쓰는 것은 한 달 분량을 한꺼번에 쓰는 것도 익숙해져 있었지만 이마저 대충 쓰는 게 고작이었다. 그렇게 소 먹이와 놀이에 집중하다보면 방학은 싱겁게 끝나고 다시 학교에 가야 했다.

소 먹이는 일은 여기서 끝나지 않았다.

초여름이 되면 퇴비생산을 목적으로 '진풀'이라는 것을 졌다. 지게에 풀을 가득 지고 작두로 10~20cm 크기로 썰어 발효를 시키면 훌륭한 거름이 됐다. 가을이면 '갈풀'이라는 것을 졌다. 진풀과 마찬 가지 크기로 썰어 양지바른 곳에 쌓아두고 겨울 내내 외양간에 있는 소들을 위해 바닥 보온용으로 사용했다.

초등학교부터 지게를 지고 다녔던 나는 중학교 고등학교에 진학해서는 전문적으로 갈풀과 진풀을 져다 날랐다. 할아버지와 아버지는 산에서 풀을 베는 작업을 했고, 나와 동생은 지게로 집 마당에 나르는 역할을 했다. 해가 지기 전에 우리 식구들은 모두 모여 집으로 가져온 풀을 작두로 써는 일에 집중했다. 당연히 작두로 써는 작업은 나와 동생이 담당했고,

할아버지와 아버지는 번갈아 가면서 풀을 작두에 밀어 넣는 역할을 했다. 어머니는 작두에서 썰려 나오는 풀을 차곡차곡 모아서 양지바른 곳에 쌓아두는 일을 맡았다. 우리 식구들은 매년 소와 거름을 생산하기 위해 가내수공업 형태로 이렇게 일을 했다. 그만큼 소는 당시 최고의 자산이었고 주 수입원이었다. 아버지도 중고등학교 시절 할아버지가 키운 소 덕분에 학비와 하숙비 걱정 없이 학교를 다닐 수 있었다고 했다. 그 일은 대를 이어 나에게까지 전해졌다.

　'오랍들이'는 할아버지가 자주 사용하는 말이었다.
　옆집 사람들과 대화를 나누면서 '오랍들이 가와'라는 말을 많이 하셨다.
　'이웃에 간다.'라는 말을 이렇게 말씀하셨던 것이다.
　간혹 손자들에게 '오랍들이 정리 좀 해라.'고 하셨던 기억도 있다.
　집 주변에 지저분한 것을 치우라는 말씀이셨다. 이렇게 오랍들이라는 말은 친숙하게 남아 있는데, 최근 삼척시에서 '오랍들이 산소길'을 만들어 옛 추억을 다시 살리고 있다.

　시골에는 관혼상제를 비롯해 이웃 사람들이 모이는 일이 생각보다 많다. 갈풀이나 진풀을 질 때는 품앗이로 일하고 푸짐한 음식을 차려놓고 함께 나누어 먹었다. 지금도 잊지 못하는 것은 갈풀을 질 무렵 솥뚜껑에 익힌 감자전이다. 밀가루가 전혀 섞이지 않아 노랗게 익어가는 감자전은 그렇게 맛이 있었다. 그기에 신선한 열무김치로 간을 더하면 감칠맛이 절로 난다.

동네에서 혼례를 올리거나 상을 당했을 때, 제사를 지낼 때 등은 당연히 많은 사람들이 모였다. 예식장이 일반화 되지 않은 상태에서 어린 시절에는 대부분 마을에서 전통혼례를 올렸다. 장례식도 마찬가지로 식장이 없어 집에서 3일장이나 5일장을 치렀다. 제사가 있는 날이면 모처럼 푸짐한 음식이 마련돼 이웃사람들끼리 나눠 먹기도 했다. 그리고 생일이나 환갑잔치 등에도 이웃집을 불러 음식을 나눠먹는 풍습이 이어졌다. 사람이 사는 데 관혼상제는 빠질 수 없는 일들이었다. 유교에 입각한 통치 질서가 완강했던 조선시대의 관혼상제가 아직도 시골에 남아 있었던 것이다.

예식과 장례 제례는 성대하지는 않았지만 간결하면서도 정중히 하는 모습이었다. 교통이 편리하지 않아 친척들이 오면 보통 집에서 자고 가는 것이 일반화 됐다. 때문에 없는 집안 살림이지만 그래도 정성껏 맛있는 음식을 대접하는 것은 기본적인 예의라고 생각했다.

이러한 행사가 있으면 아이들에게 주어지는 임무가 있었다.

바로 '오랍들이'에 가서 이웃들에게 행사 내용을 알리고 초대하는 역할을 담당했다. 이웃이라고 하지만 바로 붙어 있는 집이 아니기 때문에 아이의 걸음으로 많게는 20~30분을 걸어야 임무를 완수할 수 있다. 할아버지는 제사나 생일 등이 있으면 꼭 손자들을 불러 "오랍들이에 있는 사람들에게 술 마시러 오라고 해라."고 미션을 주셨다. 나와 동생은 할아버지의 하명에 따라 엄동설한에도 불구하고 이웃집 곳곳을 찾아다니며 초대하는 '연락병' 역할을 했다.

지금은 시골의 팔순 어르신도 휴대전화를 가지고 다니지만 예전에는 그 흔한 유선전화도 없었다. 전기도 안 들어오는 시골이었기 때문에 유일하게 '발품'이 연락 수단이었던 것이다. 그렇게 연락해서 모인 오랍들이 사람들은 아침부터 술을 마시며 덕담을 나누었다. 겨울이면 농한기라서 술 먹는 시간이 길어지고 때로는 밤늦게까지 이어지기도 했다. 밤이 되면 국수로 저녁을 때우고 남자 어른들은 삼삼오오 모여 화투로 '사시랭이' 놀이를 했다.

사시랭이는 강원 남부 산간지방에서 즐겨 하던 민속놀이로 시종 불림소리로 엮어 나가는 즉흥적인 사설이다. 사시랭이 투전판에는 돈이 오가는 것이 아니라 대부분 담배 가치가 내기로 걸려있다.

이런 모습은 요즘 대부분 사라지고 없다.

그리고 할아버지가 자주 하시던 말씀 중 '오랍들이 가와'라는 말도 들을 수 없다. 그런 와중에 최근 삼척시에서 '오랍들이 길'을 만들어 삼척지방에 내려오는 사투리를 그대로 보존하고 있는 것은 참으로 고무적이다.

'오랍들이'를 통해서 옛 생각을 다시 한 번 할 수 있고 친구들과 웃음을 나눌 수 있는 기회가 있어서 더 좋다. 오랍들이 사람들이 '오랍들이 길'을 통해 함께 산책하고 건강하고 행복했으면 하는 바람이다.

가을이 익어가는 봉황산 오람들이 산소길

조각배 사랑

삼척에는 유난히 작은 항구가 많다.

작은 항구에는 작은 배들이 있기 마련이다.

태어나서 바다를 처음 본 것은 삼척 호산에 있는 동해 바다이고, 배를 처음 탄 곳도 호산 앞바다이다. 발동기가 장착돼 있는 통통배가 아니라 노를 저어야만 움직일 수 있는 작은 조각배였다. 아마도 1970년대로 기억되는데, 당시 해수욕은 가족과 이웃들이 모여서 함께 갔다. 옆집 아저씨는 해수욕을 가면 양복에 넥타이를 매고 갔다. 왜 정장을 하고 갔는지는 아직도 모르지만 아마도 모처럼 나들이를 하는데 한껏 멋을 낸 것으로 생각된다. 해수욕은 말 그대로 피서인데 편안한 복장이어야 하지만 말끔히 차려

입고 찍은 사진이 아직도 남아 있다. 수영복은 아이들과 어른 모두 당연히 없었다. 앞 개울가에 멱을 감을 때 입었던 속옷이 수영복이다. 어른들은 바다에 들어가는 것보다 해변에 앉아 술을 마시는 것이 피서의 전부였다. 다만 작은 배를 빌려 탈 때에는 어른도 함께 탔다. 한번은 배가 뒤집히는 일도 있었다. 다행이 해변에서 아주 가까운 거리라 인명 피해는 없었지만 큰일이 날만한 상황이 연출된 것이다. 이후 여름이 다가오면 몇 차례 해수욕을 더 갔으나 중학교에 진학해서는 더 이상 가족과 함께 바다를 가지 않았다.

중학교 시절에는 삼척 후진해수욕장에 가끔 갔다. 학교 소풍 때는 시내에 있는 학교에서 후진 해수욕장까지 1시간여 걸어 하루를 놀다가 오곤 했다. 지금처럼 버스를 타거나 승용차로 데려다 주는 일은 상상도 못했다. 간혹 친구들과 어울려 정라진에 놀러 가기도 했다. 정라진과 내가 다니던 학교는 봉황산을 중간에 두고 있어 바닷바람을 타고 느껴지는 노가리 말리는 냄새는 교실을 진동하기도 했다. 우리는 그런 냄새가 당연한 것으로 생각했고 싫지도 않았다. 가끔은 정라진 사는 친구들이 도시락 반찬으로 노가리 볶은 것을 가져오는데 그렇게 맛이 있었다. 지금도 노가리 볶음을 좋아한다. 노가리는 명태의 새끼로 그 당시 많이 잡혔지만 지금은 동해 바다에서 명태를 잡기란 쉽지 않다.

우리는 시내에서 자전거를 타고 오분리까지 달려 한재를 지나 맹방 근덕을 오가는 하이킹을 즐겼다. 돌아올 때는 정라진에 들러 바다낚시 하는 사람들을 구경하기도 하고 가끔은 직접 줄낚시를 던져 노래미라는 작은 물고기를 잡기도 했다. 그렇게 바다와 함께 놀던 어린 시절은 고등학교에 진학하면서 패턴이 변화되기 시작했다.

캠핑문화가 확산되면서 텐트를 챙겨 배낭을 메고 바닷가에서 야영을 하는 게 유행이었다. 다행이 맹방에 아는 친구가 있어 친구네 집 마당에 텐트를 치고 며칠씩 놀다 오곤 했다. 바다가 바로 보이는 친구네 집은 수박도 많이 재배했는데, 수박을 원 없이 먹어본 것도 고등학교 때이다. 맹방에는 특히 조개가 많이 잡혀 바닷물에 들어가 조개를 잡아 국을 끓여먹기도 했다. 지금도 맹방해변은 조개가 많이 잡혀 여름이면 조개를 잡으러 다닌다. 고등학교를 졸업하고 대학에 진학하면서 친구들은 각자 흩어져 어디에 사는지 모르지만 얼마 전 맹방을 찾았을 때 수박을 재배하던 그 친구는 프랑스로 유학을 갔다는 얘기도 있고, 프랑스 사람과 결혼해 이민을 갔다는 말도 들렸지만 확인할 수 없었다.

대학을 졸업하고 어른이 되면서 해수욕을 하는 일은 점차 줄어들었다.

다만 바다가 좋아 겨울바다를 찾는 경우는 늘어났다. 군대생활 중 여자 친구가 없었던 나는 바로 아래 남동생과 같이 휴가 때 겨울바다를 찾은 기억이 있다. 왜 남동생과 같이 겨울바다를 갔는지는 모르지만 사진 속에 둘이 있는 모습을 보니 겨울바다를 많이 좋아하긴 한 모양이다. 이후 사회생활 하면서 겨울바다는 틈나는 대로 찾았다.

상맹방에서 덕산까지 이어지는 해변도로를 달리면 시원함이 뼛속 깊이까지 느껴진다. 특히 덕산에 있는 유명한 물 횟집은 반드시 찾는 곳이지만 늘 사람들이 가득하다. 내가 가장 좋아하는 바다는 초곡항이다. 작은 어촌에 배도 몇 척 없는 소형 항구지만 매년 몇 번씩 초곡항을 찾는다. 손님이 와서 바다구경을 하고 회를 대접할 일이 생기면 대형 횟집 보다는 초곡항에 있는 작은 횟집을 찾는다. 푸짐한 상차림은 아니지만 신선도가 있어 좋다. 간혹 겨울이면 새우가 잡혀 새우를 좋아하는 딸을 데리고 초곡항을 찾기도 한다. 회를 먹기 위해서가 아니라 과중한 업무와 스트레스를 풀기 위해 초곡 바다는 안성맞춤이다. 초곡항에 들렀다가 한국의 나폴리라고 불리는 장호항으로 이동한다. 장호항은 아름다움의 극치를 더해준다.

몇 년 전에는 장호항 민박집에서 동창회를 하고 아침 일찍 일어나 조업을 마치고 온 어부들과 어울려 막걸리를 마신 기억이 있다. 밤새도록 지친 몸을 이끌고 조업에 나갔다가 새벽에 마시는 막걸리는 요기를 때우기도 하고 지친 몸을 풀어주기도 한다고 했다. 어부들은 나름대로 선장에 대한 불만이 많았다. 어느 조직을 가도 불만은 있게 마련이구나 하는 생각이 들었다.

장호항에서 10여분간 달리면 임원항이 나온다. 임원항은 태백사람들에게 매우 유명한 어항이다. 태백사람들은 주말이면 임원항에 회를 먹으러 간다. 몇 번 주민들과 같이 임원항에 갈 기회가 있었는데 횟감도 싱싱하고 가격도 저렴해 많은 사람들이 찾는 이유를 알았다. 이처럼 바다는 사계절 우리에게 시원함을 가져준다. 아무리 추운 겨울날씨라고 해도 추위보다는 시원함을 느끼는 게 바다이다.

그런 바다가 참 좋다.

지금 어른이 되어서도 고향 근처에서 일을 하며 지역을 떠나지 않고 있기 때문에 어린 시절 함께 했던 바다는 영원한 안식처이고 친구이다. 그래서 그런지 큰 바다가 있는 항구 보다는 작은 조각배가 떠다니는 아름다운 항구가 좋다.

　　복잡하지 않고 여유가 있는 바다.

　　사람들이 옹기종기 바쁘게 살지 않는 작은 바다.

　　그런 바다가 좋은 이유는 아마도 시골에서 태어난 정서 때문인 듯싶다. 문득 이선희의 '조각배' 라는 노래가사가 생각난다.

└, 삼척 정라진에 정박해 있는 크고 작은 선박들

성난 물결 파도위에
가냘픈 조각배 이내 설운 몸을 싣고
하염없이 가는 여인아
봄바람 꽃바람 속삭임도 역겨워
깊숙한 늪으로 덧없이 갈껀가요.

소낙비 쏟아지는
깊은 밤 갈대 숲 기약없는 인생항로
정처없이 가는 여인아
달님이 잠깨어 방긋 웃음 역겨워
운명에 몸을 싣고 덧없이 갈껀가요.

바다는 때로 성난 파도처럼 거침없이 우리에게 다가오기도 하고, 때로는 여인의 잔잔한 미소처럼 포근함을 주기도 한다. 바로 인생과 같다는 생각이다. 힘들고 지칠 때도 있지만 욕심을 버리고 평온함을 가지고 산다면 부족해도 여유가 있는 삶이 될 것이다. 작은 조각배가 거친 바다를 항해할 수 없듯이 시련이 다가오면 잠시 쉬어갈 수 있는 여유로움.

그런 삶의 진리를 바다에서 찾았으면 한다.

그래서 바다가 좋다.

| 낙동강 사람들 |

낙동강 1,300리의 시작은 태백 황지연못이다.
본류의 길이만 525.15㎞ 이다.

남한에서는 제일 긴 강이고 한반도 전체로는 압록강 다음으로 길다.
태백에서 발원한 본류는 남쪽으로 흐르다가 안동 상주 대구 등에 이르러 여러 지류와 합류한다.

경상남도에 접어들면서 황강과 남강을 합한 뒤 동쪽으로 흐르다가 삼랑진 부근에서 밀양강을 합친 뒤 부산 바다로 흘러든다.

며느리 길

태백 하면 떠오르는 것이 몇 가지 있다.

먼저 태백산과 황지연못.

먹거리를 좋아하는 사람은 아마도 태백한우와 물 닭갈비를 생각할 것이다. 그러나 나는 이 가운데 황지연못이 유독 맘에 든다.

태백에서 8년여 동안 시장을 하면서 황지연못 만큼은 잘 보존하고 가꾸어야겠다는 생각이 들었다. 초선시장 시절 추진했던 연못정비 사업은 어느 정도 성공을 거두었다. 많은 시민들이 긍정적인 평가를 했고, 낙동강 발원지라는 상징성 때문에 부산 대구 등 하류지역 관광객들도 눈에 띄게 늘었다.

하지만 여러 가지 문제도 많았다.

초선 때 추진했던 낙동강 발원지 물길복원 사업과 연못 확장사업은 시의회와 일부주민들의 반대로 예산이 통과되지 못한 채 상당부문 지연됐다. 그러나 이 사업을 2014년 지방선거에서 공약으로 내세웠고, 재선시장에 당선된 후 다시 추진했다. 예산은 재선시장 취임 후 1년여 만에 시의회를 통과했다. 2017년 일부 준공되고 2020년이면 완전 개통돼 낙동강 발원지 물길은 이제 하늘을 볼 수 있게 됐다. 물론 일부의 반대도 있었지만 완공 후에는 시민은 물론 많은 관광객들이 즐겨 찾고 있다.

황지연못의 전설은 마음씨 고운 며느리의 선함 보다는 심술 많은 황부자에 초점이 맞춰져 있다. 그래서 이름도 황지(黃地)라고 불린다. 태백시 한 가운데 있는 황지연못은 여느 못과 다를 것 없지만 쉴 틈 없이 물이 펑펑 솟아 나온다.

연못의 둘레는 약 100m.

상지 중지 하지로 구분되며 하루 5,000톤의 물이 솟아나온다. 연못 곁에는 '낙동강 1300리 예서부터 시작되다' 라는 표지석이 있어 낙동강의 발원지임을 알려주고 있다. 여기서 용솟는 물은 드넓은 영남평야를 흘러가게 된다. 이렇게 큰 상징성이 있는 곳에서 시장에 취임해 '황지의 재창조' 라는 이름으로 몇 가지 사업을 진행했다.

그중의 하나가 황 부자의 며느리를 재조명해 보자는 것이다.

황지는 황 부자 집터가 연못이 되었다고 해서 부르는 이름이다.
훨씬 이전에는 하늘 못이란 뜻으로 천황(天潢)이라고도 했다.
황 부자의 전설은 간단하다.
그 옛날 심술 많은 황 부자는 자신의 집에 찾아온 노승에게 시주 대신 쇠똥을 퍼 주었다. 이것을 본 며느리가 시아버지의 잘못을 빌며 쇠똥을 털어내고 쌀을 한 바가지 시주했다. 그러자 노승은 "이 집의 운이 다해 곧 큰 변고가 있을 터이니 살려거든 날 따라 오시오. 절대로 뒤를 돌아봐서는 안 됩니다."라는 말을 한다.

며느리는 노승의 말을 듣고 스님을 뒤따라 나선다.
그런데 삼척시 도계읍 구사리에 이르렀을 때 황 부자 집 쪽에서 갑자기 천지가 무너지는듯 한 소리가 나기에 놀라서 노승의 당부를 잊고 뒤돌아보았다. 이 때 황 부자의 집은 땅 밑으로 꺼져 큰 연못이 되었고 황 부자는 큰 이무기가 되어 연못 속에 살게 되었다. 며느리는 아이를 업은 채 돌이 되어 그대로 굳어 버렸다. 지금도 며느리의 형상은 구사리 도로에서 육안으로 관측이 가능할 정도로 가까이 있다. 그리고 황 부자의 집터는 세 개의 연못으로 변했는데 큰 연못이 집터, 중지가 방앗간 터, 하지가 화장실 터라고 한다. 황지는 이러한 황 부자의 전설에 맞춰져 이름도 황지(黃地)로 불리고 있으나 며느리의 아름다운 선행은 뒷전으로 밀리고 있다.

이러한 전설을 좀 더 구체화 시키고 며느리의 선행을 알리고자 새로운 사업을 시작했다. 그것은 바로 '황 부자 며느리 공원' 조성과 '며느리 길' '며느리 친정집' 복원 등이다. 이 사업은 가능한 기존의 공원과 길 등을 그대로 이용했고, 며느리 친정집은 너와집으로 복원해 또 다른 명물이 됐다. 말 그대로 며느리를 재조명해 보자는 취지이다. 이 사업이 완료되면서 황지연못은 이제 볼거리와 이야기 거리가 있는 공원으로 재탄생하고 있다.

마음씨 고운 며느리에 대한 얘기는 예전과는 좀 다른 양상이지만 현대에서도 비슷하게 나타나고 있다.

얼마 전 고등학교 동창생이 의미 있는 메일을 한통 보내왔다.

내용이 인상적이어서 소개해 본다.

우리나라 지방의 한 도시에서 일어난 내용이다.

말로는 누구에게 져 본 적이 없는 할머니가 있었다. 이를테면 말발이 아주 센 초로의 할머니였다. 그런데 그 집에 똑똑한 며느리가 들어가게 된다. 그래서 많은 사람들이 '저 며느리는 이제 죽었다.' 라며 걱정을 했다. 그런데 어쩐 일인지 시어머니가 조용했다. 그럴 분이 아닌데 이상했다.

그러나 이유가 있었다.

시어머니는 며느리가 들어올 때 벼르고 벼렸다.

며느리를 처음에 꽉 잡아 놓지 않으면 나중에 큰일 난다는 생각이었다. 그래서 처음부터 시집살이를 시켰다. 생트집을 잡고 일부러 모욕도 주었다. 그러나 며느리는 전혀 잡히지 않았다. 왜냐하면 며느리는 그때마다 시어머니의 발밑으로 내려갔기 때문이다. 한번은 시어머니가 느닷없이 "친정에서 그런 것도 안 배워왔냐."며 트집을 잡았지만 며느리는 공손하게 대답했다.

"저는 친정에서 배워 온다고 했어도 시집와서 어머니께 배우는 것이 더 많아요. 모르는 것은 자꾸 나무라시고 가르쳐 주세요."하고 머리를 조아리니 시어머니는 할 말이 없었다. 또 한번은 "그런 것도 모르면서 대학 나왔다고 하느냐."며 며느리에게 모욕을 주었다. 그렇지만 며느리는 도리어 웃으며 "요즘 대학 나왔다고 해봐야 옛날 초등학교 나온 것만도 못해요. 어머니." 매사에 이런 식으로 시어머니가 아무리 찔러도 소리가 나지 않았다. 무슨 말대꾸라도 해야 큰소리를 치며 나무라겠는데 이건 어떻게 된 것인지 뭐라고 한마디 하면 그저 시어머니 발밑으로 기어 들어가니 불안하고 피곤한 것은 오히려 시어머니 쪽이었다.

그렇다.

사람의 심리는 한쪽에서 내려가면 다른 쪽에서 불안하게 된다. 다시 말해 먼저 내려가는 사람이 결국은 이기는 것이다. 사람들은 먼저 올라가려고 하니까 서로 피곤하게 되는 것이다. 결과적으로 시어머니는 "너에게 졌으니 집안 모든 일은 네가 알아서 해라."고 말하며 며느리의 겸손함에 두 손을 들었다고 한다. 시어머니는 권위와 힘으로 며느리를 잡으려고 했지만 며느리의 겸손 앞에서 아무리 어른이라 해도 이길 수 없었던 것이다.

전설의 사회와 현대사회가 서로 다르지만 변함없이 공존하는 것도 많다. 그 중의 하나가 며느리이다. 세상이 변한다고 해서 사람과 역할이 변해서는 안 된다. 옛말에 '며느리가 잘 들어와야 그 집이 부흥 한다.' 라고 했다. 요즘은 어느 한 쪽이 아니라 양쪽 모두 잘 만나야 집안이 부흥할 수 있다. 며느리가 가야할 길. 이젠 태백에서도 여성단체 주관으로 '며느리 축제' 가 열리고 있다. 전국에 수많은 축제가 있지만 며느리를 주제로 한 축제는 태백이 유일할 것이다. 그렇다. 남들이 안 하는 것을 만들어야 희소성이 있는 것이다. 시장 재임시절 추진한 '며느리 축제' 는 이제 뿌리를 내리고 황지연못과 함께 하고 있다. ▨

ㄴ 태백 며느리공원 내에 복원한 며느리의 친정집

ㄴ 황부자와 며느리의 전설이 전해지는 낙동강 발원지와 황지

자유시장

태백 자유시장은 탄광지역 주민들의 애환이 서려 있는 곳이다.

태어나서 자장면을 처음 먹어본 곳이 바로 자유시장이다.

아마도 10살쯤 됐을 것으로 기억한다. 태백 황지초등학교에서 열린 어린이 백일장에 참석한 후 선생님이 사 주신 음식이 바로 자장면이다. 자유시장은 지금도 찾고 있으니 어찌 보면 내 인생의 길이 자유시장과 무관하지는 않은 듯싶다.

그리고 어른이 되어 자유시장에서 처음 먹어본 음식도 있다.

곱창전골이다.

군대 간 친구가 휴가를 나와 함께 간 곳이 자유시장 입구에 있는 곱창집이었다. 그때가 대학생이었고, 곱창전골은 구경도 못했다. 휴가를 나온 그 친구가 곱창전골을 시켜 친구들과 함께 소주를 마신 기억이 있다. 나에게도 이런 추억이 있는데, 태백권에 살고 있거나 살았던 사람들은 너무나 많은 추억을 가지고 있을 것이다.

자유시장은 대대로 사연이 많다.
할아버지 아버지 어머니 나, 그리고 나의 자식들까지 4대째 자유시장을 이용하고 있다. 할아버지는 환갑잔치 때 황지 자유시장에서 한복과 옷을 사고 잔치음식도 대부분 시장에서 구입했다. 어머니는 지금도 단골집이 있다. 나 역시 시장 안에 있는 몇몇 음식점에 자주 들린다. 특히 자주 가는 국밥집은 주인아주머니의 인심이 너무 좋아 미안할 정도로 푸짐한 음식이 나온다.

황지 자유시장은 공식적으로 60년이 넘었다.
1956년 시장번영회를 구성하면서 시장의 틀을 갖추었으니 2019년이면 만 63년 환갑을 벌써 넘긴 역사를 자랑하고 있다. 그리고 1960~1980년대에는 석탄산업과 근대화의 중심지였던 태백의 핵심 상권이었다. 지금도 태백권의 중심축을 이어오고 있다.
어린 시절 시장을 구경하는 재미도 컸다.
어물전에 누워있는 등 푸른 고등어와 맛깔스러운 문어, 그리고 나일론으로 만든 새 옷 냄새, 신발가게에서 나는 본드 냄새.

순대국밥 골목을 지나면서 볼 수 있는 돼지머리.

구수함 참기름 냄새. 불교용품을 파는 곳에서 피어오르는 향냄새.

싱싱한 야채가게 앞을 지나면 느낄 수 있는 푸르른 신선함.

정말 없는 것이 없을 정도로 큰 시장이었다.

나는 지금도 자유시장에 자주 들린다.

지인들과 같이 칼국수를 먹기도 하고, 연탄구이 태백한우도 맛깔스럽다. 시장에 재임하면서 월급의 일부를 지역 상품권으로 받아 자유시장에서 사용했다. 필요한 물건을 사기도 하고 덤으로 받을 때도 있다. 때로는 상인들을 만나 지역 여론도 청취하고 여러 가지 민원도 받는다. 민원은 상인들의 애로사항 뿐만 아니라 시장에 나온 주민들로부터 일자리를 늘려달라는 개인 민원, 고장 난 가로등을 고쳐달라는 생활민원, 주요 현안대책 등 사소한 것부터 굵직굵직한 민원까지 범위가 너무나 넓다.

자유시장에 가면 좋은 점이 또 있다.

정이 넘치고 인간미도 넘쳐난다.

물건 값을 옛날처럼 밀고 당기는 등 상인과 소비자 모두 웃음으로 가득하다. 특히 최근에는 깨끗하게 정비된 간판과 비가림 시설 등 나름대로의 편의시설을 모두 갖추고 있다. 흥정하는 재미는 재래시장에서만 가능한 일이다. 조금 깎아 달라 부탁하면 선뜻 깎아 주는 것은 우리들의 인심이 살아 있다는 증거다. 대형마트에서 느낄 수 없는 친근감이라는 것이 있고, 철저하게 교육으로 이루어진 의례적인 마트 직원들의 인사보다는 그래도 가게를 직접 운영하는 사장님이 해주는 인간적인 인사가 더 정겹다.

황지 자유시장은 탄광촌 사람들의 역사와 애환이 담긴 곳이다.

태백 사람들은 태백산 정기를 받아 불의에 굴복하지 않는 거친 기백도 있지만, 낙동강 한강 발원지의 고장답게 이웃을 사랑할 줄 아는 어머니의 따뜻한 심성도 가지고 있다.

얼마 전 돌풍을 일으켰던 '국제시장' 이라는 영화도 인간미가 바탕이 됐기 때문에 많은 사람들이 관람했다. 역사와 문화가 고스란히 담겨 있는 곳이 바로 재래시장이 아닌가 싶다. 부산에 있는 국제시장은 이후 하루 2~3만명이 방문할 정도로 관광자원이 됐다. 해방 이후 모여든 사람들의 노점이 모이면서 이루어진 시장은 한 때 '도떼기 시장' 으로 불리기도 했다. 시장으로서의 면모를 갖춘 것은 1948년에 단층 목조건물을 건립하여 "자유시장' 이라는 공식명칭을 사용되면서 부터이다. 시장이 개설될 당시의 명칭은 태백의 자유시장과 이름이 똑 같다.

6·25전쟁과 더불어 전국 각지의에서 피난민이 모여들고, 미국의 구호품과 군용품이 유통되면서 국제시장은 인근 도심상가와 더불어 부산뿐만 아니라 전국 상업기능의 중추 역할을 했다. 시장 개설 초기에는 6·25 전쟁 당시 구호물자로 들어온 옷가지들이 많이 거래되었으며, 지금까지 보세 의류품 등이 싼 값으로 팔리고 있다.

2015년 7월8일.

청와대에서 열린 전국 시장 군수 구청장 오찬장에서 부산 '부평 깡통 시장' 얘기를 들을 수 있었다. 대통령이 주재한 오찬에서 당시 부산 중구 청장은 2013년 10월 개장한 깡통시장은 부산의 새로운 명물로 이제는 20~30대까지 즐겨 찾는 시장이 됐다고 했다. 사람이 몰리면서 주변 집값 도 20% 상승하고 매출액도 30% 이상 증가했다고 밝혔다.

새로운 변화를 통해 또 다른 변화를 시도하는 깡통시장.

얼마 전엔 태백지역 상인들도 국제시장과 깡통시장을 다녀왔다. 지역 의 인구가 점차 감소하고 상권이 축소되자 뭔가 살리려고 하는 태백지역 상인들의 노력이 부산까지 가게 된 것이다.

재래시장이 지역의 역사를 대변하는 것처럼 태백의 자유시장도 태백 의 역사를 말해주고 있다. 한때 전국 어디를 내 놔도 부러울 것 없이 활발 했던 시장은 점차 퇴색되어가고 있지만 상인들의 인심만큼은 지금도 그 대로이다. 그렇기 때문에 아직도 재래시장을 즐겨 찾는 사람이 끊이지 않 고 있으며, 이러한 추세는 후세에도 이어질 것이다.

앞으로 재래시장의 개발 방안은 대형마트를 따라가기 보다는 지역의 특성에 맞는 독특한 문화를 빨리 찾아 계승 보존해야 경쟁력이 있다고 본 다. 잘 꾸며진 대형마트의 편의시설은 재래시장에서 아무리 많은 돈을 투 입해도 따라갈 수 없다. 대신 재래시장이 가지고 있는 장점을 최대한 살려 문화와 역사 그리고 상인들의 훈훈한 인심이 살아 있는 공간으로 태어나야 한다.

　어머니의 손맛을 느낄 수 있는 정감과 사고파는 따뜻한 인정이야 말로 '자유시장'에서 느낄 수 있는 '사람 사는 세상'이 될 것이다. 🔲

태백산의 여승

태백산은 민족의 영산이라고 한다.

1981년 태백시가 승격될 당시 도시 명칭도 태백산에서 유래됐다.

태백산은 그만큼 큰 상징성을 가지고 있다. 지금으로부터 1880년 전인 서기 139년의 일이다. 삼국사기에 의하면 신라 일성왕이 친히 태백산에 올라 제를 지냈다는 기록이 있다.

무려 2,000여 년 전의 일이다. 태백산의 역사는 그만큼 오래됐다는 것을 증명하고 있다.

조선시대 유명한 문신이며 서예가인 양사언의 시조이다.

태산이 높다하되 하늘 아래 외로다… 泰山雖高是亦山 (태산수고 시역산)

오르고 또 오르면 못 오를리 없건마는… 登登不已有何難 (등등 불이유하난)

사람이 제 아니 오르고… 世人不肯勞身力 (세인불긍노신력)

외만 높다 하더라… 只道山高不可攀 (지도산고불가반)

여기서 말하는 태산은 1,545m이다.

태백산이 1,567m이니까 정확하게 22m가 낮은 것이다.

내가 태백산 정상에 처음 올라간 것은 1983년 황지고등학교 1학년 8반 당시 동창들과 함께 가을소풍을 가면서이다. 이 후 지금까지 수백차례 산을 오르내렸지만 지금도 늘 설레이고 흥분된다. 그리고 중국 태산에 처음 간 것은 2013년이지만 태백산과 비교하면 마을 앞 동산이라는 느낌이 들 정도였다. 태산은 해발 1,000m 이상 자동차로 이동한 후 케이블카를 타고 정상 바로 밑까지 갈 수 있다. 그렇게 유명한 태산도 막상 정상을 등극하니 기쁨보다는 아쉬움이 많았다. 아마도 너무 쉽게 올라가서 그런 것 같다.

태백산은 태백산맥의 종주이며 모산(母山)이다. 시장에 연임되면서 시정 구호를 '백두대간의 중심, 산소도시 태백'으로 정했다. 그만큼 태백산을 강조하고 싶었던 것이다. 1989년에 도립공원으로 지정되었지만, 재임 중 찬반논란이 많았지만 국립공원으로 승격돼 태백을 상징하는 명물이 됐다. 태백산은 장중한 산으로 알려져 있다. 최고봉은 우리가 알고 있는 천제단이 아니라 장군봉(將軍峰)이다.

태백산을 배경으로 크고 작은 사찰이 눈에 띈다.
산 정상부근에 있는 망경사를 비롯해 유일사 백단사 만덕사 청원사 태산사 심원사 등이 있다. 망경사 입구에는 한국에서 가장 높은 곳에 자리잡은 용정이라는 샘물이 있다. 특이한 점은 사찰 중 여승(女僧)의 비율이 상대적으로 높다는 것이다. 그 중에 태백산 중간지점에 있는 유일사는 내가 가끔 들리는 곳으로 주변 경관이 뛰어난 곳이다.

유일사는 비구니 스님들이 계시는 곳이다.
우선 스님들의 여유로움과 따뜻한 사랑에 마음이 평온해 진다. 부처님처럼 온화하고 평화로운 주지스님과 구수한 얘기로 세상사 이야기를 끊임없이 들려주는 총무스님.
두 분은 모두 70 안팎의 연세지만 무척이나 여유가 있고 건강해 보인다. 그리고 사찰 일을 맡아 하시는 능우스님과 홍은스님 등 유일사에 있는 스님들은 모두 가족처럼 편하게 지내고 있다. 모두 여승(女僧)이지만 정통사찰의 규율이 엄격히 적용돼 스님들의 역할과 질서가 잘 잡혀 있는 듯 보였다. 그래서 지인들과 함께 가끔 유일사를 찾아 차도 마시고 스님들과 대화도 나눈다.

유일사는 1959년 비구니 사찰로 창건됐다.

한 여성 불자가 영산의 정기를 받고 백일기도를 하던 중, 꿈에 원효대사와 의상스님이 바위 밑에서 수도하는 모습을 보고 이곳에 절을 지었다고 한다. 주지인 법륜스님은 1968년부터 기도도량을 일구었고, 이후 대선스님과 함께 무량수전 무이선원 삼성각 극락보탑 등의 불사를 이루었다고 한다. 법륜스님은 17세의 나이에 출가해 반세기 넘게 부처님의 불법을 전파하며 유일사를 지키고 있다.

언젠가 유일사에 들렀을 때 아주 가녀린 젊은 여승이 기도에 몰입하는 것을 보고 무슨 특별한 사연이 있을 것이라는 생각이 들었다. 그 스님은 서울에서 대학을 다니다 심신이 쇠약해 유일사에서 3년을 기도했다고 한다. 친언니가 스님으로 출가한 후 언니의 권유에 따라 3년 동안 기도를 했으나 스님에 등록하지는 않았다. 그녀는 대학을 휴학하고 기도에 증진했으나 결국 3년을 목표로 한 기도에 1개월을 채우지 못하고 유일사를 떠났다. 나중에 안 사실이지만 그녀는 머리만 삭발하고 회색 법복을 입었을 뿐 공식적인 스님은 아니었다고 했다. 건강도 많이 회복됐다는 얘기를 들었지만 자세한 것은 이곳에 계시는 스님도 알 수 없다고 전했다.

비구니들이 생활하는 사찰은 이것저것 사연도 참 많다.

모두 잊고 살고, 잊으려고 노력하지만 알 수도 없다. 다만 예전에 유행했던 노래가사가 일부 비구니의 사연을 대신하고 있다. 바로 '수덕사의 여승(女僧)' 이라는 노래다. 노래에서도 느낄 수 있듯이 그 사연은 특별히 공개된 경우도 있지만 대부분 그렇지 않은 경우가 많다. 그래서 많은 사람들은 그 배경을 궁금해 하고 있다.

'수덕사의 여승'은 1960년대 중반에 발표돼 많은 사랑을 받았던 노래다. 속세에 두고 온 애절한 사연을 잊지 못해 흐느끼는 비구니의 모습을 그린 내용이다. 수덕사의 여승은 실제 모델이 있었다는데 흥미를 더하고 있다. 물론 태백산 유일사에서 기도에 몰입했던 여승(女僧)과는 가사 내용이 전혀 다르지만 20대의 젊음을 산속에 묻고 있는 사연은 아픔이 있어

보였다.

인적 없는 수덕사에 밤은 깊은데
흐느끼는 여승의 외로운 그림자
속세에 두고 온 님 잊을 길 없어
법당에 촛불 켜고 홀로 울적에
아~ 아~ 수덕사의 쇠북이 운다.

산길 백리 수덕사에 밤은 깊은데
염불하는 여승의 외로운 그림자
속세에 맺은 사랑 잊을 길 없어
법당에 촛불 켜고 홀로 울적에

태백산 유일사 경내에 가지런히 놓여 있는 항아리

아~ 아~ 수덕사의 쇠북이 운다.

참 애절한 노랫말이다.

수많은 사연을 뒤로 하고 혼자 법당에서 목탁을 치며 기도에 열중하는 젊은 여승의 모습이 떠오른다. 도대체 무슨 사연이 있어 스님이 됐을까. 그것도 첩첩산중에서 생활하며 무슨 생각을 하고 있을까. 사람은 누구나 사연이 있다. 다만 그것은 내 삶과 다를 뿐이고, 다름을 인정해야 건강한 사회가 된다.

2015년 3월.

난 태백산 등반 후 당골 광장에서 다리골절상을 입어 한동안 산을 못 오른 적이 있다. 산을 좋아해 산에 가면 마음이 정화돼 자연인이 된 느낌. '수덕사의 여승'에 나오는 비구니의 애절함이 느껴지는 곳은 아니지만, 따뜻한 이웃처럼 포근한 산사. 그곳에 가면 산사의 고요함과 아름다운 사계를 볼 수 있다.

종교적인 의식이 필요해서 산사에 가는 것이 아니다. 자연을 좋아하는 순수함으로 다가서는 곳이다. 여승(女僧)의 따뜻한 말씀은 세상을 밝게 하고 마음을 정겹게 한다. 이곳에서 맺은 좋은 사람들과의 인연을 소중히 간직한 채 산사는 늘 마음의 평화를 가져다주는 곳이다. 🔲

천상의 화원

한여름 추위가 내리는 새벽
구름은 산허리를 감고, 패랭이꽃은 밤이슬을 가득 머금고 있다.
어둠에 가려 보일 듯 말듯 한 야생화는
누굴 위해 피어나서 이 밤을 지켜줄까.

가을이 오기도 전에 움츠린 산수국은
변덕스러운 꽃말처럼 피지도 못하고 밤길을 헤매고 있다.
외로움을 이기고 겨우 피어난 꽃은
따스한 체온을 느끼기도 전에 서리를 맞는다.

한이 많아서 맞는 서리라고 했던가.
가을이 오면 꽃잎은 당연히 떨어지겠지만
누굴 위해 지기 싫어 스스로 몸부림치며 새벽길을 떠난다.
여기는 만항재 '천상의 화원'

(2015년 8월22일. 함백산 기슭에서)

태백은 말 그대로 고원지대이다.

시내 한 복판이 해발 700m에 이를 정도로 높다. 산이 많다 보니 이름 모를 야생화도 천국을 이룬다. 말 그대로 천상의 화원이다. 그중에서도 태백과 정선 영월에 걸쳐 있는 만항재는 으뜸이다. 만항재는 한이 서려 있는 곳이다. '천상의 화원' 이라는 시도 당시 만항재를 둘러보고 떠오른 생각을 글로 옮긴 것이다. 나중에 이 시는 어느 가수가 노래를 불러 세간의 입에 오르내리기 시작했다.

태백시 황지동과 정선군 고한읍, 영월군 상동읍 등 3개 지역이 겹쳐 있는 만항재는 충절을 지킨 실향민들의 애환이 서려 있다고 한다. 해발 1,330m로 우리나라에서 차량을 이용해 갈 수 있는 가장 높은 고개이다. 지방도 제414호선을 이용해 정선과 태백 영월을 이동할 때 이 고개를 넘어가게 된다.

고려 말 또는 조선 초기 경기도 개풍군에 살던 주민 일부가 정선으로 옮겨와 살면서 고려에 대한 충절을 지켰다고 한다. 그들은 고향에 돌아갈 날만 기다리며 이곳에서 가장 높은 만항에서 소원을 빌었다고 해서 '망향' 이라고 불리다가 후에 '만항' 으로 바뀌었다고 한다.

고려 말 경기도 사람들이 정선으로 이주했다는 설은 정선아리랑의 기원에도 등장하고 있어 상당히 신빙성을 가지고 있다. 최근에는 우리나라 최대의 야생화 군락지로 알려지면서 관광객들의 발길이 끊이지 않고 있다. 만항재 주변과 함백산으로 이어지는 등산로는 시야가 넓고 완만해 야생화를 관찰하며 여유롭게 등반할 수 있다. 한여름 밤에는 냉기를 느낄 정도로 시원함을 느낄 수 있고 가을에는 높은 일교차에서 오는 화사한 빛깔의 단풍을 만끽할 수 있다. 그리고 겨울에는 1,330m의 고지에서 펼쳐지는 아름다운 설경이 만항재의 또 다른 자랑거리다.

특히 함백산 야생화축제는 2006년부터 매년 만항재 일대에서 열려 은방울꽃, 벌 노랑이, 나도 잠자리 난, 감자난, 은대난초 등 다양한 야생화를 볼 수 있다. 축제는 매년 8월초를 전후 해 10일 동안 계속되며 야생화 전시 및 사진전시회, 야생화를 재료로 한 천연비누나 양초 만들기 등의 체험 행사와 각종 공연이 열리고 있다.

태백에서 국가대표선수촌을 지나면 만항재로 갈 수 있는 샛길이 나온다. 도로에서는 태백산 정상도 볼 수 있고 함백산 정상도 지척에 있다. 시야에 들어오는 산세는 '아! 여기가 강원도구나' 하는 생각이 저절로 들게 할 만큼 아름답다. 가끔 안개인지 구름인지 모를 정도로 산허리를 감싸고 있는 운무는 백두대간의 고개답게 신비로운 기운마저 감돈다. 곳곳에 피어있는 야생화는 가던 발걸음을 멈추게 한다. 정부가 최근 정책적으로 야생화 사업을 벌이면서 만항재의 야생화도 체계적으로 관리되고 있다.

몇 년 전에는 청와대 앞 광장에 야생화 화단을 꾸몄다는 보도가 있었다. 정부가 야생화 사업을 추진하게 된 배경은 '대통령 관심사항' 때문이라고 했다. 대통령이 꽃을 좋아하는구나. 화려하고 보기 좋은 서양 꽃이 아니라, 작지만 예쁜 우리 꽃. 그래서인지 만항재와 태백 금대봉 등에는 얼마 전 정부차원에서 야생화 복원사업을 진행했다. 그래서 지금은 더 아름다운 꽃들이 사람들을 반기고 있는 것이다.

인간은 눈앞에 핀 꽃만 좋아한다.
하지만 꽃이 피기까지의 내력에는 관심이 별로 없다. 여름 야생화를 보면서 야생화의 봄 시절은 떠올리지 못하는 것도 이런 이유다. 여름 야생화 대부분은 봄에 나물이었다. 곰취 참취 단풍취 등 온갖 나물류가 여름이 되면 꽃을 피우게 된다. 야생화의 잎사귀는 봄철 우리에게 음식이었다. 인간에게 뜯기지 않고 한 계절을 살아낸 덕분에 다음 계절인 여름에 꽃이 되어 인간 앞에 나타나는 것이다. 너무나 보편적인 현상에 대해 인간은 관심이 없다. 흔히들 눈앞에 보는 이익이 전부라고 하는 말도 여기에 있다. 뒤를 돌아보고 앞을 내다볼 여유조차 없이 눈앞의 현실만 생각하면 불행할 수밖에 없다. 길가에 피어 있는 작은 꽃, 작은 돌 하나까지도 눈을 맞출 수 있는 여유가 있으면 얼마나 좋을까.

인생에 있어서 가장 큰 의미는 함께 할 수 있는 사람이 있다는 것이다. 내가 가슴 뜨겁게 생각하는 소중한 사람이 없다면 삶의 의미는 척박해질 것이다. 그것은 소유의 개념이 아니다. 함께 할 수 있는 동행의 개념이다. 그래서 나는 '아름다운 동행'이라는 말을 좋아한다. 아름다운 삶의 순간 순간들이 시간 속에 묻혀가는 것을 느끼며 안타까워해서는 안 된다. 갈등과 고민대신 더 사랑하고 더 노력하는 아름다움이야 말로 진정한 행복일 수 있다. 사람들은 간혹 미리 겁을 먹고 지금 해야 할 일들을 하지 않는 경우가 있다. 그리고 과거를 후회한다.

'내가 10년만 더 젊었다면… 다시 학창시절로 돌아갔으면…' 등의 후회를 한다. 이미 지나간 10년은 과거가 됐고, 다가올 10년도 또 과거가 된다. 그래서 많은 사람들이 강조하는 것은 지금 주어진 일에 충실 하라는 것이다. 보여주기 위한 정책, 잘 보이기 위한 행동은 오래가지 못한다. 좀 부족하고 모자라도 있는 그대로의 모습을 보여주는 순수함 이야 말로 함께 오래갈 수 있다.

우리가 여름에 핀 야생화를 보고 즐거워만 할 뿐 피어나는 과정을 잊고 사는 것처럼 과거의 행동 또한 크게 후회할 필요가 없다. 다만 과거의 경험이 미래를 위한 준비가 돼야 한다. 그래서 지금 주어진 일, 지금 하고 있는 일, 지금 생각하는 것에 집중하는 것이다. 설사 잘못된 선택이일지라도 순수한 마음으로 최선을 다한다면 후회는 하지 않을 것이다. 간혹 사람들은 인간이 만들어 놓은 윤리의 덫에 걸려 빠져나오지 못하는 경우가 있다. 병들어 죽어가는 몸임에도 불구하고 병원에 가지 않고 기도하는 어리

ㄴ '태양의 후예' 소품으로 사용한
폐 군화에 피어 있는 야생화
(태백시 연화동)

→ 태백과 정선 고한을
연결하는 함백산 길

석음, 보편적인 사람들의 생각에서 벗어나는 사고, 현실을 인지하지 못하는 착각의 윤리는 사라져야 한다.

나태주 선생의 시 '풀꽃'이다.

자세히 보아야
예쁘다
오래 보아야
사랑스럽다
너도 그렇다

만항재의 야생화는 생명 하나하나에 깨달음이 있다. 야생화와 오랫동안 눈을 맞추는 일은 삶의 여유다. 삶의 무게를 조금만 내려놓으면 비로소 바람소리가 들리고 꽃의 향기를 맡을 수 있다.

행복한 아기처럼...

조양강은 한강의 본류이다.
백두대간에서 발원한 골지천과 송천이 정선 아우라지에서 합쳐져 조양강을 이룬다.

조양강은 정선군 정선읍 가수리에서 동대천과 만나 합쳐지면서 동강으로 이름이 바뀐다.
동강은 영월을 기준으로 동쪽에 있다고 해서 붙은 이름이다.

강원랜드

카지노는 황금알을 낳는 거위라고 한다.

그만큼 많은 돈을 번다는 의미다.

돈을 많이 번다는 것은, 돈을 잃는 사람이 많다는 뜻이다.

돈을 잃은 사람이 많으면 집안이 망하고, 회사가 망하는 것은 자명한 일이다. 평생 모은 재산은 물론이고, 부모님이 물려준 재산까지 하루저녁에 날리는 것이 바로 도박이다. 이런 결과는 최악의 경우 자살로 이어진다. 카지노 개장 이래 지금까지 수 십 명이 자살을 했으며 한해 매출액이 1조원을 넘는다는 것은 도박의 폐해가 얼마나 심각한 것인가를 대변해 준다. 이런 부작용이 있음에도 불구하고 카지노는 왜 개장을 했을까?

그것도 국민의 재산을 보호하고 국민의 행복을 지켜야 할 정부에서 도박 산업에 뛰어든다는 것은 어떻게 보면 모순일 수 있다. 그러나 그 이면에는 폐광지역 주민들의 눈물이 있다.

　　정부의 석탄산업 합리화 정책으로 하루아침에 직장과 삶의 터전을 잃은 폐광지역 주민들은 마지막 생존을 위해 카지노라도 유치해야 했다. 한때 10만 명이 넘었던 인구는 절반으로 줄었고, 반평생을 함께 했던 정다운 이웃들도 하나 둘씩 지역을 떠나기 시작했다. 사람이 떠난 자리는 빈 집들이 즐비하게 생겼고, 자장면 집과 세탁소 동네가게 등 문을 닫는 점포도 속속 늘어났다. 보다 못한 폐광지역 주민들은 정부에 생존권 마련을 요구했고, 이런 요구로 1998년 6월 강원랜드는 정선군에서 설립되고 카지노는 2000년에 개장을 했다. 폐광지역 경제회생과 관광산업 육성을 목적으로 탄생한 강원랜드는 산업자원부 산하의 공공기관이며 대한민국에서 유일하게 내국인 출입이 가능하다.

　　그러나 강원랜드가 탄생된지 20년이 되어가지만 태백 영월 정선의 인구는 기대한 것보다 훨씬 줄었고 지금도 계속 감소하고 있다. 지방자치단체의 무분별한 경영도 문제지만 강원랜드에서 발생한 이익금을 정부가 너무 많이 가져간다는 것이 더 큰 문제다. 그래서 강원랜드의 주인은 폐광지역 주민이 아니라 정부라는 비판적인 목소리도 나온다. 강원랜드 자료를 한번 분석해 보면 상황을 쉽게 알 수 있다. 강원랜드는 그동안 수 십 조원의 매출을 올렸다. 순 이익만 해도 10조원 안팎이라는 게 주변의 분석이다. 그러나 매출액 중 국가가 가지고 간 세금이 지방세에 비해 거의 10배 수준이라는 것은 무엇을 말하는가. 강원도와 7개 폐광지역에 주어진 폐광기금도 국세에 비하면 절반을 조금 넘고 있다. 정부가 가져가는 관광기금도 수 조원에 달하고 있지만 폐광지역에 다시 환원되는 투자비는 거론하기 부끄러울 정도로 적다. 주식배당금은 정부가 광해관리공단을 통해 가져간 배당금이 전체의 30%를 넘고 있다. 그리고 강원도가 6%, 정선군이 4.9%, 태백시와 삼척시가 각각 1.25%, 영월군이 1%이다. 이 정도의 단순 통계를 봐도 강원랜드 이익금을 정부가 얼마나 많이 가져가는지는 쉽게 파악할 수 있다.

폐광지역 경제회생을 위해 탄생한 강원랜드.
재산탕진과 자살 등 각종 부작용을 무릅쓰고 세워진 강원랜드가 결국은 정부의 주요한 세수원으로 작용하고 있다. 더 이상 무엇을 말하겠는가? 제도적인 변화가 없이는 폐광지역은 점점 벼랑 끝으로 몰릴 것이다. 법과 규정을 바꿔서라도 불합리한 것은 개선돼야 폐광지역이 살아날 수 있다.
현재 3조 원대에 이르고 있는 현금성 자산을 폐광지역에 재투자해 일자리를 늘리고 경제를 활성화 시키는 등 지역을 살려야하는 특단을 마련해야 한다. 정부가 안 나서면 법 개정을 통해서라도 강제성을 두어야 한다. 인구가 빠져 나가고 도시가 황폐화된 이후에 투자한다는 것은 무슨 의미가 있는가? 정치권과 정부 강원랜드 등이 머리를 맞대고 대책을 마련해야 한다. 그것도 하루 빨리…

강원랜드와 관련해 개인적인 에피소드도 있다.

강원랜드 개장 초기인 2000년대 초반 여름휴가를 받고 시골 어머니 집으로 가던 도중 카지노를 찾은 기억이 있다. 당시 멋모르고 기계 앞에서 게임을 했으나, 30분이 안 돼 일주일 휴가비 50만원을 몽땅 잃어 버렸다. 너무나 순식간에 벌어진 일이라서 당황스럽기도 하고 무엇보다 돈을 잃었다는 아픔이 지워지지 않았다. 더 이상 잃을 돈도 없어 가슴을 저리며 나오는데 은행 자동지급기가 눈에 띄었다. 몇 번을 망설이다가 그냥 지나치지 못하고 은행 자동지급기에서 20만원을 또 찾았다. 다시 카지노 게임장으로 발길을 옮겨 기계 앞에 섰으나 10분을 넘기지 못하고 또 잃었다. 참으로 당황스럽기도 하고 불편한 심기를 감출 수 없었다. 휴가비도 모자라 은행에서 찾은 20만원까지 모두 잃다니…

발걸음을 옮길 수밖에 없었다.

더 이상 게임을 할 돈이 없었기 때문이다. 그 길로 강원랜드 앞에 있는 연못으로 갔다. 연못가를 걷다보니 산책로 한 구석에 큰 돌이 놓여 있었다.(지금은 워터월드 조성공사로 인해 연못이 없어지고 큰 돌도 없어졌다) 난 그 돌 위에 누웠다. 거금 70만원을 잃은 아픔이 도저히 가시지 않았다. 큰 돌에 누워 하늘을 보았다. 한 여름 뜨거운 대지를 누르는 햇살은 마음을 더 괴롭게 만들었다.

'이제부터 어떻게 해야 하나'

뜨거운 햇살을 정면으로 대하면서 생각했다.

'다시는 강원랜드에 오지 말자. 다시는 카지노 게임을 하지 말자.'

난 강원랜드 연못가 산책로에 있는 큰 돌에 누워서 그렇게 다짐하고 또 다짐했다. 그 약속은 10년이 넘은 지금도 지켜지고 있다. 그 이후로 강원랜드 카지노에 가서 게임을 단 한 번도 하지 않았다. 아마도 충격이 너무 컸던 것 같다.

ㄴ 폐광지역 대표기업인 강원랜드 전경

ㄴ 강원랜드가 운영하고 있는 음식점 운암정

강원랜드는 개장 후 20년이 지난 지금 매우 안정되고 활력이 넘쳐흐른다. 호텔 내부에 자리 잡은 카지노는 별천지다. 밝고 화려한 조명 속에 요란한 슬롯머신의 소음, 수많은 사람들이 넓은 객장을 메우고 있는 풍경은 미국 라스베이거스와 다를 바 없다. 하지만 도박 중독의 끝은 파멸이다.

'짜릿한 경험' 에 이끌려 중독에 빠진 채 인생이 파탄 난 사례는 수없이 많다. 절제된 행동이 필요하다.

소나기가 지나가고 하늘이 열린 여름날.

햇살을 가득 받고 화려한 빛을 발사하는 강원랜드의 외형은 대도시의 특급호텔과 비교해도 손색이 없었다. 고풍스러운 분위기를 연출하며 고객의 입맛을 사로잡는 직영 음식점도 외관의 아름다움은 놀라울 정도다. 멋스럽게 생긴 소나무와 산책로. 그리고 사람들이 쉬어갈 수 있는 작은 물레방아와 공원. 다시 찾은 강원랜드는 그렇게 변해 있었다. 강원랜드는 앞으로 이곳에 생활하는 주민들의 아픔을 함께하고, 평온함과 행복함을 만들어 주는 역할을 해야 한다. 폐광지역 발전과 아픈 사람들을 위해 더 노력하고 희생하는 강원랜드가 되길 바란다.

'강원랜드에 무한한 사랑을, 이익금은 폐광지역에…'

이런 모토로 강원랜드를 재정립했으면 한다.

물레방아

정선에는 물레방아가 유난히 많다.

정선아리랑의 대표적인 가사에 물레방아가 나와서 그런지 시내 중심가는 물론이고 정선지역 어디를 가도 물레방아를 쉽게 볼 수 있다.

어린 시절 우리 동네에도 물레방아가 있었다.

중요민속자료 33호로 지정돼 있는 물레방아는 방아도 찧고 때로는 영화를 찍기도 했다. 물레방아에서 영화를 찍는 것은 대부분 성인영화로 인식되고 있다. 내 친구는 고등학교 시절 동네 물레방아에서 영화 촬영장면을 지켜보다 아버지한테 혼이 났다고 했다. 그 영화가 바로 성인영화였기 때문이었다. 그만큼 물레방아는 남녀의 사랑과 시골의 정서를 대변하고 있다.

정선지역 물레방아를 대표하는 것은 누가 뭐래도 백전리 물레방아다.

강원도 민속자료 제6호인 백전리 물레방아는 1890년께 설치된 것으로 알려지고 있다. 100년이 넘게 쉼 없이 돌고 있는 물레방아는 정선군 화암면 백전리에 소재하고 있다. 이 물레방아는 떨어지는 물의 힘을 이용해 곡식을 찧는 동채방아로 국내에 남아 있는 물레방아로는 가장 오랜 역사를 가지고 있다. 특히 과거 전기시설이 없었던 때에 화암면 백전리와 삼척시 하장면 한소리에 거주하던 토착민들이 보리와 밀 고추 등 곡물을 찧기 위해 설치했던 방아이다. 순수 목재로만 만든 재래식 물레방아의 원형을 완벽하게 보전하고 있어 소중한 향토 민속자료의 가치가 높은 것으로 평가받고 있다. 방아는 약 50여 미터 떨어진 보에서 물을 끌어들여 사용하고 있으며, 보의 위쪽에는 많은 지하수가 솟아나오는 용소가 있어 늘 풍부한 수량을 이용할 수 있다.

백전리 물레방아는 산간에서 생산되는 농산물을 도정하는 수단이기도 했지만 화전민들의 애환이 담겨 있는 중요한 생활용구였다. 백전리 물레방아를 보고 내려오는 길에 아주 작고 아담한 분교가 하나 있었다. 백전초등학교 용소분교. 물론 폐교된 분교지만 이 작은 학교에서 무려 38년간 220명의 졸업생이 배출됐다니…

졸업생들은 전국에 흩어져 열심히 살고 있을 것이라는 생각이 들었다.

물레방아라는 말은 물레와 방아의 복합어이다.

한국 재래농기구 중 탈곡이나 정미 또는 제분에 이용되었던 도구로는 맷돌 절구 디딜방아 물레방아 등이 있는데, 그중 물레방아가 가장 늦게 생긴 것이라고 한다. 물이 비교적 풍부한 마을에는 대개 물레방아가 하나씩 있어서 공동으로 활용했다. 대부분의 물레방아는 물이 떨어지는 힘으로 바퀴가 돌아가게 되어 있다. 옛날 한국농업은 물 사정이 어려웠던 탓으로 물레방아를 돌릴 용수가 부족한 곳에서는 설치할 수 없었다. 시골마을 어귀에는 물레방아가 마을을 대표하는 시설로 자리 잡았으나 농촌의 전력화가 촉진되면서 물레방아도 급격히 사라지게 되었다. 도시화가 진행되면서 이런 추억을 되살리려는 노래도 만들어졌다. 요즘 젊은이들은 대부분 모르겠지만 50대 이상은 정두수 선생이 가사를 쓰고 나훈아가 노래한 '물레방아 도는데'를 많이 알 것이다.

　　　돌담길 돌아서면 또 한번 보고
　　　징검다리 건너갈 때 뒤돌아보며
　　　서울로 떠나간 사람
　　　천리타향 멀리 가더니
　　　새봄이 오기 전에 잊어버렸나
　　　고향의 물레방아
　　　오늘도 돌아가는데.

두 손을 마주잡고 아쉬워하며

골목길을 돌아설 때 손을 흔들며

서울로 떠나간 사람

천리타향 멀리 가더니

가을이 다가도록 소식도 없네

고향의 물레방아

오늘도 돌아가는데.

└ 정선 백전리 물레방아

참 구수한 가사이다.

시골의 정서를 잘 표현하고 있으며 지금도 어르신들은 이 노래를 즐겨 부른다. 우리도 시골출신이기 때문에 동창회 모임에서 이 노래를 부르는 친구가 있다. 시골에는 같은 동창이라고 해도 나이가 3~4살 차이나는 경우가 있다. 골짜기에 터를 잡고 살던 화전민들이었기 때문에 시골의 초등학교는 많은 사람들이 모일 수 있는 유일한 공간이었다. 어른도 아이도 할 것 없이 소풍과 운동회가 되면 같이 어울렸고, 추석이 돌아오면 귀향하는 사람들이 학교에 모여 인사를 나누던 곳이다. 가난에 시달렸던 시절 동네 선배들은 초등학교를 졸업하고 진학을 포기한 채 일찌감치 서울로 상경해 공장에 취직하는 경우가 많았다.

월급이 얼마 되지 않지만 그래도 명절이면 푸짐한 선물 보따리를 들고 고향을 찾는 선배들을 보면서 많이 부러워했다. 옆집 누나들은 형제가 많아 명절 때만 되면 큰누나 작은누나 셋째누나 등이 동생들에게 입힐 새 옷과 먹을거리를 가득 사가지고 왔다. 하지만 우리 집은 형제가 3명이고 아버지 형제들도 모두 근처에 살았기 때문에 선물 보따리를 들고 찾아오는 사람은 없었다. 자식을 서울로 보낸 어머니들은 명절이 다가오면 쌀 보리 고추 등을 찧기 위해 물레방앗간으로 몰렸다. 귀향하는 손님이 없어도 명절을 맞이하려면 물레방앗간에서 쌀을 찧어야 하고 우리는 리어카로 쌀을 옮기는 역할을 했다. 그런 기억이 가득한 물레방아. 그래서 물레방아는 고향을 상징하고 시골의 정서를 대변하는 곳이라고 한다.

백전리 물레방아를 돌아 정선읍내로 들어가면 매운탕으로 유명한 집이 있다. 조양강을 끼고 있는 강 길을 따라 들어가면 '짐포리 식당'이 있다. 이 곳의 지명은 원래 진포리라고 한다. 조양강이 휘돌아 가면서 진흙이 많이 쌓여 '진포리'로 불렸지만 공식적인 행정구역은 정선읍 봉양리이다. 진포리는 과거 뗏사공들이 묵어간 유숙지로서 주막거리라고도 했다. 물레방아와 매운탕 막걸리 뗏사공은 과거 빠질 수 없는 관계로 언제부터인지는 몰라도 '짐포리 식당'은 매운탕으로 유명세를 타기 시작했다.

백전리 물레방아에서 흘러나오는 물은 다시 조양강으로 합친다. 짐포리 식당은 조양강이 보이는 나지막한 언덕에 자리 잡고 있다. 식당을 운영하는 젊은 부부는 칼칼한 고추장 국물에 길쭉한 대파와 깻잎을 찢어 넣고 부드러운 감자와 민물고기를 듬뿍 넣어 보기에도 맛깔스럽게 끓인다. 그 옛날 소를 산에 풀어놓고 하루 종일 친구들과 어울려 개울가에서 가재와 퉁가리를 가득 잡아 오면 어머니는 걸쭉한 고추장 국물에 밀가루 수제비를 넣어 맛있는 매운탕을 끓였다. 특히 물레방아에서 흘러나오는 물살이 개울가로 합쳐지는 곳에는 퉁가리와 버들치가 많아 아이들의 타깃이 되곤 했다. 짐포리 식당에서 느끼는 매운탕 맛이 바로 옛날 어머니가 끓여주신 그 맛임을 알 수 있다.

물레방아는 어디를 가도 사람들이 접근하기 쉬운 신작로 옆 개울가에 있다. 주변에는 시골의 정서를 말해주듯 늘 울창한 숲이 우거져 있고 개울가에는 간혹 징검다리가 놓여 있다. 어린 시절 기억은 물레방아 바로 옆에 있는 서낭당은 늘 공포감을 주었고, 방앗간 옆 숲속에서 들려오는 나뭇잎 흔들리는 소리는 으스스 할 정도로 무서웠다. 서낭당 옆에는 커다란 벚나무가 여름이면 시원한 그늘을 만들어 주었지만 초등학생이었던 우리는 아무리 더워도, 땡볕의 하굣길에서도 절대 놀지 않는 금기의 장소였다.

지금은 서낭당도 징검다리도 벚나무도 모두 사라지고 물레방아만 문화재로 지정돼 남아 있어 그 시절 추억을 되살리기엔 부족함이 있다. 그렇지만 고향을 지키는 물레방아는 진한 생명력과 함께 힘찬 에너지를 내 뿜으면서 오늘도 쉼 없이 돌아가고 있다.

아우라지 뱃사공

평창에서 정선 읍내를 들어서는 순간 아리랑의 고장이라는 것을 실감할 수 있다. 조양강이 허리를 휘감아 흐르고 정선 읍내는 마치 새둥지처럼 포근한 모습이다. 시내를 가로지르는 조양강 다리를 건너는 순간, 하늘에 가득한 구름이 조양강에 그대로 투영된다. 마치 한 폭의 수채화를 보는 느낌이다. 정선아리랑 가사에 나오는 인물과 소재들이 시내 곳곳에 설치돼 있어 눈요기하기 바쁘다. 정선 읍내를 따라 조양강 상류로 거슬러 올라가면 강폭이 좁아지고 점점 시골의 정겨운 모습이 나타난다.

정선 읍내에서 30여분 쯤 지나 도착한 곳은 여량리에 있는 아우라지.

정선아리랑의 대표적인 발상지 중 하나이다.

이곳에 가면 '아우라지 뱃사공'의 유래가 있다.

정선 아리랑 가사 중 '아우라지 지장구 아저씨 배 좀 건네주게.

싸리골 올동박이 다 떨어진다'라는 내용이 있다.

이 가사의 지(池)장구는 장구를 잘 쳤던 지 씨였으며, 본명은 지유성으로 1960년대까지 살아 있던 실존 인물이다. 지장구는 20세에서 63세까지 40여 년간 아우라지에서 뱃사공으로 있으면서 장구를 잘 치고 정선아리랑도 잘 부르는 명창이었다고 한다. 이 자료는 정선연감에 실려 있다.

아우라지는 강원도 무형문화재 제1호인 정선아리랑 애정편 가사의 주요 무대가 되는 곳이다. 평창 발왕산에서 발원해 흐르는 송천과 중봉산에서 발원해 흐르는 골지천이 합류하여 어우러진다고 해서 '아우라지'로 불리었다. 이러한 자연적 배경에서 송천을 양수(陽水) 골지천을 음수(陰水)라 부르며, 여름 장마 시 양수가 많으면 대홍수가 나고 음수가 많으면 장마가 끊긴다는 전설이 전해지고 있다. 특히 조선시대에는 남한강 1,000리 물길 따라 목재를 서울로 운반하던 뗏목터이다.

조선말에는 대원군의 경복궁 중수 시 수많은 목재를 뗏로 엮어 한양으로 보냈으며, 이 때 전국 각지에서 몰려든 뗏꾼들의 아리랑 소리가 끊이지 않았던 숱한 애환과 정한을 간직한 유서 깊은 곳이다. 또한 사랑하는 님을 떠나보내고 애닯게 기다리는 여인의 마음과 장마로 인해 강을 사이에 두고 만나지 못하는 남녀의 애절한 사연이 정선아리랑 가사에 진하게 녹아 현재까지 전해지고 있다. 이러한 한과 얼이 얽힌 내용을 후세에 전하기 위해 아우라지 강변에 처녀상, 가사비, 정자(여송정) 등이 건립되어 있고 매년 8월초에는 아우라지 뗏목 축제가 열리고 있다. 아우라지를 오가는 나룻배는 매년 5월부터 운행하고 있으며, 아리랑 2호를 운행하는 어르신은 70이 넘었지만 뱃사공으로 오랫동안 활동한 경력으로 능숙한 솜씨를 자랑하고 있다.

나룻배와 관련한 에피소드는 아우라지에서 시작해 정선 읍내를 가로지르는 조양강에도 있다.

정선역에 기차가 들어온 것은 1967년.

하지만 정선역에서 내린 읍내 주민들은 다리가 없어 나룻배를 타야만 읍내로 들어갈 수 있었다.

다리가 건설된 것은 2년 뒤인 1969년.

때문에 주민들은 2년 동안 뱃사공의 나룻배를 의지할 수밖에 없었다. 서울에서 출발한 기차가 새벽 2시 정선역에 도착하지만 때로는 뱃사공이 깜박 잠들면 배를 타지 못한 읍내 주민들은 마냥 기다려야 했다는 일화도 있다.

정선아리랑은 이렇게 주민들의 생활과 직접 관련돼 있다.

노랫말의 내용은 남녀의 사랑 연정 이별 신세한탄 시대상 또는 세태풍자 등이 주를 이루고 있다. 가사 중에 정선에 있는 지명이 빈번히 등장해

지역적 특수성을 나타내고 있으며, 우리가 어린 시절에도 흥얼거릴 만큼 가사가 쉽게 표현돼 있다. 정선아리랑의 노랫말은 무려 700~800여 수나 된다. 어린 시절 동네 형이 부르던 노래를 따라 불렀고 지금도 기억나는 노랫말은 보편화 되어 있다.

눈이 올라나 비가 올라나 억수장마가 질라나
만수산 검은 구름이 막 모여든다.

정선읍내야 물레방아는 물살을 안고 도는데
우리 집에 서방님은 날 안고 돌 줄을 모르나.

이러한 가사는 지금도 비슷한 형태로 불리어지고 있다.

어떻게 보면 애절한 내용도 있지만 아낙네의 신세한탄을 표현한 것도 있다. 정선아리랑 가사 중 해학적인 내용은 멀리 충남 예산에 있는 수덕사 스님의 법문에서도 전해지고 있다. 인터넷에 회자되고 있는 내용을 소개 해 본다.

1930년대 수덕사에 계시던 만공스님은 쉽고 재미난 법문으로 많은 불 자들의 관심을 받고 있었다. 우리나라 불교계에서 손꼽힐 정도의 선객이

신 만공스님은 타고난 풍류객의 끼를 지녔다고 한다. 만공스님의 법문 중에는 '딱따구리 법문'이 있는데 그 법문이 생기게 된 데는 나름대로 까닭이 있다. 따뜻한 봄 날. 수덕사 동자승이 나무하러 산에 온 사람들이 부르는 노래가 재미있어 듣고 따라 불렀다. 그 노래가 정선아리랑 중의 일부인데 사랑을 다루는 노래였다.

　동자승이 이 노래를 부르자 스님들이 놀라서 동자승을 꾸짖자 만공스님은 괜찮으니 열심히 부르라고 했다. 어느 날 법회가 열리고 많은 사람들이 법당에 가득한데 스님은 의식을 행한 뒤 법문을 할 시간에 동자승을 불러 그 노래를 부르라고 했다. 동자승은 많은 사람들 앞에서 신나게 노래를 불렀다. 모여 있던 불자들 중에 어떤 이는 얼굴이 붉어졌고, 어떤 사람은 웃음을 참느라고 입을 막고, 어떤 사람은 놀라서 어이없다는 표정이었다. 노래가 끝나자 만공스님은 "오늘 법문은 이것으로 대신하겠소. 이 세상 모든 것은 다 법문이오. 마음이 깨끗하고 밝은 사람은 이 노래에 담긴 뜻을 깨우쳐 오늘의 법문으로 제대로 알아들을 수 있을 것이지만, 마음이 더러운 사람은 추잡한 잡념이 먼저 떠올라 그저 노래만 듣고 갈 것입니다." 하면서 법회를 마쳤다고 한다. 동자승이 부른 가사는 남편을 기다리는 아낙네의 마음을 드러낸 내용이었다.
　정선아리랑 가사는 이처럼 심오한 철학을 가지고 있으면서도 사람들의 깊은 생활까지 그대로 표현하고 있기 때문에 잊혀지지 않고 전해지는 것이다.

정선아리랑의 기원은 정확하지는 않지만 몇 가지 있다.

하나는 고려 말 조선창업을 반대한 고려 유신 72명이 송도(지금은 북한 개성) 두문동에 숨어 지내다가 그 중 7명이 정선으로 옮기고 고려왕조에 대한 충절을 맹세하며 여생을 산나물을 뜯어먹고 살았다. 이들은 당시 고려왕조에 대한 흠모와 두고 온 가족과 고향에 대한 그리움, 외롭고 고달픈 심정 등을 한시로 지어 읊었는데 뒤에 세인(世人)들이 이를 풀이하여 부른 것이 정선아리랑의 기원이 되었다고 한다. 이렇게 본다면 정선아리랑은 아리랑 중에서 가장 역사가 오래된 것으로 볼 수 있다.

또 다른 기원은 아우라지에서 찾을 수 있다.

아우라지 나루를 사이에 두고 마주하고 있는 마을은 여랑리와 유천리. 여량리 처녀와 유천리 총각은 서로 사랑을 하게 됐다. 여랑리 처녀는 날마다 싸리골 동백을 따러 간다는 핑계를 대고 유천리로 건너가 총각과 정을 나누었다. 그러던 중 여름 장마로 홍수가 나자 물을 못 건너가게 된 처녀는 총각을 만날 수 없게 되자 이를 원망해 부른데서 유래되었다고 한다.

역사와 문화는 시대적 배경을 대변할 뿐만 아니라 사람들의 안식처이다. 정선아리랑의 기원이 언제인지 정확하게 알려지지 않지만 중요한 것은 풍류를 알고 삶의 지혜를 아는 정선사람들의 자존심이라는 것이다. 정선은 이제 꿈과 미래가 실현되는 역동적인 도시로 거듭나고 있다. 그리고 우리지역에 남아 있는 역사적 사실을 토대로 전통문화를 잘 보존하고 계승하는 것은 필연적인 업무다. 역사가 있고 문화가 있고 사람들의 향기가 있는 정선 아우라지.

쉼이 있는 평온한 안식처이다.

└, 검은 구름이 몰려오는 아우라지 돌다리

정선 뽕나무

무더운 여름이 기승을 부리고 소나기가 작렬하는 주말오후.

피서를 위해 강원도를 찾는 사람들이 넘쳐난다.

그래도 모처럼 오는 손님을 나 몰라라 할 수 없어 지역 특산품도 챙겨주고, 숙소도 안내하는 배려를 아끼지 않는다. 이곳 사람들도 휴가를 떠나야 하는데 밀려오는 손님 때문에 휴가를 갈 수 없다. 어쩌면 시원한 이곳에 있는 자체가 피서이고 휴가일 수 있다.

주말을 맞아 당일로 인근 지역을 다녀오는 것도 묘미가 있다. 무더운 여름의 제국이 정선까지 접수한 상태지만 간혹 내리는 소나기는 마음까지 시원하게 만든다.

강원랜드를 둘러보고 정선읍내를 굽이쳐 흐르는 조양강 입새에 들어서자 자동차가 더 이상 갈 수 없을 정도로 막혀 있다. '한 여름에, 그것도 피서객이 많이 찾는 주말 오후에 하필 공사를 할까' 라는 생각으로 불평을 드러냈지만 생각은 이내 바뀌었다. 공사 때문에 차가 막히는 것이 아니라 바로 정선 장날이었다. '가는 날이 장날이구나' 라는 말을 바로 이럴 때 사용한다는 것을 실감했다. 일행은 스마트폰을 검색하더니 정선 5일장이 2일과 7일 주기로 열린다는 것을 확인하고 목적지를 정선 장터로 변경했다. 당초 우리는 정선군청과 정선읍사무소 사이에 있는 600년 된 뽕나무를 보러갈 계획이었다. 그래서 찾은 정선 장터.

뽕나무와 가까이 있는 정선읍사무소에 주차를 하고 장터로 걸어갔다. 읍사무소에 설치된 물레방아와 정선아리랑 조형물은 여기가 정선임을 적당히 상기시켰다. 정선읍내는 장꾼들과 차량 관광객 등이 뒤엉켜 그야말로 활력이 넘쳐났다. 정선의 푸짐한 인심과 정이 제대로 묻어나는 정겨운 삶의 현장이다. 구수한 강원도 사투리를 구사하는 사람들과 서울사람들 경상도 전라도 충청도 사람들이 주고받는 대화와 흥정은 여기가 바로 대한민국을 대표하는 시골장터라는 것을 또다시 실감나게 한다.

정선의 토속먹거리와 특산물이 푸짐하게 나와 저렴한 가격으로 구입할 수 있고 다양한 문화체험도 가능하다. 5일장의 중심지인 중앙시장으로 들어서니 그야말로 중국 어느 재래시장에 온 것처럼 사람이 많다. 사람에 밀리고 밀리지만 지겨움 보다 구경하는 재미로 오히려 흥이 난다. 손님들은 대부분 외지 사람들이고 외국인들도 눈에 띄어 정겨운 지구촌 어울마당이 연출된다.

이렇게 장 구경을 실컷 하고 찾은 곳은 정선읍 한복판에 자리한 봉양리 뽕나무. 나이가 무려 600여년 됐다.

강원도 기념물 제7호로 지정돼 있는 뽕나무는 한 그루가 아니라 두 그루가 나란히 서 있다. 우리나라에서 살아있는 뽕나무 중 가장 오래된 것이라고 한다. 이렇게 큰 뽕나무를 보기란 쉽지 않다. 어린 시절 시골에서 누에를 칠 때 보았던 그 많은 뽕나무들도 커봐야 밑동이 어른 한 아름도 안되었다. 하지만 봉양리 뽕나무는 높이가 25미터, 가슴둘레 2.5미터, 밑동둘레 3.3미터, 나무의 폭은 동서 24미터, 남북 15미터라고 안내판에 기록해 놓았다. 고려 말 제주고씨 일가가 중앙에서 관직을 버리고 정선으로 거처를 옮기면서 심은 나무라고 한다. 조선후기 '정선총쇄록' 의 기록에 의하면 정선군수를 지낸 오횡묵(1887년 3월~1888년 8월)은 군수로 부임할 당시 뽕나무 숲을 헤치고 길을 찾아 관사에 이르렀다는 내용이 있다. 봉양리 뽕나무는 역사적 기록에도 나와 있을 정도로 유명세를 타고 있다.

얼마 전 아우라지에 갔을 때 아주머니 몇 분이서 사진을 찍어 달라고 요청했다. 아마 내가 전문 사진작가로 보였는지 내 카메라로 찍어 달라는 것이다. 그날 카메라를 메고 청바지에 모자를 쓰고 나름 폼도 좀 났는지 사진을 몇 장 찍어주고 나니 사진을 보내달라는 것이다. 대한민국 아주머니들의 편안한 모습이라 생각하고 주소를 알려 달랬더니 정선 아주머니들이다. 차림새로 봐선 서울에서 정선으로 놀러온 사람들 같은데 정선 사람들이라 조금 놀랐다. 더구나 사진을 보내 달라는 곳의 이름이 정선읍 녹송리에 있는 '뽕나무 갈비촌'이라… '뽕나무가 약재로 많이 쓰이니까 이젠 갈비도 뽕나무로 조리하구나…' 속으로 이런 생각을 하며 집으로 돌아온 기억이 있다. 그때만 해도 뽕나무는 정선과 큰 관계가 없어 보였다. 정선은 그저 아리랑의 고장이고 아우라지 뱃사공으로 유명한 동네라는 사실만 인식돼 있었다. 하지만 여름이 무성하게 익어가면서 정선관아가 있는 중심부에 이렇게 600년이 된 고목이 있다는 사실에 경이롭기까지 했다.

과거 우리 조상들은 뽕나무를 하늘이 준 신목(神木)으로 여겼다. 뽕나무는 비단의 원료이지만 목화나 삼처럼 사람의 손으로 직물을 짤 수 없다. 오직 누에가 뽕잎을 먹고 실을 토해 내야만 명주를 만들 수 있는 것이다. 고려시대에는 나라에서 뽕나무 심기를 많이 장려했으며 조선시대에는 모든 백성이 의무적으로 뽕나무를 심게 하고 심지 않으면 처벌을 하기도 했다. 우리가 어렸을 때에도 동네에 누에를 치는 집이 있었는데, 징그러워서 가까이 다가서지도 못하고 심지어 뽕밭에 가는 것도 두려웠다.

뽕나무는 뿌리에서부터 나무 열매 잎까지 모두 훌륭한 약재로 사용된다고 한다. 이 글을 쓰면서 뽕나무에 대한 효능을 대략 살펴보고 많이 놀랐다. 기회가 되면 더 많은 연구를 통해 건강한 삶을 누리고 싶은 마음이

ㄴ. 수령 600여 년 된 정선 뽕나무

생겼다. 우선 뽕잎은 모세혈관을 튼튼하게 하는 루틴 성분이 메밀의 17배, 칼슘은 양배추의 17배, 철은 무청의 150배 정도가 들어 있다. 또 뽕잎에는 52%나 되는 식이섬유가 들어 있는데 이 식이섬유는 장을 튼튼하게 하고 숙변을 돕는다고 한다. 인터넷에 게재된 뽕잎의 약효는 당뇨병 예방과 고혈압 예방, 고지혈증 치료, 동맥경화 예방, 변비 예방, 노화 예방, 암 예방 등의 효과가 있다고 한다. 정선장터와 봉양리 600년 뽕나무는 정선읍내의 역사를 대변하고 지금도 만들어 가고 있다.

　비가 그친 일요일 오후.
　어느 흑인여성과 한국여성이 정선 장터를 지나 뽕나무 아래를 걸어가고 있었다. 인류의 역사는 사람들의 손에 의해 만들어지고, 지금도 많은 사람들이 봉양리 뽕나무 아래를 걸으면서 역사를 만들어 가고 있다. 그것은 정선사람들의 삶이고, 인류의 문화이다.

| 동강의 꿈 |

동강은 수미마을에서 하송리까지 65㎞에 달한다.
시작은 한강의 지류이기 때문에 태백 검룡소이다. 정선 임계면을 지나 북면 여량리 아우라지에
이르러 송천과 합류한다.
이것이 조양강을 이루고 나전에서 오대천과 합류한다.
이후 수미마을에서 고한에서 발원해 흘러온 동남천과 다시 합류한다.
동강이란 명칭은 여기서부터 사용된다.

뿌리

나의 조상님들은 대부분 동해 삼척 태백 영월에 영면해 계신다.

삼척에는 5대조까지 계시고, 영월에는 6 7 8 9 11 12 13대조, 태백에는 10대조, 동해에는 14대조 이상의 조상님들이 계신다. 아주 어린 시절 파가 '구호파'인줄로만 알았다. 동해시 구호동에 선조들이 사셨기 때문에 그렇게 불리었던 것 같다. 조금 성장해서 족보를 볼 수 있는 나이가 돼서야 어느 파에 소속돼 있다는 것을 알았다. 우리 집안은 매년 동해 삼척 태백 영월 등에서 시제를 지낸다. 나이를 먹으면서 뿌리를 찾게 되고, 낳아 주신 조상님들에 대한 예의라 생각해서 시제에는 대부분 참석한다. 할아버지가 없었으면 아버지 어머니도 없었을 것이고 나도 없었을 것이다. 모든 종교적 의식을 떠나 나를 있게 해준 조상님들에 대한 감사의 뜻이다. 세월이 흘러 할아버지의 후손은 전국에 뿌리를 내렸지만, 그 후손들은 조상에 대한 감사의 마음으로 아직도 변함없이 시제를 올린다. 나 역시 가문의 한 사람으로서 가까운 곳에 살고 있기 때문에 10여 년 전부터 빠짐없이 시제에 참석한다.

나의 조상님들은 어떻게 살았는지 정확하게 알 수 없지만 대부분 농업에 종사했던 것으로 전해진다. 6~15대조 할아버지가 영월 태백 삼척 동해 등에 정착하면서 농사를 지었지만, 할아버지 중에 통정대부(通政大夫)와 가선대부(嘉善大夫)를 하신 분이 있다. 시제를 지내면서 비석에 기록돼 있는 비문이 늘 궁금해 했는데 사학자들에게 물어보면 통정대부는 정3품의 관직으로 요즘 고위공무원에 해당된다고 했다. 가선대부는 종2품으로 이순신장군도 종2품의 수군통제사를 지냈다는 기록을 보면 관직을 하신 것 같은데 정확하게는 알 수 없다. 영월이 충절의 고장이라 나의 조상님들도 의미 있는 삶을 살았겠구나 하는 생각이 앞선다.

2019년 봄 영월 김삿갓면에서 열린 김상태 의병장 추모제에 참석했다. 김상태 의병장은 1864년 충북 단양군 영춘면에서 출생해 1986년 33세의 나이에 중군장으로 활약했다. 이후 풍기 봉화 영춘 영월 등에서 뛰어난 활동을 펼쳤다. 김상태 의병장의 부대 구성원은 당시 900명이 넘었고 총은 700정이었다고 한다. 영월과 영주 안동 등에서 활약한 의병장은 우리나라

의병사에서 뛰어난 업적을 남겼다는 사실을 알았다. 김상태 의병장은 삼척김씨 27세손으로 내가 33세손이나 6대조 할아버지에 해당된다. 영월에 이렇게 훌륭하신 조상님이 계신다는 자체가 자긍심이고, 앞으로 후손들이 그 업적을 잘 계승 보존해야 한다는 생각이 들었다.

우리나라의 경우 성씨가 280여개라고 하니 참 많은 성을 가진 사람들이 가문을 형성하면서 살고 있다. 가문은 좁은 의미의 부계혈연 집단이다. 이것은 남자 중심의 혈통을 말하며, 일단 태어나면 자동적으로 한 집안의 구성원이 된다. 우리의 가문은 전통적으로 부계친족에 바탕을 두고 있다. 요즘처럼 여성이 사회 각 분야에서 두각을 나타내는 것과 비교하면 얼마나 보수적인가를 알 수 있다. 예로부터 우리나라에서는 가문을 중요시 여겨 출신성분에 따라 사회적인 명성과 가풍을 평가했다. 다른 가문보다 모범적인 가문은 사회 전반에 걸쳐 인정을 받고 그 가풍의 뿌리를 정립해 나가려고 노력한다. 지금도 가문에 대한 인식은 우리 생활에 일부분 자리 잡고 있다.

하지만 최근 들어 젊은 세대들은 제사를 과거 방식과 다르게 지내는 것은 물론 벌초마저 생략하는 경향이 뚜렷해 가문에 대한 개념은 크게 약화되고 있다. 그나마 다행인 것은 가문의 영광을 잇고 뿌리를 지키려는 어르신들이 있어 명맥이 유지되고 있다는 것이다.

과거 집안에 효자 효녀 열녀 관직등용 등이 나온다는 것은 가문의 자랑으로 여겼다. 그러나 반사회적인 범죄행위는 가문에 먹칠하는 것으로 간주되어 지탄을 받기도 했다. 가문은 대대로 그 집안이 어떤 직업에 종사했고, 또 어떤 사회적 지위를 누리고 있었는가도 밀접한 관련을 맺고 있다. 과거 전통사회에서는 개인을 평가함에 있어서 개인적인 자격보다는 출신가문을 더욱 중요시했다.

그것은 가문의 전통 또는 가풍이 어떤 형의 인간을 만들어냈을 것인가를 평가하기 때문이다. 때로는 배우자 선택에서도 출신가문을 따지고 했다. 오늘날 재벌은 재벌끼리, 권력자의 집안은 그 집안끼리 혼인하는 풍토가 많이 사라지긴 했지만 아직도 없어지지 않는 것은 이러한 풍토 때문이다. 물론 이런 현상은 전통적인 양반계층이나 상류계층에서 더욱 심하게 나타났고 최근에도 뿌리가 남아 있다.

이른바 뼈대 있는 가문 출신이라는 말은 여러 세대에 걸쳐 사회 각 분야에서 모범이 될 만한 업적을 쌓아온 것을 말한다. 최근 가문의 관념은 비록 많이 약화되기는 했지만 여전히 지속되어 우리들의 생활에 많은 영향력을 미치고 있다. 가문은 성씨 중심으로 이어지는데 영월을 비롯해 평창 정선 등 전국 각 지역을 대표하는 성씨가 많다. 하지만 지역에 연고를 둔다고 해서 그 지역에서 사는 것은 아니다. 전국 각지에 흩어져서 사회적 위치를 쌓고 집안의 위치를 정립한다. 가문과 집안은 조금 다른 개념이다. 과거 가문이 중요시 됐다면 요즘은 집안과 개인이 중요한 위치를 차지하고 있다.

가문과 관련해 재미난 영화도 있다.
'가문의 영광'은 시리즈로 다섯 편이나 상영됐다.
그중 마지막에 상영된 '가문의 귀환'은 관람객이 100만 명이 넘었다. 추석이나 설 명절이면 어김없이 방영되는 코믹영화 가문의 영광 시리즈는 많은 사람들에게 웃음을 안겨 주었다. 난 그 중에서도 다섯 번째 제작된 '가문의 부활'을 의미 있게 보았다. 강원도 출신 탤런트 유동근씨가 출연한 작품은 박근형 성동일 정준호 등 흔히 코믹과 조폭영화에 자주 등장하는 인물이 안방 시청자들에게 웃음을 선사한다. 가문의 부활은 서로 다른 환경에서 자란 남녀가 우여곡절 끝에 결혼에 골인하지만 살아온 환경 탓에 좌충우돌 에피소드가 펼쳐진다. 바로 가풍으로 인한 가문의 차이 때문이다. 그런 가운데 조폭출신 가장이 조폭생활을 청산하고 과거의 영광을 찾기 위해 '가문의 귀환'을 이루려는 노력은 바로 우리사회의 현실을 관념적으로 보여준 것으로 생각된다.

세월은 흐르고 역사도 새롭게 만들어 진다.
우리나라 역사는 수 천 년이 흘렀지만 지금 남아 있는 수많은 관례는 대부분 조선시대에 만들어진 것이다. 가문에 대한 전통적인 생각이 점차 사라지고 있는 것도 새로운 역사가 만들어지기 때문이라고 생각된다. 특

히 가족의 구성원들도 개인적인 사고와 생활패턴이 틀리기 때문에 가족
의 '어울림' 도 점차 사라지고 있다.

　최근에는 '사촌' 이 없어진다는 말이 있다.

　사촌은 형제의 자녀 사이를 말하는데, 저 출산으로 한명의 자녀를 둔
가정은 사촌이 없을 수밖에 없다. 자칫 가족은 살아 있어도 집안은 몰락할
수 있다는 우려가 바로 여기서 나오는 것이다. 이 글을 쓰는 이유도 바로
가족을 살리고, 집안을 살리자는 취지이다. 과거처럼 관직등용을 통해
'가문의 부활' 을 일으키자는 것이 아니다.

　가족의 사랑이 가득한 '뿌리 깊은 가족사회' 를 만들자는 것이다.

동강의 군인

높은 산 깊은 골 적막한 산하
눈 내린 전선을 우리는 간다.
젊은 넋 숨겨간 그때 그 자리
상처입은 노송은 말을 잊었네.
전우여 들리는가 그 성난 목소리
전우여 보이는가 한 맺힌 눈동자.

군가 '전선을 간다' 의 가사이다.

군대생활을 하면서 가장 많이 불렀고, 지금도 좋아하는 군가이다.

나는 군대생활을 중부전선 백골부대에서 했기 때문에 군에 대한 애정과 추억이 남다르게 많다. 휴전선과 맞닿아 있어서 늘 긴장감이 있었고, 그런 이유에서인지 군가도 '전선을 간다'를 많이 불렀다. 난 고참병이 되어서 한 겨울에 구보를 할 때면 늘 '전선을 간다'를 외쳤다. 철원 산골짜기의 겨울은 눈이 많이도 오지만 자주 내린다. 그런 이유에서 사병들은 제설작업에 많은 시간을 할애했다. 연병장에 눈을 치우고 영하의 날씨가 살을 애는 새벽.

20대의 젊은 청춘들은 뜨거운 함성으로 새벽을 열었다.

"군가 한다… 군가… 군가는 전선을 간다… 하나 둘 셋 넷…"

이렇게 선창을 하면 후임병들이 일제히 "높은 산 깊은 골 적막한 산하…"를 외치며 구보를 한다. 요즘도 TV에서 그 군가가 나오면 괜히 마음이 동요되고 있다. 일부 통신병 사이에서는 군가 제목을 빗대어 '전선을 간다'라고 개작해서 부르기도 한다.

군대에 대한 기억은 군대를 다녀온 당사자는 물론 가족까지 연관되기 때문에 잊을 수 없는 추억이다. 군대생활을 통해 애국심과 인내심 협동심 등을 배우고 전우애와 질서 등 수많은 일들을 경험하게 된다. 또한 인생에서 가장 힘든 시기를 보냈다는 기억이 평생 남아 있고, 수 십 년이 지나도 늘 무용담으로 존재한다. 그만큼 군대는 남자들에게는 소중한 추억이고,

어머니와 누이 등 여자들에겐 애절한 눈물로 남아 있다.

　나는 군대를 대학 3학년 1학기 마치고 갔다.
　시골에서 버스를 타고 눈물을 흘리는 어머니의 뒷모습을 보면서 나 역시 소리 없이 많은 눈물을 흘리며 떠났다. 덜컹거리는 버스를 타고 태백역에 도착해 기차를 타고 고한 사북 영월을 지나 청량리에 도착한 후 다시 논산으로 가는 기차를 탔다. 논산훈련소에 입소해 논산 군번만 받고 10여 일 머물다가 철원으로 이동해 백골부대 신병교육대에서 신병교육을 받았다. 지금 생각해 보면 당시 철원의 풍경은 여기 저기 설치된 백골 조형물이 살벌한 분위기를 연출했고, 간간히 들려오는 대포소리와 대남방송은 신병의 군기를 바싹 들게 했다. 신병교육대에서의 훈련은 지금도 잊을 수 없는 내 생에 최고의 힘든 순간이었고, 지금도 가끔 군에 입대하는 꿈을 꿀 정도다.

　이런 추억이 고스란히 남아 있는 가운데 정치를 시작하면서도 백골부대와 잊을 수 없는 인연이 계속되고 있다. 몇 년 전 육군 36사단장이 새로 부임하면서 백골부대와 또 다른 인연을 연결할 수 있었다. 사단장은 백골부대 부사단장을 지낸 경험이 있어 나와 동질감을 느낄 수 있었다. 그 인연으로 접할 수 있는 기회가 종종 있었고, 영월에 있는 태백산 부대와도 친숙한 관계를 유지할 수 있었다. 강원도 작은 도시에서 시장으로 재임하는 8년여 동안 사단장 연대장 대대장으로 연결되는 군과 친밀한 관계를 유지할 수 있었고, 1군 사령관도 몇 번씩이나 지역을 방문해 힘을 보탰다.

재임 중에 있었던 일이다.

아마 2015년 봄으로 기억된다. 난 다리골절상을 입은 가운데 영월 태백산부대장 취임식에 목발을 집고 참석했다. 비가 내려 이동이 불편해 몇 번을 망설이다가 부대를 찾아 신임 부대장의 취임을 축하했고, 그 인연으로 좀 더 친밀한 관계를 유지할 수 있었다.

그날 부대에 들어서면서 들리는 군가.

거레의 늠름한 아들로 태어나
조국을 지키는 보람찬 길에서
우리는 젊음을 함께 사르며
깨끗이 피고질 무궁화 꽃이다.

한가치 담배도 나눠 피우고
기쁜 일 고된 일 다함께 겪는
우리는 전우애로 굳게 뭉쳐진
책임을 다하는 방패들이다.

군가 제목이 '전우' 이다.

내가 신병교육대에 입대하면서 구슬프게 들었던 그 노래.

가슴속에 그렇게 남아 있던 군가가 부대장 취임식장에 흘러나와 숙연하게 만들었다. 이후 나는 영월에서 부대장과 다시 만났다. 퇴근시간이 지난 후 모인 자리에서 지역문제와 지역발전방안 군관협조체계 등 여러 가지 업무적인 일에서부터 개인의 가정사까지 폭넓은 대화를 나눌 수 있었다. 이 자리에서 느낄 수 있었던 것은 강인하지만 감성 있는 군인이라는 것을 새삼 알았다. 강한 군인정신과 지휘관으로서 갖춰야 할 덕목까지 이 시대에 필요한 것을 진정 갖추고 있었다. 그리고 한 여자의 남편으로서, 아이들의 아버지로서 생활하는 소박한 모습도 그들에게 느낄 수 있었다. 이후 우리는 더욱 가까워져 가족까지 함께 하는 모임을 만들었고, 지금은 각 자의 위치에서 국방의 임무를 다하고 있다.

몇 년 전 수많은 관객을 동원한 영화 '명량'에 나오는 이순신장군은 12척의 배로 133척의 왜군을 물리쳤다. 비결은 무엇일까. 해답은 이순신 장군의 '필생즉사 필사즉생(生則死 必死則生)'이라는 명언을 통해 알 수 있다. 살고자 하면 죽을 것이요, 죽기를 각오하면 살 수 있다는 내용이다. 병력과 장비가 열세하지만 싸워 이기겠다는 강한 의지가 있으면 이길 수 있다는 교훈을 준다. 첨단 무기가 등장하는 현대전에서도 전쟁수행의 주체가 인간이기 때문에 군인정신의 중요성은 변치 않을 것이다. 군인정신의 체질화는 자기 발전의 초석이다. 극한상황을 극복하고 주어진 일을 완수하기 위해 꼭 필요한 덕목이다. 군대 생활을 통해 힘든 상황을 극복하면 사회생활도 성공 할 수 있다고 확신한다. "군대 갔다 오더니 사람이 바뀌었다."라는 말은 외적인 측면은 물론이고 내적으로 성숙한 모습을 두고 하는 말이다.

지방자치도 지역을 한번 살려보겠다는 강한 의지가 있으면 안 되는 것이 없다는 생각을 했다. 자치단체장이 표를 의식해 선심성 예산을 남발하고, 자신의 입지를 위한 정책을 펼친다면 지역의 미래와 가치는 바닥으로 떨어질 수밖에 없다. 결국 자치단체장의 의지가 얼마나 중요한가를 보여주는 대목이다. 정치도 마찬가지로 표를 의식한 행보보다 지역의 미래, 국가의 가치를 위한 미래지향적인 일에 많은 투자를 해야 한다.

동강이 내려다보이는 곳에서 직업군인들을 만나 인연을 맺는다는 것은 쉬운 일이 아니다. 비록 몸은 전방에 있지 않지만 조국을 사랑하고 지역을 사랑하는 그들이야 말로 정말 멋진 '대한민국의 군인' 이었다.

장릉의 눈물

장릉은 나에게 눈물겨운 추억이 있는 곳이다.

1984년.

고등학교 2학년 때의 일이다.

수학여행을 가기 위해 들 떠 있는 시기에 나는 가정형평상 도저히 갈 수 없었다. 당시 탄광촌 고등학생들의 수학여행은 서울 부산 경주 등 쉽게 가 볼 수 없는 곳으로 떠나기 때문에 누구나 가고 싶어 했다. 가정형편이 그렇게 어렵지 않으면 대부분 수학여행에 동참했지만 몇 만원이 없어서 수학여행의 길에 오르지 못했다. 몇몇 동기들도 나와 같은 처지에 있었지만 전체 600여명의 동기들 중 가지 못한 학생은 불과 10%도 되지 않았다.

그래서 수학여행 사진이 단 한 장도 없다.

　고등학교 시절 추억의 꽃이라 불리는 수학여행을 가지 못한 아픔은 세월이 지난 지금도 가슴 시리게 남아 있다. 졸업앨범 속에 담겨져 있는 추억의 수학여행 사진은 모두 친구들로만 채워져 있다. 수학여행을 가지 못한 학생들은 등교해서 오전동안만 자율학습을 하고 일찍 하교했다.
　그러던 어느 날.
　학교 측은 나와 같이 수학여행을 가지 못한 학생들을 위해 소풍을 가도록 배려했다. 소풍은 태백산이나 연화산 등 평소 가던 곳이 아니라 기차를 타고 떠나는 여행이었다. 수학여행을 간 동기들은 단체 버스를 타고 부산으로 경주로 3박4일간의 일정으로 떠났지만, 우리는 당일 코스로 기차를 타고 가까운 영월에 갔다. 걸어서 가는 소풍이 아니라, 기차를 타고 가는 소풍이다. 지금 생각해보면 학교에서 가난한 우리들을 위해 얼마나 깊은 배려를 해 주셨는지 감사할 따름이다.

　그렇게 간 곳이 영월 장릉.
　1984년 봄 장릉의 모습은 기억이 가물가물하다. 다만 그 때 찍은 사진을 보면 기차를 타고 간 것과, 장릉에서 한발로 뛰며 닭싸움을 하며 놀았던 기억이 있다. 그리고 우리는 그곳에서 단체 사진을 찍었다. 그 사진이 아직 내게 남아 있고, 나의 아픔을 지울 수 없는 추억의 사진이 됐다. 당시 장릉에 놀러 갔지만 단종의 무덤이 왜 영월에 있는지, 어떤 아픔을 가졌는지 전혀 관심이 없었다. 단지 기차를 타고 떠난다는 기분과 나와 같이 수학여행을 가지 못한 학생들에게 진한 전우애 같은 것을 느낀다는 것 이외에는 별 생각을 하지 않았다.

　이후 고등학교를 졸업하고 강원도를 떠나 대학과 군대생활을 마친 후 8년여 만에 다시 기자가 되어 돌아왔다. 강원도청을 출입하면서 민선시대 자치단체장의 활약상을 알게 되었고, 영월의 장릉이 다시 조명되기 시작하는 것을 알았다. 고등학교 시절 수학여행을 가지 못한 채 장릉에서 하루를 보내고 기차를 타고 오면서 너무나 가슴 아팠던 기억들. 어른이 되어서도 눈물의 추억이 살아 있는 곳으로 꼭 한번 다시 가보고 싶다는 생각이 떠나지 않았다.

　고등학교 수학여행 대신 장릉에 간 이후 31년 만에 장릉을 찾았다. 일요일지만 그날따라 특별한 행사도 없어 혼자 조용히 차를 운전해 장릉에 도착했다. 휴가철이 시작돼 무더위가 지속됐고, 온몸에 땀이 줄줄 흘렀다. 1,400원의 입장료를 내고 장릉 입구를 들어서는 순간 잘 정리된 수목과 단아한 기와집들이 고풍스러운 분위기를 자아내고 있었다. 능을 오르는 계단을 따라 즐비하게 늘어선 소나무는 수 백 년의 절개를 말해주듯 말없이 서 있었다.
　단종능에 도착해 참배를 하고, 한동안 옛 기억을 생각하며 서 있었다.

세종대왕의 손자인 단종은 조선시대 6대 임금으로 1441년 태어나 1457년 승하했다. 어머니 현덕왕후는 단종을 낳은 지 출산후유증으로 하루 만에 돌아가셨다. 임금 재위기간은 12살에 왕에 올라 3년에 불과하고 작은아버지 수양대군이 권력을 잡자 왕위를 내 주고 상왕으로 물러났다. 단종은 1457년 작은아버지인 세조에 의해 노산군으로 강봉되어 영월 청령포로 유배되었고, 2개월 동안 유배생활을 하다 여름 홍수로 인해 영월 읍내에 있는 관풍헌으로 거처를 옮겼다. 하지만 세조가 내린 사약을 받고 그해 10월24일 꽃다운 나이에 승하했다.

이 때가 단종의 나이 17세.

사육신과 생육신 등이 단종 복위를 위해 노력하고 벼슬을 하지 않는 등 충신들이 수없이 많았으나 세조의 야욕을 꺾지는 못했다.

단종능을 둘러보고 아래에 있는 정자각과 비각 등을 둘러보았다.

이곳은 예전 수학여행을 가지 못하고 소풍을 왔던 추억의 장소였다. 당시 고등학교 2학년이었던 나는 17세였다. 단종이 승하한 나이와 똑같았다. 31년 전 이 곳에서 수학여행을 가지 못했던 친구들과 소풍을 왔고 사진을 찍었다. 아마 정자각 앞 잔디밭에서 놀았던 것 같다. 순간 옛 추억을 기억하니 참 슬프다는 생각이 들었다. 17세의 어린 나이에 숙부인 세조에 의해 눈물을 머금고 사약을 받았던 단종. 영월의 충신 엄홍도에 의해 겨우 시신이 수습돼 지금의 역사를 간직할 수 있었던 땅 영월. 내 나이도 이제 50을 갓 넘었지만, 역사적 사실 앞에서 고개가 숙여질 수밖에 없었다.

정자각 일대를 보고 내려오는 길에 재실과 역사관에 들렀다. 역사관을 둘러보고 소설가 이광수의 장편소설 '단종애사'를 구입했다. 학창시절 배웠던 춘원 이광수에 대해 모르는 사람이 없을 것이라는 생각을 했지만 세월이 수백 년 지난 지금, 또 앞으로 수천 년이 흘러도 단종에 대한 애달픈 사연은 지워지지 않을 것이다.

　　춘원 이광수는 1928년 11월24일 자신의 소설 '단종애사' 머리말에 이렇게 기록해 놓았다.
　　'단종대왕처럼 만인에게서 동정의 눈물을 끌어낸 사람은 조선뿐만 아니라 전 세계를 두고 보더라도 드문 일일 것이다. 왕 때문에 의분을 머금고 죽은 이가 사육신(死六臣)을 필두로 백이 넘고, 세상에 뜻을 끊고 일생을 강개한 눈물로 지낸 이가 생육신(生六臣)을 필두로 천에 이른다.'

　　단종의 역사는 단순이 비애의 역사가 아니다.
　　정도를 위해 절개를 지키고 올곧은 행동을 했던 영월사람들의 위대한 모습들이 충절의 고향 영월을 탄생시켰다. 오늘날 자신의 이해관계에 따라 배신과 갈등 분열 시기 질투 등이 난무하는 정치판의 끝은 무엇일까.
　　한마디로 '허무(虛無)'이다.
　　아무것도 없는 빈껍데기일 뿐이다. 단종의 눈물이 있었기에 충신들이 있었고, 역사는 그들의 행동을 영원히 기억하고 있는 것이다.
　　바로 눈물이고 의리의 역사이다.

ㄴ 단종왕릉

ㄴ 고등학교 시절 수학여행의 아픔을 달래 준 단종비각

주천골 장터

서울에서 38번 국도를 통해 강원도에 진입하는 초입새.

영월군 한반도면 쌍룡리.

'강승월 휴게소' 라는 특이한 입간판이 눈에 띈다.

휴게소를 이용한지는 벌써 10여년이 됐지만 '강승월(江勝月)' 이 무엇을 의미하는지 많이 궁금했다.

몇 년 전 휴게소에서 일하는 아주머니에게 물어보니 '강원도에 뜨는 달' 이라고 했다. 어떻게 보면 강원도와 영월군의 초입새 휴게소에 '강원도에 뜨는 달' 이라고 표현한 것은 아주 적절해 보였다. 이곳을 수없이 지나다니면서 그때 말해 준 아주머니의 해석이 정답인줄로만 알았다.

그러나 얼마 전 휴게소 사장님을 만난 후 이런 생각이 잘못됐다는 것을 알았다.

'강원도'
승리
월급'

강승월의 뜻을 간략하게 설명하면 강원도, 승리, 월급이다.

휴게소가 강원도에 있어서 '강'

사업의 승리를 위해 '승'

월급은 제 때 줘야한다고 해서 '월'

좀 특이한 의미를 부여했지만 사장님의 철학이 고스란히 담겨있다. 해병대 출신으로 해병 전우회장까지 역임한 그는 지역에서 사업과 봉사활동을 하며 파란 만장한 인생을 걸어왔다. 휴게소 입간판에서 조차 그의 인생철학을 놓치지 않고 표현한 것에 존경심을 보내고 싶었다.

강원도를 위한 애정.

사업에 더 이상 실패해서는 안 된다는 승리의 철학.

그리고 종업원에게는 반드시 제 때 월급을 지급해야 한다는 기업가 정신. 바로 강승월이 추구하는 가치이다.

강승월을 지나 쌍용에 들어서면 유명한 한식당인 '쌍용집'이 있다.

'밤중을 지난 무렵인지 죽은 듯이 고요한 속에서 짐승 같은 달의 숨소리가 손에 잡힐 듯이 들리며 콩 포기와 옥수수 잎새가 한층 달에 푸르게 젖었다. 산허리는 온통 메밀밭이어서 피기 시작한 꽃이 소금을 뿌린 듯이 흐뭇한 달빛에 숨이 막힐 지경이다. 붉은 대궁이 향기같이 애잔하고 나귀들의 걸음도 시원하다.' '메밀꽃 필 무렵'의 내용이다.

사실 이렇게 생동감 넘치게 묘사를 할 수 있었던 것은 평창초등학교 시절 본가로부터 약 40킬로미터나 떨어진 곳에서 하숙을 했기 때문이다. 하숙집에서 본가까지의 그 먼 길을 어린 나이에 몇 번이고 왕복을 했던 추억을 '메밀꽃 필 무렵'에다 새겨놓은 것이다. 어린 시절 많은 사람들이 학교까지 수 십리를 걸어 다녔기 때문에 이효석의 섬세하고 세련된 어법에 쉽게 공감을 했다.

'메밀꽃 필 무렵'은 작품 그 자체로도 훌륭하지만 그 안에서 이효석의 삶을 볼 수 있어서 흥미롭다. 장돌뱅이인 허생원의 떠돌이 생활은 고향을 떠나 서울 경성 평양을 전전했던 이효석을 떠올리게 한다. 그래서 "고향이 청주라고 자랑 삼아 말하였으나 고향에 돌보러 간 일이 있는 것 같지는 않았다. 장에서 장으로 가는 길의 아름다운 강산이 그대로 그에게는 그리운 고향이었다"라는 허생원에 대한 설명은 이효석 자신에 대한 이야기로도 들린다.

그리고 충주집을 사이에 두고 연적으로 만난 허생원과 동이가 사실은 부자지간임을 밝혀가는 과정에서 나타난 허생원의 진한 부성애는 그간 이효석의 소설에서 볼 수 없었던 내용이었다. 이는 고향에 있는 아버지를 부정하면서도 한편으로는 마음 깊숙이 아버지를 그리워하고 있었음을 보여준다. 고향인 봉평에서 평창읍내까지 걸어 다녔던 어린 시절의 추억을 떠 올리면 한편으로 참으로 불행한 삶을 살았다는 것을 알 수 있다.

어린 나이에 부모님 밑에서 사랑을 받고 살아도 모자랄 때에 어쩔 수 없이 집을 떠나 하숙생으로 지내야 했던 이효석. 어린 시절 지울 수 없는 상처를 안고 있으면서도 고향인 봉평에 대해 애정을 버릴 수 없었던 연민은 그가 얼마나 순수한 사람이었던가를 알 수 있다.

이효석 생가와 문학공원을 둘러보고 이제 남은 것은 메밀음식을 맛보는 일이다. 메밀과 관련된 음식점이 즐비한 봉평읍내는 10년 전 찾았던 모습과는 다르게 꽤나 높은 건물들이 많이 들어서 있었다. 예전에 갔던 막국수 집을 어렵게 찾았으나 다행히 그 집만큼은 변함없이 그 모습 그대로였다. 봉평읍내의 활기찬 모습을 보면서 문득 떠오르는 생각이 있었다.

'이효석 한 사람이 봉평을 살리는구나…'

그렇다.

이효석은 당대에 크게 빛을 보지 못했다.

그가 태어난 고향에서 어린 시절을 보내며 당시의 추억을 생생하게 묘사한 작품은 세월이 지나도 후세의 가슴속에 잊혀지지 않고 있다. 비록 젊은 나이에 생을 마감했지만 주옥같은 어휘 구사능력은 '어떻게 저런 표현이 나올까.' 하는 마음이 들 정도로 현실감 있고 추억의 샘을 자극한다. 그의 작품이 단순히 문학적 의미에서 그치지 않고 평창의 문화로, 대한민국의 역사로 남아 있는 것은 세월의 무게를 딛고 있기 때문이다.

시원한 막국수 한 그릇을 비우고 봉평읍내를 지나 고속도로를 들어서는 순간 메밀꽃 향기는 머릿속에서 지워지지 않는다. ▨

보초막 새댁

여름으로 접어드는 어느 주말.

일요일 오후 평창강을 찾았다.

강을 따라 상류로 이동하다가 정말 신기하게 생긴 다리 하나를 볼 수 있었다. 마치 영화에 나오는 모습 같기도 하고, 유럽 영화에 나오는 고풍스러운 다리 같기도 했다.

순간 시선이 멈춰졌다.

평창강에 이렇게 신비한 다리가 있다는 것은 호기심을 발동하기에 충분했다. 다리 밑으로는 깊이를 가늠할 수 없는 물이 유유히 흐르고, 강변에는 다슬기를 줍는 사람들이 눈에 띈다.

난 정치학을 전공했지만 역사와 문화에도 많은 관심을 가지고 있다. 그런 나에게 이 다리는 발길을 유혹하고 있었다. 다리 입구에 다가서서 제일 먼저 찾은 것은 다리 이름이다. 다리 교각에는 분명 '平昌橋'라고 쓰여 있었다. 평창교가 맞다. 그러나 입구 오른쪽에 있는 교각에는 연도를 알아볼 수 없을 정도로 글씨가 지워져 있었고, 다만 '… 六月 竣功'이라고 쓰여 있었다. 분명 6월에 준공한 것은 맞는데… '공' 자도 '工'이 아니라 '功'으로 기록해 궁금증을 자극했다.

　다리인근 주민을 찾아 궁금증을 해소할 수밖에 없었다.
　다리 입구에는 수 십 년 동안 가게를 운영했다는 할머니 한 분이 계셨다. 지금도 가게를 운영하고 계시는 할머니는 환한 웃음으로 반겼다. 다리에 대한 사연을 묻자 기다리고 있었다는 듯 평창교에 얽힌 추억을 말하기 시작했다.

　평창군 평창읍 종부1리 노성로에 있는 평창교.
　다리 이름은 그대로인데 준공 시기는 왜 지워졌을까.
　해답은 평창교 입구에 있는 할머니에게 들을 수 있었다. 평창교는 일제시대에 건설됐다. 준공당시 다리 오른쪽 교각에는 '昭和 十九年 六月 竣功'이라고 기록해 놓았다. 한글로 풀어보면 '소화 19년 6월 준공'이다.
　여기서 말하는 소화는 일본의 연호이다.

ㄴ. 준공년도가 지워진 채 세워져 있는 평창교 교각.

쇼와시대(昭和時代)는 20세기 일본 연호의 하나로 쇼와 천황의 통치에 해당하는 1926년 12월 25일부터 1989년 1월 7일까지를 가리킨다. 1989년부터 평성 1년으로 변경해 사용하고 있다. 소화 1년이 1926년이니까 우리나라 연도를 환산하면 소화 19년은 1944년이다. 1944년 6월에 준공한 다리가 바로 평창교이다. 그러나 일부에서는 1943년 또는 1945년에 건립됐다는 설도 있으나 '昭和' 몇 년에 건립됐다는 얘기가 정확하지 않다. 대략

소화 19년이라고 하지만, 분명한 것은 해방 직전에 준공했다는 것이다.

이렇게 오래된 역사를 가지고 있는 다리의 건립연도는 왜 지워졌을까. 바로 일제시대에 건립됐기 때문이다. 1945년 해방이후 평창 주민들은 제일먼저 일제의 잔재를 없애기 위해 평창교 오른쪽 교각에 기록돼 있는 일본 연호를 지워 버렸다.

'소화'는 일본 연호이기 때문에 '昭和 十九年'을 완전히 보이지 않게 지웠던 것이다. 그리고 남겨둔 것은 일본과 상관없는 '… 六月 竣功'이란 글씨다. 이런 깊은 뜻을 알고 나니 평창주민들의 애국심을 느낄 수 있었다. 아울러 평창교에 담긴 역사를 알려 준 할머니에게도 감사의 뜻을 전했다. 할머니는 평창에 시집와서 새댁시절부터 경험한 역사적 사실을 들려주셨지만 그날만큼은 평창강을 지키는 수호신처럼 우뚝 서 보였다.

평창교의 길이는 130m에 이르고 다리 폭은 5m 정도이다.

평창 사람들은 상리를 건너다닌다고 해서 '상리다리'라 부른다.

6·25 전쟁 때 북한군의 폭격을 피해 아직까지 건재를 과시하고 있다. 당시 북한군은 비행기로 평창을 폭격했으나 노성산과 장암산 사이에 있는 평창교는 비행기의 폭탄투하 행로를 허락하지 않아 다리가 살아 있다고 전해진다.

평창교 다리 입구에서 작은 가게를 운영하고 있는 할머니는 1941년생이다. 할머니는 80을 바라보고 있지만 아직도 고운 얼굴에 수줍음이 많은 소녀처럼 살고 계신다. 수 십 년이 지난 지금도 젊었을 때 찍은 사진처럼 그대로의 미소를 가지고 있다. 자녀는 벌써 성숙해 공직생활을 하고 있지만, 할머니의 넉넉한 인심과 웃음 때문에 사람들이 끊이지 않고 있다.

할머니의 가게는 '보초막'으로 불린다.
할머니가 13살 때부터 살던 곳이다.
결혼 후 출가했지만 10여 년 전 남편이 돌아가신 후 친정인 '보초막'으로 다시 돌아왔다. 원래 '보초막'은 할머니의 친정어머니가 운영했다. 할머니는 삼척에서 태어나 유치원을 다닐 정도로 부유했다.
6·25 때 경북 풍기로 피신했다가 13살 때 다시 평창으로 돌아와 지금까지 살고 계신다. 6·25 이후부터 다리목에서 읍으로 통하는 할머니의 집 앞에는 군인들이 보초를 섰다. 그래서 집이 보초막으로 불렸으며, 보초막이라고 하면 모르는 사람이 없을 정도라고 했다.
세월이 흘러 이젠 '보초막 새댁'은 '보초막 할머니'로 통한다.

보초막에 얽힌 추억도 많다.
원래 보초막은 초병을 보호하기 위한 간이 천막 텐트로 간첩이나 수상한 사람을 검문하기 위해 만들어 졌다. 그러나 시대가 변하면서 지역의 건달들이 텃새를 부리며 시골에서 읍내로 들어오는 사람들에게 술과 담배 등을 뜯어낼 목적으로 보초를 섰다. 또한 가마를 타고 다리를 건너는 새

신부를 보기 위해 어린 아이들이 가마 문을 열며 장난을 쳤다는 웃지 못할 이야기도 있다.

평창교 건너 사람들은 장날 나무를 지고 이른 새벽 다리를 건너와 돌아갈 때에는 평창교에 진을 치고 있던 건달들이 무서워 평창강 아래 얕은 물을 건너다니기도 했다. 할머니의 구수한 입담은 자리를 떠날 수 없게 만들었다.

평창읍 중1리 노인회는 지난 2014년 상리다리(평창교)와 관련해 평창문화원 주관으로 인문학 아카데미를 열기도 했다.

어르신들은 '다리와 문화. 느티나무 정자에서 듣는 독립운동사' 라는 주제를 통해 생생한 경험담을 토대로 책을 펴냈다. 평창교 건립을 전후해 일어난 역사적 사건을 시대적으로 서술하고 일제시대에 태어난 마을 주민들의 출생과 시대적 배경 등을 일목요연하게 정리해 놓았다.

특히 평창교와 관련된 재미난 이야기를 일제시대부터 현대사에 이르기까지 다양한 형태로 기록해 평창교의 역사를 한 눈에 볼 수 있도록 했다. 이렇게 훌륭한 역사를 가지고 있는 평창교는 단순히 사람과 차량이 건너다니는 통행수단을 넘어 대한민국의 현대사와 근대사를 아우르는 가교 역할을 하고 있다.

평창교를 떠나면서 뮤지컬을 연상했다.
평창교의 사연과 '보초막 새댁' 의 파란 만장한 삶.

그것은 바로 근현대사의 아픔이기도 하고 우리시대 어머니들의 추억이기도 하다.

사랑과 전쟁 그리고 삶이 있는 평창교.

화려한 조명은 아니더라도 사연 많은 평창교를 배경으로 한편의 노래와 스토리가 있는 뮤지컬을 만들었으면 어떨까.

그런 상상을 하며 발걸음을 돌렸다. 🔲

→ '평창교' 라는
   이름은 선명하게 새겨져 있다.

ㄴ 일제시대에 건설된 평창교

스님의 가방

세월의 흐름은 막지 못한다.

하지만 사람의 발길도 쉽게 막을 수 없다.

가고 싶은 곳은 가야하고, 하고 싶은 것은 해야 하는 것이 사람의 마음
이다. 나도 모르게 발길 가는 곳이 있다면, 그것은 이미 마음이 움직였다
는 것이다. 세월이 흘러 벌써 50대 초반이 됐다. 38살에 강원도의원을 하
고, 42살에 한 도시의 초선시장으로 취임하면서 꽤나 많은 시련을 겪어왔
다. 재선시장이 되어 조금은 편해졌지만 가끔은 머리를 식히고 싶을 때가
있었다.

그래서 찾았던 곳이 오대산 월정사.

여름휴가를 맞아 1년에 한번씩, 그것도 운 좋으면 주말에 하루 자고 온 적도 있지만 그렇게 마음이 편할 수 없다. 남들은 템플스테이(Temple stay)라고 하지만 단순히 사찰을 둘러보고 힐링하는 것이 아니라 깨달음을 느낄 수 있어서 좋다. 정념 주지스님의 온화한 말씀과 원행 스님의 친근한 보살핌은 산사의 포근함과 더불어 자비로움 그 자체다.

1979년 초등학교 6학년 때 월정사에서 찍은 수학여행 단체사진이 아직 남아 있는 것을 보면 그 인연은 벌써 40년이 넘었다. 대학을 졸업하고 신문사에 입사했을 때 신입사원 MT를 갔던 곳도 월정사이다. 얼마 전 무더위가 한창인 7월 월정사를 찾아 스님을 만나 뵙고 하루 지내고 왔다. 유명한 전나무 숲을 걷고, 사진도 찍고, 목탁소리 그윽하고 향내 가득한 사찰의 마당도 거닐면서 고즈넉한 산사의 여유로움을 만끽했다.

몇 년 전 월정사에서 있었던 일이다.

그날도 여름휴가를 맞아 사찰에 머무르면서 힐링의 시간을 보내고 있었다. 오후 늦은 시간 주지스님의 방에서 여유롭게 차 한 잔을 나누고 있는데 젊은 스님 한분이 들어오시더니 이제 이곳을 떠나 다른 사찰에 간다며 주지스님께 인사를 했다. 두 분의 스님이 나누는 인사는 여느 일반인과 마찬가로 '고맙다. 건강해라' 등과 열심히 정진하라는 내용이 대부분이었다. 이곳 월정사에 몇 년 동안 있으면서 수도생활도 하고, 주지스님의 은혜를 받고 이제 다른 사찰로 떠난다는 것을 알 수 있었다. 떠나는 스님의 짐은 가방 하나가 전부였다. 그것도 '개나리봇짐' 수준이다. 먼 길을 떠날 때 짊어지고 가는 작은 보자기로 만든 짐을 봇짐이라 하듯이 스님의 짐도 개나리봇짐과 다를 바 없었다. 봇짐 옆으로 삐쳐 나온 책 몇 권이 보였으며 짐 안에는 아마도 생활용품 몇 개가 들어 있을 것 같았다. 젊으신 스님은 주지스님께 인사를 올리고 작은 봇짐 하나를 메고 홀연히 떠났다. 스님이 문을 열고 밖으로 나가는 순간 머릿속에 문득 다가오는 것이 있었다.

그것은 무욕(無欲)이었다.

그렇다 욕심을 버려야 한다.

세상 사람들이 얼마나 많은 욕심을 가지고 사는가. 욕심 때문에 얼마나 많은 범죄가 일어나고, 얼마나 많은 사람들이 죽어 가는가. 욕심 때문에 지역이 분열되고, 나라가 망하고, 얼마나 많은 전쟁이 일어나는가. 욕심 때문에 친구를 잃고, 가정을 잃고, 결국은 얼마나 많은 사람들이 등을 지고 사는가.

그래 욕심을 버려야 한다.

버려야 살 수 있다.

짐 하나를 메고 순식간에 떠난 스님의 여운은 한동안 사라지지 않았다.

월정사에 가기 전 여름휴가를 맞아 그동안 하지 못했던 집안 정리를 했으나 버릴 것이 얼마나 많은지 나 스스로도 놀랐다. 오래된 책과 옷 서류뭉치 기념품 등 버리지 못하고 집에 둔 것이 불필요한 쓰레기가 된 것이다. 가끔 집안에 쌓여 있는 물건을 버리긴 하지만 그래도 늘 혼잡스러운 것이 집안이었다. 아파트 고층에서 엘리베이터를 타고 짐수레까지 동원해 책과 신문지 잡동사니 등을 몇 차례 버렸으나 그래도 만족하지 못한 채 어수선한 것을 두고 월정사에 온 것이다. 이런 찰나에 스님 한분이 봇짐 하나를 메고 홀연히 떠나는 모습을 보며 나를 포함한 수많은 사람들이 얼마나 많은 욕심을 가지고 사는지 돌이켜 보게 됐다.

법정스님께서 쓴 '무소유'라는 책이 기억났다.

포항에서 열린 초등학교 동창회를 마치고 인근 내연산 보경사 경내 서점에서 구입한 '무소유'는 지금도 책장 한곳에 꽂혀 있고 가끔씩 눈이 가는 책이다.

법정스님은 무소유에 대해 이렇게 표현했다.

무소유란

아무것도 갖지 않는다는 것이 아니다.
궁색한 빈털터리가 되는 것이 아니다.
무소유란 아무것도 갖지 않는 것이 아니라
불필요한 것을 갖지 않는다는 뜻이다.

무소유의 진정한 의미를 이해할 때
우리는 보다 홀가분한 삶을 이룰 수가 있다.

아무리 가난해도
마음이 있는 한 다 나눌 것은 있다.
근원적인 마음을 나눌 때 물질적인 것은
자연히 그림자처럼 따라온다.
그렇게 함으로써
나 자신이 더 풍요로워질 수 있다.
세속적인 계산법으로는 나눠 가질수록
내 잔고가 줄어들 것 같지만,
출세간적인 입장에서는
나눌수록 더 풍요로워진다.

하나가 필요할 때
하나로써 만족해야지 둘을 가지려 하지 말아야 한다.
그러면 그 하나마저도 잃게 된다.
그건 허욕이다.
하나로써 만족할 수 있어야 한다.

행복은 그 하나 속에 있다.

둘을 얻게 되면 행복이 희석되어서
그 하나마저도 잃는다.

문명은 사람을 병들게 한다.
그렇지만 자연은 사람을 소생시켜 준다.
사람을 거듭나게 한다.
자연과 더불어 살 때 사람은 시들지 않고
삶의 기쁨을 누릴 수 있다.

우리가 산다는 것은 무엇인가.
그것은 기약할 수 없는 것이다.
내일 일을 누가 아는가.
이다음 순간을 누가 아는가.
순간순간을 꽃처럼 새롭게 피어나는 습관을 들여야 한다.
매 순간을 자기 영혼을 가꾸는 일에, 자기 영혼을 맑히는 일에
쓸 수 있어야 한다.

세상이
달라지기를 바란다면 우리들 한 사람 한사람의
모습이 달라져야 한다.
나 자신부터 달라져야 한다.

한 사람 한 사람 삶의 모습이 달라져야 한다.
그래야만 세상이 달라진다.
나 자신이 세상의 일부이기 때문이다.
우리들 한 사람 한 사람이 세상의 일부이다.

월정사에서 짧은 일정을 마치고 다시 일상으로 돌아와 업무에 전념했다. 무욕과 무소유의 가르침을 조금이나마 이해해서인지 마음은 한결 가벼워졌다. 법정스님이 살아 계셨으면 한번 찾아뵙고 싶었지만 2010년 3월 서울시 성북구에 위치한 길상사에서 79세의 나이로 입적하셨기에 책으로만 만날 수 있었다.

그러다가 우연히 찾게 된 책이 혜민스님의 '멈추면 비로소 보이는 것들'이었다. 인터넷을 통해 책을 구매한 후 내용이 너무 좋아 지인들에게도 독서를 권했다. 특히 인연이 닿았는지 혜민스님을 직접 만날 수 있는 기회도 주어졌다. 사무실에서 혜민스님을 만나 여러 가지 대화를 나누던 중 책 내용과 관련해 유독 기억나는 것이 있었다.

'우리를 진정으로 행복하게 만드는 것 중 하나는 누군가 나의 가치를 알아주고 관심을 가져준다는 사실을 알았을 때입니다. 아무리 부와 권력을 가졌다고 해도 아무도 관심을 가져주지 않으면 불행합니다.'

불교계에서 혜민스님에 대한 평가는 다양하지만 대체적으로 공감이 가는 것은 무소유 무욕이라는 것을 알았다.

그리고 계절이 바뀐 2018년 다시 찾은 월정사.

이번에는 책 한권에서 또 다른 진리를 발견할 수 있었다.

류시화 시인의 책 '사랑하라. 한번도 상처받지 않은 것처럼' 중에 '우리시대의 역설' 이라는 내용이 있다. 얼마 전 인터넷에서 비슷한 글을 봤지만 고요한 산사에서 느끼는 심도는 더 깊었다. 마치 우리시대의 자화상을 짧은 글로 표현한 것 같아서 무척이나 공감이 갔다.

건물은 높아졌지만 인격은 더 작아졌다.
고속도로는 넓어졌지만 시야는 더 좁아졌다.
소비는 많아졌지만 더 가난해지고
더 많은 물건을 사지만 기쁨은 줄어들었다.

집은 커졌지만 가족은 더 적어졌다.
더 편리해졌지만 시간은 더 없다.
학력은 높아졌지만 상식은 부족하고 지식은 많아졌지만 판단력은 모자란다.
전문가들은 늘어났지만 문제는 더 많아졌고 약은 많아졌지만 건강은 더 나빠졌다.

너무 분별없이 소비하고
너무 적게 웃고
너무 빨리 운전하고
너무 성급히 화를 낸다.

너무 많이 마시고, 너무 많이 피우며
너무 늦게까지 깨어있고, 너무 지쳐 일어나며
너무 적게 책을 읽고 텔레비전은 너무 많이 본다.
그리고 너무 드물게 기도한다.

가진 것은 몇 배가 되었지만 가치는 더 줄어들었다.
말은 너무 많이 하고
사랑은 적게 하며
거짓말은 너무 자주 한다.

생활비를 버는 법은 배웠지만
어떻게 살 것인가는 잊어버렸고
인생을 사는 시간은 늘어났지만 시간 속에 삶의 의미를 넣는 방
법은 상실했다.

달에 갔다 왔지만 길을 건너가 이웃을 만나기는 더 힘들어졌다.

외계를 정복했는지 모르지만 우리 안의 세계는 잃어버렸다.
공기정화기는 갖고 있지만 영혼은 더 오염됐고, 원자는 쪼갤 수
있지만 편견을 부수지는 못한다.

자유는 더 늘었지만 열정은 더 줄어들었다.
키는 커졌지만 인품은 왜소해지고
이익은 더 많이 추구하지만 관계는 더 나빠졌다.
세계평화를 더 많이 얘기하지만 전쟁은 더 많아지고
여가시간은 늘어났어도 마음의 평화는 줄어들었다.

더 빨라진 고속철도
더 편리한 일회용 기저귀
더 많은 광고전단
그리고 더 줄어든 양심
쾌락을 느끼게 하는 더 많은 약들
그리고 더 느끼기 어려워진 행복.

류시화 시인은 이 글의 말미에 (제프 딕슨이 처음 인터넷에 이 시를 올린 뒤, 많은 사람들이 한 줄씩 보태 지금도 이어지고 있다)라고 기록했다.

월정사에 오면 뭔가 깨달음이 있다는 것은 이런 것을 두고 하는 말인가. 우연한 기회에 감동을 주고 마음의 정화작용을 일으키는 일말의 사건들이 신선한 충격으로 다가서고 있다. 월정사는 대한불교조계종 제4교구의 본사이다.

신라 선덕여왕 12년인 643년 자장율사가 창건했다고 한다. 그 뒤 고려 충렬왕 때인 1307년 화재로 전소된 것을 이일이 중창하고, 조선말인 1833년에 다시 화재로 전소된 것을 1844년에 중건했다.

6·25 전쟁 중 1·4후퇴 당시 작전상의 이유로 아군에 의하여 칠불보전을 비롯한 10여 동의 건물이 전소됐다. 1964년 탄허스님이 법당인 적광전을 중창한 뒤 꾸준히 중건돼 현재의 모습에 이르렀으며, 지금은 정념 주지스님이 사찰을 운영 관리하고 있다.

중요 문화재로는 국보 제48호인 월정사 팔각 9층 석탑과 보물 제139호인 석조보살좌상, 월정사 육수관음상은 강원도 유형문화재 제53호로, 부도 22기는 강원도 문화재자료 제42호로 각각 지정되어 있다.

소나기가 그치고 난 월정사의 경내는 눈부시게 밝았다.

스님께 감사의 인사를 드리고 산사를 빠져 나오는 순간 하늘로 곧게 뻗은 전나무 숲이 원시의 아름다움을 보여준다. 일주문까지 연결되는 1km의 전나무 숲은 자비로운 부처님을 호위하듯 부드럽게 터널을 만들고 있다. 스님의 말씀에 의하면 평균 수령 80년이 넘는 전나무가 자그마치 1,700여 그루라고 한다. 원래는 소나무가 울창하던 이곳이 전나무 숲이 된

└, 월정사 팔각 구층 석탑

데는 사연이 있었다.

고려 말 무학대사의 스승인 나옹선사가 부처에게 공양을 하고 있는데 소나무에 쌓였던 눈이 그릇으로 떨어졌다. 그 때 어디선가 나타난 산신령이 공양을 망친 소나무를 꾸짖고 대신 전나무 9그루에게 절을 지키게 했다는 것이다. 그 뒤부터 이곳은 전나무 숲을 이루었고 실제로 1,000년이 넘는 세월 동안 월정사를 지킨 셈이 되었다. 그래서 월정사의 전나무 숲을 '천년의 숲' 이라고 한다. 전나무는 나무에서 젖(우유)이 나온다 해서 붙여진 이름이라는 것을 월정사에서 처음 알았다.

전나무 숲은 혼자 걷는 사람들, 연인과 가족처럼 보이는 사람들, 친구처럼 보이는 사람들, 법복을 입은 사람들. 모두가 마음의 세속을 씻어 내리듯 길을 걷고 있었다. 어쩌면 고행의 길을 잊기 위해 이곳을 찾은 사람도 있을 것이고, 마음을 치유하기 위해 전나무 숲을 걷는 이도 있을 것이다. 그러나 중요한 것은 욕심을 버려야 비로소 원하는 것을 찾을 수 있다는 것이다. 탐욕과 시기 질투 갈등 비방 등을 모두 내려놓고 홀연히 떠난 스님의 가방처럼…

스님은 비록 월정사를 떠났지만 스님의 초라한 가방은 영원히 지워지지 않고 있다. 🔳

ㄴ. 오대산 월정사 전나무 숲길

프라하의 평창댁

Passion Connected(하나 된 열정)

평창동계올림픽의 슬로건이다.

개인적으로 가장 좋아하는 영어단어 중의 하나인 Passion(열정)이 평창동계올림픽 슬로건으로 채택되었다는 소식을 접하고 정말 기뻤다. 열정은 사람을 아름답게 하고, 열정은 주위 사람을 변하게도 한다. 열정이라는 단어를 좋아하게 된 것은 2006년 출판된 'Passion 백만불짜리 열정' 이라는 책을 읽고 나서 부터다.

인천국제공항공사 사장과 GE코리아 회장을 지낸 이채욱씨의 성공 멘토링이 주 내용이다.그는 자신의 성공 비결과 자기 경영법을 묻는 수많은 질문과, 직장인으로서 또 인생의 리더로서 꼭 알아야 할 성공의 조건을 경험담과 함께 풀어놓았다. 열정과 겸손, 자기 확신과 따뜻한 배려를 성공의 4대 조건으로 꼽는 그는 이 책을 통해 인생과 비즈니스에서 승리하는 노하우를 상세하게 제시하고 있다. 이 책을 읽고 한 때 내 사무실 입구에 'Passion. 공무원의 열정이 지역을 바꿉니다.' 라는 구호를 내걸고 공무원의 열정을 강조할 생각도 했다.

지구촌의 축제이고 강원의 자랑인 2018 평창동계올림픽.

대회명칭은 제23회 평창동계올림픽대회 및 제12회 평창장애인올림픽대회이다. 대회기간은 2018년 2월9일부터 2월25일까지 17일간이다. 장애인올림픽대회는 3월9일부터 3월18일까지 10일간 열렸다. 대회종목은 7경기 15개 종목 102개 세부종목으로 구분된다. 금메달은 102개이다. 개최장소는 평창은 설상경기, 강릉은 빙상경기, 정선은 활강경기가 펼쳐졌다. 참가규모는 93개 나라에서 2만6,000여명의 선수 임원이 참석했으며, 내외국인 관광객은 200만 명에 달했다.

평창동계올림픽 유치는 3번 만에 성공했다.

1999년 동계아시안게임 폐막식에서 2010년 동계올림픽 유치를 표명한 이후 무려 11년 만에 유치를 확정했다. 당시 강원일보 기자로 활동했던 나는 유치과정을 너무나 생생하게 접할 수 있었다.

첫 번째 실패는 체코 프라하에서 열린 IOC총회에서 캐나다 밴쿠버에 밀려 탈락했다.

두 번째 실패는 과테말라에서 열린 IOC총회에서 러시아 소치에 밀려 탈락했다. 그리고 2011년 7월7일. 남아프리카공화국 더반에서 열린 제123차 IOC총회에서 마침내 2018년 동계올림픽을 평창에 유치했다. 아시아에서는 3번째 개최이고 대한민국에서는 최초로 개최되는 동계 올림픽이다. 동계올림픽 유치과정은 눈물로 쓸 수 없을 정도로 수많은 사람들이 수많은 사연을 가지고 있겠지만 나에게도 잊을 수 없는 추억이 있다. 바로 2003년 체코 프라하에서 보여준 평창 아주머니들의 열정이다.

2003년 6월28일 토요일.

당시 강원일보 정치부 기자로 있던 나는 인천공항을 통해 스위스 취리히로 날아갔다. 비행기 안에는 평창읍과 진부 등에서 온 '아줌마 부대'와 당시 도암면번영회, 강원도체육회, 도교육청 관계자, 도내 여성경제인 등이 동행해 평창올림픽 유치전에 뛰어 들었다. 특히 평창 아주머니는 40대부터 60대까지 골고루 분포돼 오로지 올림픽 개최를 염원하는 열정을 안고 응원전에 나섰다. 우리는 취리히에 도착해 헝가리 부다페스트와 오스트리아 비엔나 등에서 홍보활동을 펼친 후 7월2일 체코 프라하에 집결했다. 일행은 오스트리아에서 체코로 진입하면서 프라하 현지 소식을 수시로 들으며 환호와 우려 등 희비가 교차하는 마음으로 갔다.

서울과 체코 프라하의 시차는 7시간이다.

IOC총회가 열리는 프라하 힐튼호텔에는 삼엄한 경비가 펼쳐졌으며 비표가 없으면 출입이 어려웠다. 문제는 IOC위원을 상대로 어떻게 홍보하느냐가 관건이었다. IOC 총회장을 마음대로 출입을 할 수 없었기에 고민을 거듭한 끝에 동양인=한국사람=평창사람이라는 것은 이미 인식됐기 때문에 호텔 입구에서 진을 치자는 것이었다. 이러한 아이디어는 평창 아주머니의 머리에서 나왔다.

프라하의 관광을 포기하고 호텔입구에서 하루 종일 '왔다 갔다'를 반복하자는 의견이었다. 수많은 한국 사람들이 동계올림픽 개최를 위해 이렇게 먼 곳까지 와서 응원하고 있다는 것을 IOC 위원들에게 보여주자는 것이 목적이었다. 누구하나 이견을 달지 않았고 평창 아주머니들을 중심으로 한국에서 온 많은 사람들은 호텔 앞에서 간접적인 응원전을 펼치기 시작했다.

총회가 열리고 개최지 결정을 알리는 투표가 막 진행됐다.

후보도시 위원을 제외한 IOC위원 96명이 투표에 참석해 평창은 1차 투표에서 1위를 차지했다. 하지만 과반수인 49표를 득표하지 못해 2차 투표로 이어졌다. 2차 투표에서 승리할 것이라는 기대감이 점점 많아졌다. 조마조마한 마음으로 개표결과를 지켜보는 가운데 최종 개최지는 캐나다 밴쿠버로 확정됐다. 1차 투표에서 밴쿠버보다 무려 11표나 앞섰는데 역전패를 당한 것이다. 평창 아주머니를 비롯한 한국에서 온 응원단은 그 자리에서 주저앉을 수밖에 없었다.

어떻게 역전패를 당할까.

1차 투표가 끝나고 모두 이길 것이라는 기대와는 달리 밴쿠버에 밀리자 우리는 모두의 손을 잡고 눈물을 흘릴 수밖에 없었다. 긴장감과 초조함 불안함이 결국 눈물로 마감됐다.

그때가 한국시간으로 7월3일 밤 0시30분.

현지 시간으로는 2일 오후 5시30분이었다. 체코 프라하의 힐튼호텔 광장에는 한동안 침묵이 흘렀다. 평창 아주머니들은 평창이 탈락하자 눈시울을 적시며 땅바닥에 주저앉았다. 당시 40대 초반의 나이로 평창 유치전에 뛰어든 한 평창 아주머니는 2010년에 개최되지 않더라도 앞으로 가능성이 있다는 것을 충분히 보여준 결과라며 물러서지 않겠다고 다짐을 했다. 2003년 뜨거웠던 7월은 그렇게 지나갔다. 하지만 16년의 세월이 지난 지금도 잊을 수없는 것은 평창아주머니들의 열정이다.

체코의 수도 프라하는 1,000년의 역사를 간직해 오면서 수많은 애칭을 가지고 있다. 유럽의 심장, 100개 탑의 도시, 유럽의 음악학원, 유럽의 지붕, 도시의 어머니 등 명성에 걸맞게 수많은 관광지가 있다. 유네스코는 1991년 거대한 박물관을 이루고 있는 프라하 시내 전체를 세계문화유산으로 지정했다.

평창 아주머니들은 이렇게 많은 관광의 유혹을 뿌리치고 호텔 앞에서 응원전을 펼친 후 눈물을 머금고 프라하를 떠나야 했다. 나 역시 프라하의 기억은 호텔과 한국식당 밖에 없다. 당시 현장의 분위기를 파악해 기사로 한국에 전송했으며, 밤에는 KBS에서 생방송(한국시간은 아침방송)으로 진행되는 시사프로그램에 전화로 분위기를 전했다. 때문에 프라하 시내와 관광지는 구경도 못하고 현지에 머무르는 동안 호텔에서 IOC총회 취재와 근처 한국 식당에서 밥 먹은 것 밖에 없다. 비록 유치에 실패했지만 '눈물겨운 도전, 아름다운 실패'로 끝난 평창의 1차 도전기.

강원인의 저력을 세계에 알린 최초의 일로 평가받고 있다. 그 중심에는 평창 사람들의 열정이 있었고, 우리는 그들을 '프라하의 평창대'이라고 불렀다. 🔲

ㄴ, 시장 재임시절 옛 추억을 되돌리며 직원들과 함께 찾은 평창 올림픽 경기장

섬강은 길이 73.02km, 유역면적 1,303.40㎢이다.
강원도 횡성군 둔내면과 평창군 봉평면의 경계에 솟은 태기산(泰岐山)에서 발원하여 서쪽으로 흐
르다가 원주시를 지나 남서쪽으로 물길을 바꾸어 경기 · 강원도가 접하는 지점 가까이에서 남한
강에 합류한다.

풍수원 수녀님

'고즈넉함에 시간마저 멈춘 곳'

강원도와 경기도의 경계지점인 횡성군 서원면 성지봉 기슭에 자리 잡은 풍수원성당. 나지막한 언덕을 올라 눈에 들어오는 성당의 풍경은 마치 산속에서 유럽의 역사를 보는듯한 느낌이다. 화강석과 붉은 벽돌을 쌓아 올린 두툼한 벽은 호화스럽지도 우아하지도 않다. 성당의 분위기가 찾는 이의 마음을 정화시키고 평온함마저 주고 있다. 성당 앞에는 이곳의 오랜 역사를 증명하듯 커다란 느티나무가 두 그루 있다. 풍수원 성당은 한국에서 지어진 4번째 성당이고, 한국인 신부에 의해 지어진 첫 번째 성당이다.

풍수원은 조선시대 역원이 있던 곳이다. 역원은 관원들이 공무로 다닐 때 숙식을 제공하거나 말이 쉬던 곳이다. 특히 조선은 역원제를 도입하여 30리마다 역원을 두어 한양을 중심으로 540여개가 있었다고 한다. 풍수원(豊水院)도 그 중의 하나로 물이 풍부해서 붙혀진 이름이다.

풍수원 골짜기에 천주교 신자들이 찾은 것은 1801년 신유박해부터이다. 일부 순교자들의 가족들과 신자 40여명이 경기도 용인시 일대에서 피신처를 떠돌아다니다가 풍수원 산골짜기에 정착하면서 최초의 교우촌이 만들어졌다. 그들은 공동체를 이루기 위해 옹기를 굽고 화전을 일구어 생계를 꾸려가며 믿음을 잃지 않았다. 그러던 중 전국에서 박해가 심해지자 많은 교우들이 풍수원으로 숨어들면서 교우촌은 점점 확대되었다.

성직자도 없이 신자들끼리 똘똘 뭉쳐 80여 년간 신앙을 지켜 온 이곳에서는 1887년 한-프랑스 수호통상조약으로 신앙의 자유가 보장된 다음 해인 1888년에서야 본당이 설정된다. 본당의 기초를 닦은 메르신부는 8년 만에 원주로 떠나고 한국인 사제 정규하 신부가 부임한다. 정 신부는 서품 후 풍수원 본당에 부임해 선종할 때까지 무려 47년 동안 이곳에서만 사목했다. 춘천 원주교구의 모태가 된 이 본당에서 정 신부는 지금의 성당을 건립하고 학교를 세워서 인재를 양성했다. 그리고 동정녀들의 공동체를 만들어 고아와 가난한 이들을 돌보았다.

처음에는 서울 교구에 속했으나 1939년 춘천교구의 설정으로 이에 편입되었고, 다시 1965년 원주교구 설정과 함께 이에 편입되어 공식명칭은 '천주교 원주교구 풍수원성당' 으로 불린다. 풍수원 성당은 초창기 초가

집 여러 채를 어어 성당으로 사용했다. 그러던 중 교우들은 성당의 건립을 위해 어렵게 돈을 모으기 시작해 모두 1만5,000냥을 모금한다. 당시 정규하 신부는 이 금액으로 건축물을 짓기로 하고 직접 설계 감독하여 한국인 사제가 지은 최초의 성당을 탄생시킨다.

1907년부터 준비하여 1910년에 준공된 성당은 명동성당을 지을 때 참여한 중국인 벽돌공 외에는 순전히 본당 신자들의 손으로 세워졌다. 신자들은 자재를 마련하기 위해 남자들은 산에 가서 나무를 베어오고, 여자들은 인근 산에서 진흙으로 벽돌을 찍고 가마에 구워 머리에 이고 날랐다. 그래서 당시 여 교우들은 정수리에 머리카락이 없을 정도였다고 한다. 이렇게 신자들의 눈물겨운 정성과 땀으로 탄생한 풍수원 성당은 고딕 로마네스크와 바실리카 건축양식이 함께 어우러진 문화재로서 현재까지 원형 그대로 보존돼 있다. 로마네스크 건축은 유럽에서 900년경 시작되어 12세기까지 이어진 중세 건축물로 전통 목조건축과 로마의 석조건축을 합한 새로운 건축기술로 교회가 중심을 이루었던 기독교 양식이다. 이러한 양식이 풍수원 성당에 적용된 것은 놀라운 일이 아닐 수 없다.

강원도는 1982년 풍수원 성당을 강원도유형문화재 제69호로 지정했다. 또 현재 유물전시관으로 사용하고 있는 사제관은 벽돌조 사제관 중에 우리나라에서 가장 오래된 사제관으로 2005년 근대문화유산 등록문화재 제163호로 지정돼 있다. 1912년 세워진 이 사제관은 정규하 신부가 살던 곳으로 1층은 학생들을 공부시키는 학교로도 사용되는 등 무려 100여 년의 역사를 자랑하고 있다. 여기에는 정 신부님이 사용하던 책상 촛대 성합

십자가는 물론 입으시던 제의까지 보존되고 있어 신앙 선조들의 숨결을 느껴볼 수 있다.

풍수원 성당은 또 하나의 역사를 이어가고 있다.

바로 성체현양대회이다.

본당이 생긴 후 춘천 원주 강릉 등 강원도 전역에서 수많은 신자들이 해마다 미사에 참례하기 위해 수십, 수백 리 길을 걸어왔다. 1920년부터 해마다 시행되고 있는 성체현양대회는 일제의 억압 속에서도 관헌들의 사찰을 피해가며 수백, 수천 명이 모여 함께 기도하며 조국의 독립을 염원했다.

ㄴ 풍수원 성당 미사 모습

지금은 원주 춘천 교구가 합동으로 거행하며 100여 년간 이어오고 있다. 덕분에 풍수원 성당은 성체성지로 자리매김하며 오늘날까지 전해지고 있다.

풍수원 성당을 둘러보고 봄기운이 가득한 햇살을 따라 성당 왼쪽으로 있는 숲길로 향했다. 십자가의 길로 통하는 이곳은 성체동산으로 불린다. 돌계단을 오르면서 수녀님 한 분을 만났다. 수녀님은 나지막한 언덕을 오르면서 이곳저곳을 친절하게 설명해 주셨다. 성체동산에는 정규하 신부님의 묘가 있고 6·25 전쟁 때 성모님께 기도를 드렸다가 살아난 미국인 장교가 보내왔다는 성모상이 자리한 묵주동산도 있다. 이곳은 이제 막 싹이 올라오는 초록빛의 나무들과 때 묻지 않은 자연의 순결함이 어우러져 풍수원 성당의 고결함을 대변하는 듯 했다.

돌계단을 내려와 성당 앞 느티나무 아래에서 잠시 쉬면서 수녀님은 좋은 말씀을 많이 해 주셨다. 단아한 얼굴에 안경을 끼신 수녀님은 매우 해박한 지식을 가지고 있었다. 풍수원 성당의 건립은 한국 천주교사에서 큰 획이었고 지금은 우리나라 천주교의 성지나 다름없다고 했다. 성당의 건립과정은 선조들의 믿음과 땀으로 얼룩져 있어 고귀한 성스러움을 느낄 수 있다고 했다. 수녀님의 말씀을 들으면서 풍수원 성당은 비록 작지만 오늘날 화려하고 웅장한 교회와는 비교가 안 될 만큼 큰 가치를 지녔다고 생각했다. 유럽에서는 중세가 끝날 무렵 추락한 교황과 교회가 자신의 권위를 만회하기 위해 높은 첨탑을 세우고 교회를 크게 확충한 역사를 우리는 잘 알고 있다. 내면의 아름다움 보다 외형에 더 치중한 결과다.

2019년 4월16일 아침 우리는 큰 비보를 접했다.

전 세계에 충격을 안겨 준 프랑스 파리의 노트르담 대성당 화제사건은 머나 먼 이국의 일이었지만 남의 나라 일 같지 않았다. 노트르담 대성당은 프랑스 여행을 해 본 사람이라면 누구나 한번쯤 꼭 들렀을 것이다. 나 역시 2000년 대 초반 이 곳을 다녀온 경험이 있다. 노트르담은 우리들의 귀부인이라는 뜻으로 성모 마리아를 상징한다. 파리 중심에 위치한 대성당은 1163년 건설을 시작해 무려 170년의 공사기간을 거쳐 1330년 완공됐다.

오래된 역사를 지닌 만큼 사연도 많다. 1455년 이곳에서는 잔 다르크의 명예회복 재판이 거행돼 그녀가 마녀에서 성녀로 다시 태어나기도 했다. 반면 프랑스 대혁명 시기에는 포도주 창고로 사용되는 수난을 겪었다.그 후 나폴레옹 1세가 다시 성전으로 회복하고 자신의 대관식을 이곳에서 거행했다. 그 외에도 수많은 왕과 황제의 대관식이 거행되었고 왕족들이 이곳에서 세례를 받았다. 드골장군과 미테랑 대통령의 장례식도 이곳에서 거행되었다. 우리나라에는 1831년 프랑스 대문호 빅토르 위고가 쓴 소설 '노트르담의 꼽추' 의 배경이 된 곳으로 더 잘 알려져 있다. 1991년 유네스코 세계문화유산으로 지정됐으며 최근에는 한 해 1,300만 명이 찾는 유명 관광지이다. 이런 유서 깊은 곳이 하루 저녁에 화마로 사라지자 전 세계의 많은 사람들이 충격에 빠질 수밖에 없었던 것이다. 수녀님도 노트르담의 대성당 화재는 역사적 재앙 수준이라며 안타까움을 표시했다.

한동안 그 자리에서 많은 대화를 들려주던 수녀님은 '역사는 다른 사람들에 의해 다시 만들어 질 수 있지만 믿음은 변할 수 없는 진리' 라는 말을 남기고 조용히 자리를 떠났다. 많은 생각을 하게했다. 역사는 사람들에 의해 만들어가지만 왜곡 되어서는 안 된다. 수녀님의 말처럼 역사도 믿음과 진실로 써 갔으면 하는 생각이 들었다. 권력에 의해 만들어지는 역사가 아니라 풍수원 성당을 건립한 신자들의 열정처럼 숭고함과 거룩함이 가득하길 희망해 본다.

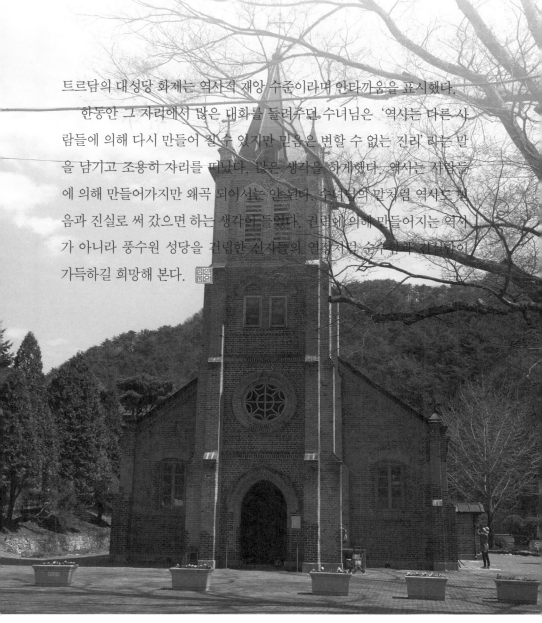

└ 풍수원 성당

태기왕의 후예

자연과 역사가 함께 하는 태기산.

주변에는 고속도로와 대규모 리조트가 개발돼 세월의 변화를 대변하고 있지만 태기산의 역사는 수 천년동안 지역주민과 함께 숨 쉬고 있다. 태기산은 태기왕의 전설이 전해져 오는 역사적인 곳이다. 진한의 마지막 임금인 태기왕은 신라 초기에 활동한 인물로 전해져 온다. 그 역사는 2,000여년 쯤 된다고 볼 수 있다. 당시 태기왕은 신라와의 전쟁 중에 횡성군 둔내면과 평창군 봉평면 경계에 있는 태기산에 피난을 왔다.

횡성군지 등 역사적 사료에 의하면 태기왕은 경남 삼랑진에서 신라 시조 박혁거세의 침입을 받아 싸움을 했다가 패하자 소수의 친위병만 이끌

ㄴ. 태기산 표지석

고 태기산까지 찾았다. 한 달여 동안의 강행군으로 태기왕의 군사들은 피로에 지쳐 있었으므로 개천에서 갑옷을 벗어 빨아 입고 더 북진하여 덕고산에 이르렀다. 그가 도착해서 보니 덕고산이야 말로 하늘이 내려준 난공불락의 요새였다. 그는 이곳에 성을 쌓고 군사들을 시켜 화전을 일구어 농사를 짓게 하는 동시에 훈련을 시켜 후일을 도모하였다. 덕고산을 태기산으로 부르는 이유도 여기에 있다.

태기왕은 박혁거세의 군사가 남쪽에서 쳐들어올 것이라고 여겨 남쪽만을 경계하였는데, 신라군은 암행정찰병을 풀어서 북쪽이 취약한 것을 알고 홍천군 서석면 생곡리 방면으로 일제히 공격을 감행했다. 뒤늦게야 잘못을 깨달은 태기왕이 신라 군사와 일대 접전을 벌였으나 역부족으로 패하고 말았다. 태기왕은 남은 군사들을 이끌고 서문을 나가 인근 청일면 속실리 방향으로 도주했다. 그 뒤에 태기왕의 생사는 알려지지 않지만 전해져 오는 이야기로는 태기산 인근에서 비극적인 최후를 맞았다고 한다. 그때 패망한 진한의 군사들이 고향으로 돌아가지 못하고 새로운 마을을 개척해서 살았는데, 이곳이 청일면 신대리라고 한다.

태기왕이 쌓았다는 태기산성에는 현재 성터와 우물 그리고 곡식 창고 등의 흔적이 남아 있다. 〈세종실록지리지〉와 〈동국여지승람〉에도 덕고산성으로 표기돼 있으며 성 안에는 우물과 군창이 있다고 기록되어 있다. 그러나 영조 때 편찬된 〈여지도서〉에는 금폐(今廢)라고 실려 있는 것으로 보아 그 당시 이미 태기산성은 산성으로서의 기능을 상실했음을 알 수 있다. 〈여지도서〉는 1757년~1765년 전국 각 읍에서 편찬한 읍지를 모아 만든 전국 지방지이다. 당시 횡성에서는 태기산성의 상태를 이렇게 기록한 것을 알 수 있다.

태기산 건너편의 산은 태기왕이 답사를 했다고 해서 답산(踏山)이라는 이름이 붙었고, 태기산 자락을 흐르는 갑천(甲川)은 태기왕이 먼지 묻은 갑옷을 씻었다고 해서 갑천이라 부르게 되었다고 한다. 횡성은 지금도 갑천면이라는 행정구역이 있으며 여기에 있는 갑천고등학교는 최근 고교축구가 강원도는 물론 전국적인 지명도를 얻기도 했다. 갑천고 출신인 고위 공직자도 상당수 있다.

이 곳의 성골마을에는 대궐 터가 아직도 남아 있다. 박혁거세에게 쫓긴 태기왕이 덕고산에 웅거할 때 이곳에다 성을 쌓은 뒤 대궐을 짓고 살았다는 곳이다. 성안이마을은 덕고산성이 있을 때 그 성의 안쪽에 있던 마을이고, 국사봉 아래 중금리의 어상대(御床坮)는 태기왕이 덕고산에 웅거하고 있을 때 이곳에 어상(임금의 음식을 차려놓는 상)을 놓고 쉬어갔던 곳이라고 한다. 횡성군 우천면 오원리와 안흥면 안흥리 경계에 있는 바람부리산은 풍차산이라고도 부르는데 서북쪽이 틔어서 바람이 늘 세게 분다고 한다.

태기산은 이렇게 역사적 흔적을 가지고 있으면서 수 천 년을 넘게 아름다운 자연을 그대로 보존하고 있다. 횡성군은 최근 이 일대를 1200고원 힐링관광지로 지정하고 야생초화원과 조릿대길 양치식물길 철쭉군락지 숲 체험길 등을 조성해 관광객들을 맞이하고 있다. 또 태기산 중턱에는 과거 이 지역 교육의 산실인 태기산 분교 터가 그대로 있어 이렇게 높은 지대에도 학교가 있었구나 하는 사실에 놀라움을 감출 수 없다. 물론 지금은 학생이 없어 폐교가 됐지만 높고 깊은 산 중턱에 학교가 있었다는 자체만으로도 역사가 됐다. 또 산에는 영산홍과 보라꽃잔디 각시둥글레 비비추 두메부추 원추리 등 수 많은 들꽃과 식물들이 자생해 관광객들의 발길이 끊이지 않고 있다.

태기산 등반은 횡성군과 평창군의 경계지점인 양구두미재에서 시작된다. 양구두미재도 강원도 어느 높은 지역과 마찬가지로 11월이면 산 고갯마루에 눈이 쌓여 4월까지 이어진다. 이곳에서 태기산으로 올라가는 골짜기에는 5월이 다가옴에도 불구하고 아직까지 눈 쌓인 곳을 곳곳에서 목격할 수 있다. 진달래와 산목련 등 갖가지 꽃들이 피어나고 나뭇잎은 연녹색을 띄고 있음에도 불구하고, 눈 쌓인 골짜기를 볼 때면 이곳이 태기산인가, 아니면 백두산인가 할 정도로 신기함이 든다.

양구두미재의 고갯마루 정상은 대관령보다 높은 해발 900미터가 넘는다. 평창군 대관령면과 강릉시 성산면을 연결하는 대관령이 832미터인 점을 감안하면 횡성에 있는 양구두미재의 높이가 얼마나 높은가를 알 수 있다. 태기산 산행의 출발지점인 양구두미재의 해발이 980미터인 점을 감안하면 태기산 정상인 1,261미터까지는 차이가 많이 나지 않는다. 하지만 산행을 하기에는 다소 먼 거리일 수 있다. 게다가 차량이 다닐 수 있는 임도가 정상까지 개설되어 있어 산행을 하기에는 어려움이 없다. 간혹 차를 타고 이동하는 사람들도 있지만 걸어서 산을 오르며 태기산을 감상하는 것도 다른 산에서 볼 수 없는 색다른 맛을 안겨주고 있다. 분명 산을 오르는 등산이지만 주변에 볼 것이 많아 산책하는 기분마저 든다.

산을 오르는 길목에는 바람이 많아 풍력발전기가 설치되어 휘파람 소리를 연신 내고 있다. 웅장함에 무서운 기분도 들지만 바람을 이용한 인간의 지혜가 엿보이는 현장이다. 올해는 4월에 폭설이 내려서 그런지 아직도 곳곳에 눈이 쌓여 있어 태기산의 아름다움을 더해주고 있다. 양구두미재에서 정상까지 오르는 길은 비포장 길과 포장길이 교차한다. 오르막 내리막을 반복하다 보면 숨도 가파르게 차지만 틈틈이 쉬어가면 가족과 함께 산행하기에는 아주 좋은 곳이다.

산 정상 부근에 조성돼 있는 조릿대길은 사계절 푸르른 생명력이 강하게 펼쳐져 있다. 비록 짧은 길이지만 태기왕의 전설처럼 강한 역사를 만든 생명체처럼 보여 졌다. 태기산 정상에 오르니 운무가 가득해 역시 높은 산이라는 것을 실감할 수 있었다. 산 아래는 햇살이 가득했으나 정상에 오르니 태기산을 알리는 표지석 외에 주변 경치는 운무에 가려 볼 수 없었다. 다만 정상 부근에 설치된 전망대에는 원주 치악산과 둔내 시가지 등이 조망에 들어온다고 표기해 놓았다. 아마도 날이 좋으면 이곳까지 전망이 가능하기에 표기해 놓은 듯싶다.

산행을 마치고 양구두미재로 하산해 이곳에서 차를 타고 다시 둔내로 향했다. 횡성지역이라 해발이 그렇게 높다는 생각은 없었는데 둔내지역의 평균해발이 500여 미터 이상 된다고 하니 조금 놀랐다. 이곳에는 요즘 고랭지 토마토가 지역 특산품으로 재배된다. 일교차가 심해 맛과 품질이 좋아 벌써부터 유명세를 타고 있다. 둔내는 토마토를 주제로 축제를 열기도 한다.

청일면과 둔내지역에서 많이 재배되는 더덕은 이미 '태기산 더덕' 이라는 이름으로 전국적인 명성을 타고 있다. 태기산 더덕은 고유의 향이 가득하고 전국 생산량의 30%을 차지한다고 했다. 밤낮의 기온차로 육질이 연하고 사포닌 함량이 많아서 소비자들에게 많은 인기를 끌고 있다. 횡성의 특산품이 많이 재배되는 것도 이유가 있었다.

10 수년 전 강원도의원 재직시절 함께 의원생활을 했던 그의 말에 의하면 둔내 지역은 구석기시대부터 철기시대 통일신라시대 고려시대 등을 이어오면서 고분과 유적 유물이 많이 발견되었다고 했다. 다시 말해 수 만

년 전부터 인류가 이곳에서 거주했다는 것이다.

둔내라는 이름은 둔전(屯田)에서 유래를 찾을 수 있다.
둔전은 지방에 주둔한 군대의 군량이나 관청의 경비에 쓰기 위해 경작하는 밭을 말한다. 둔내는 과거 둔전에서 수확한 곡식을 모아 둔 창고가

ㄴ. 태기산 정상 부근에 있는 조릿대길

있었는데 이것을 둔창(屯倉)이라고 불렀다. 당시 사람들은 둔창이 있는 곳을 둔창내(屯倉內)라고 부르다가 세월이 지나면서 변행돼 지금의 둔내(屯內)라고 불리게 됐다는 것이다. 둔내에는 5일과 10일을 기준으로 장이 열리는데 이곳에서는 태기산 더덕을 비롯해 제철을 맞은 각종 산나물이 장관을 이루고 있어 강원도 특유의 신선함을 그대로 느낄 수 있는 곳이다. 강원도 사람들의 푸짐한 인심과 소박한 마음을 느끼면서 장을 둘러보고 인근에서 막국수를 즐기는 것도 최고의 코스로 권하고 싶다.

둔내의 역사를 알고 나니 태기산의 후예들이 이곳에서 의롭게 살고 있다는 생각이 들었다. 내가 알고 있는 지인도 올곧은 성품에 의리가 강하고 선함과 진실함을 가진 정의로운 사람이다. 한 곳에서 자신을 지킬 줄 알고 타인을 헤아릴 줄 아는 현명한 성격의 소유자인 그는 대대로 둔내를 지키고 있는 '태기산의 후예' 로 보여 졌다. 정의와 진실과 강함을 함께 품고 사는 사람들.

그들이 바로 태기산의 후예들이다. ▣

한우의 외출

'소에게 무엇을 먹일까. 하는 토론으로 세월을 보내다가 소를
굶겨 죽였습니다.
백(百)의 이론보다
천(千)의 웅변보다
만(萬)의 회의보다
풀 한 짐 베어다가 쇠죽 쑤어준 사람 누구입니까.
그 사람이 바로 일꾼입니다.'

도산 안창호선생의 말이다.

소를 등장시켜 일과 일하는 사람에 대한 진정한 가치를 표현한 것이다. 소는 오랜 세월부터 우리 인간과 늘 가까이 있었고 지금도 우리의 삶과 밀접한 관련이 있다.

과거 삼국시대 훨씬 이전부터 근현대까지 우리나라는 농경문화가 지배적이었다. 수 천 년을 농경문화가 주류를 이루면서 소는 우리의 일을 돕는 농기(農器)였다. 내가 어릴 때 할아버지도 큰 소를 농기라고 부르며 각별히 아끼고 돌보았다. 그 시절이 70년대 후반까지 이어졌으니까 그리 오래 전의 일은 아니다. 그러다가 농업기계화가 이루어지고 우리의 삶이 윤택해지면서 소는 우리에게 새로운 먹거리로 등장하기 시작했다. 횡성한우도 그런 측면에서 유명세를 타기 시작했다. 과거 농경문화 시절 인간에게 소중한 자원이었던 한우가 현대사회에 접어들면서 화려한 외출을 시작해 또 다른 가치를 우리에게 안겨주고 있는 것이다.

횡성하면 가장 먼저 떠오르는 것이 횡성한우다.

전국적인 명성을 타면서 횡성은 이제 한우의 고장으로 통하고 있다. 횡성한우가 유명해진 것은 단순히 홍보효과 뿐만은 아니다. 바로 육질이 부드럽고 사람들의 입맛에 가장 적합하기 때문이다. 한우는 우리나라 어느 지방에서나 생산되지만 그 맛에 차이가 나는 이유는 무엇일까? 우선 낮과 밤의 일교차가 지역마다 뚜렷해 한우 고유의 맛이 틀리기 때문이다. 횡성은 목초 및 산야초가 풍부하고 공기 및 수질오염이 없는 청정 사육환경을 자랑하고 있다. 또한 횡성한우는 국내 최초로 쇠고기 생산이력추적

시스템을 도입해 한우의 출생에서 사육 도축 가공 판매 그리고 식탁에 이르기까지 횡성한우의 모든 정보를 직접 확인할 수 있다. 이러한 이유가 횡성한우를 최고의 품질로 성장시킨 원동력이라고 할 수 있다.

횡성군은 태백산맥의 영향으로 강원도내 다른 곳과 같이 대부분이 산지로 형성된 곳이지만 지형에 따라 고저차이이 분명하다. 동북방은 산악지대인데 비해 서남방으로 갈수록 산세가 완만하고 비옥한 평야가 많다. 동쪽으로는 치악산(1,288m), 남쪽으로는 백운산(1,087m)을 중심으로 서북쪽은 남한강과 섬강이 감싸 안고 흐르는 분지형으로 전형적인 내륙성 기후를 보이고 있다. 또한 횡성은 한반도의 중심부에 자리 잡고 있으며 기온차가 심하고 밤과 낮의 일교차가 뚜렷해 한우사육의 최적지로 평가받고 있다. 횡성한우가 이러한 지형적 사육의 특성을 안고 있기 때문에 사람의 입맛에 가장 적합한 것으로 부상한 것이다.

횡성은 원래 한우의 고기 맛 보다는 우시장으로 유명한 지역이었다.
조선말부터 '동대문 밖 우시장은 횡성이 최고' 라는 말이 있을 정도였다. 영동고속도로가 생기기 전까지 횡성은 서울과 강릉을 잇는 중간 지점이었기 때문에 오고 가다 머무는 사람이 많았다. 때문에 상권이 발전돼 제법 규모 있는 시장이 형성돼 있었다. 지금은 예전에 비해 사람들의 발길이 뜸해졌지만 얼마 전부터 횡성 한우가 국내 최고급 한우로 인정받기 시작하면서 고기 맛을 즐기려는 미식가들의 발길이 이어지고 있다.

육질은 암소고기가 최고지만 횡성지역 농가들은 소 생산량 유지를 위해 암소대신 거세한우를 키워 암소 못지않은 고품질의 한우를 생산한다. 또 상당수 농가에서는 24~30개월 간 소를 키우면서 정기적으로 초음파 검사를 통해 마블링 상태를 확인한다. 정기검사를 통해 소의 건강 상태를 확인하다 보니 부족한 영양소를 때 맞춰 보충해줄 수 있어 최고등급 고기 생산량도 전국에서 제일 많다.

횡성한우의 진가는 가격에서도 확인할 수 있다. 서울에서 4인 가족기준으로 한우식사를 하려면 보통 수 십 만 원대에 이르지만 횡성은 절반 값이면 해결할 정도로 저렴하다. 횡성한우의 명성을 입증이라도 하듯 횡성군 내에는 80여개의 한우 전문점이 있다. 그동안 각종 전국 품평회에서 명가 명품 국가브랜드 대상 등 각종 부문에서 최고의 상을 수상하면서 이제는 세계가 주목하는 한우로 성장했다.

횡성한우가 유명세를 타기까지는 농가들의 절대적인 노력이 있었기에 가능했다. 한 때 외지의 한우가 횡성으로 유입돼 원산지 논쟁도 있었지만 횡성지역 한우사육 농가들은 철저한 품질관리로 이를 극복하고 오히려 횡성한우의 브랜드를 더욱 확산시키는 지혜를 발휘했다.

횡성군내 한우사육 농가는 1,500여 농가쯤 된다. 여기서 기르고 있는 사육두수가 4만8,000여 두라고 하니 횡성군의 전체인구보다 많다. 횡성군의 인구는 4만7,000여명이다. 횡성에서 생산되는 한우가 얼마나 많은 지 짐작가는 대목이다.

한우는 원래 성질이 온순하여 다루기 쉽고, 병에 대한 저항성이 강하다. 특히 다리와 발굽이 튼튼하여 장기간 일을 시켜도 잘 견디며 번식력도 좋은 편이다. 나쁜 환경에서도 사육이 가능하고 피부가 두껍고 질겨서 훌륭한 가죽을 생산한다. 육질과 비육성이 좋고 현재는 농업의 현대화로 예전의 '일소'에서 '고기소'로서의 가치에 역점을 두고 번식시키고 있다.

이러한 흐름을 가장 먼저 파고들은 횡성군은 아예 횡성한우를 주제로 축제를 열고 있다.

2004년부터 '횡성 태풍문화제'를 변경해 한우축제를 개최하고 있는 횡성군은 전국 최고의 명성과 세계가 인정한 횡성한우의 우수성을 널리 알리는 지역의 대표축제로 발전시켰다. 횡성군의 축산업은 수많은 미식가들과 소비자들의 사랑을 기반으로 횡성을 대표하는 기간산업이며 수도권과 횡성을 연결하는 건강한 식품산업의 허브로 성장했다.

특히 대한민국 명품 브랜드 횡성한우는 지역경제를 이끄는 원동력이며, 횡성군과 지역주민들은 횡성한우를 세계에 알리는 홍보대사로 그 역할을 담당하고 있다. 깨끗한 자연과 사람이 어우러져 가꿔온 소박한 삶의 터전에서 최고의 맛과 영양을 제공하는 축제는 전국에서 수많은 인파가 몰리고 있다.

한우의 고장답게 횡성군은 소에 대한 역사도 일반인의 호기심을 자극할 정도로 잘 기술해 놓고 있다. 횡성군에 따르면 소는 예로부터 풍성한 들녘의 일꾼으로, 먹거리로, 대한민국 축산업의 근간을 일궈온 부지런하고 믿음직한 동물이다. 비단 축산업이라는 거대한 산업의 틀로 해석하지 않더라도 전통 농경사회의 큰 축을 담당해온 소는 풍부한 영양과 맛으로 동·서양을 막론하고 다양한 요리의 재료로 활용돼 왔다.

오랜 세월 농경 생활을 이어왔던 우리 민족에게는 소가 더욱 친숙하고 각별한 동물이었다. 재산목록 1호가 바로 소인 것이다. 소는 성인 남성 4~5인 정도의 일을 하는 중요한 농기구이며, 귀한 먹을거리로 우리의 삶 곳곳에 존재했다. 때문에 우리의 선인들은 한우를 동반자로서 외양간을 집 가깝게 두고 가족의 일원으로 간주했던 것이다.

조선시대 한우는 사람과 마찬가지로 설날에 만둣국, 정월대보름에는 오곡밥과 나물로 상을 차려주며 한 해 농사를 잘 지어보자고 격려하는 풍습이 있었다. 이렇게 귀하게 여기던 한우도 일제강점기에는 시련을 맞게 된다. 1938년 조선총독부가 '황갈색만 한우로 인정한다.' 는 심사표준 규정을 만들어 한반도에서 생산되는 칡소와 흑소를 대량으로 공출했다. 일본소의 품종개량과 식량조달 등의 목적으로 한우 150만 마리를 수탈해 갔다. 이런 무자비한 수탈로 한우의 다양성이 말살되고 수가 급감하는 시련을 겪게 됐다. 당시 150만 마리면 상상을 초월할 정도이다. 이렇게 수탈당한 한우는 해방과 동시 농촌진흥청에 의해 우수품종 육성과 사육방법이 개발되면서 생산성이 다시 증대되기 시작했다. 최근에는 지역별로 차별화 된 한우 고급육 브랜드가 등장했으며 전국적으로는 약 200개의 브랜드가 경쟁중이라고 한다.

횡성한우가 횡성을 대표하는 브랜드로 성장한 것은 이 지역의 기후와 지형이 한우를 사육하기에 적합하다고 하지만 횡성사람들의 노력 없이는 불가능했다. 그들은 고품질 개발을 위해 민관이 하나 되어 수차례 세미나와 심포지엄을 열고 한우의 고품질 시대를 개척했다.

그 결과 전국에 수많은 브랜드가 탄생돼 횡성한우에 도전하고 있지만 아직 그 명성을 따라가기에는 부족해 보인다. 횡성의 아름다움은 이렇게 사람과 자연이 함께 만들어 가고 있어 횡성한우는 더더욱 국민의 사랑을 가득 받을 것이다. 🔳

섬강의 들꽃

섬강은 횡성을 대표하는 강이다.

세계적으로나 역사적으로 보더라도 도시는 강을 끼고 형성돼 있다. 횡성도 섬강을 원천으로 오랜 역사를 가지고 있다. 섬강은 한강의 지류로 태기산에서 발원하며 상류는 계천으로 부른다. 횡성군 등의 지명유래를 보면 섬강은 대관대리를 지나 횡성읍으로 흐르면서 금계천과 합류한다. 섬강은 여기서부터 시작된다. 다시말해 계천과 금계천이 합류해서 섬강이 시작되는 것이다. 횡성읍내의 북쪽을 지나며 계속 남쪽으로 흘러 원주시를 거쳐 경기도 여주시의 경계지점인 원주시 홍호리에서 한강과 합류한다.

섬강의 길이는 73㎞로 그리 길지는 않지만 횡성의 역사와 함께 한다고 해도 과언은 아니다. 역사적으로 보더라도 섬강의 지명은 오래된 것을 알 수 있다. 조선중기 우의정까지 지낸 송강 정철이 강원도관찰사로 부임한 후 쓴 '관동별곡'에서 '섬강이 어듸메뇨 치악이 여기로다'라는 구절에서 섬강이라는 이름으로 나온다.

섬강은 기암괴석과 맑은 물이 흘러 횡성주민은 물론 외부에서도 많은 관광객이 찾고 있다. 횡성의 젖줄로 통하는 섬강은 봄에는 아름다운 꽃들이 피고 여름에는 더위를 피해 찾는 사람들이 해마다 증가하고 있다. 특히 강변 소나무 숲 가운데 있는 운암정을 필두로 2km가까이 펼쳐져 있는 자연은 때 묻지 않은 태고의 신비를 그대로 간직한 모습을 보이고 있어 감탄을 자아낸다. 운암정은 1937년 횡성에 사는 김한갑과 이원식이 세운 정자이다. 운암정이라는 이름은 김한갑의 호인 운수에서 '운'자를 이원식의 호인 청암에서 '암'자를 따서 지어졌다.

1984년 강원도 문화재로 지정된 운암정은 사연이 있다. 김한갑과 이원식은 너무도 가난했으나 서로 잘 살아보자고 열심히 생활해 마침내 부자가 됐다고 한다. 그래서 회갑을 맞아 두 사람은 이곳에 정자를 짓기로 하고 경비는 반반씩 부담했다고 한다. 지금도 섬강과 횡성을 내려다 볼 수 있는 전망 좋은 곳에 위치하고 있어 많은 사람들이 찾고 있다. 또 용의 모습을 닮은 용바위 주변에는 봄이면 요염할 정도의 진분홍색 철쭉꽃이 만개해 보는 이로 하여금 감동을 주고 있다. 그리고 주민 편의시설을 위해 섬강 둔치에 설치된 종합운동장을 비롯한 각종 체육시설은 주민들의 건강은 물론 각종 전국대회를 비롯해 크고 작은 대회가 열려 횡성경제를 살리는 효자 역할을 하고 있다.

횡성에서 자라고 성장한 지인의 말에 의하면 섬강은 어린시절 자신들의 놀이터라고 했다. 지금은 식당가를 비롯한 상가들이 주민과 관광객을 맞이하고 있지만 과거에는 아이들은 물론 동네 주민들이 가장 가까이 지냈던 생활공간이라고 했다. 봄이면 강 주변에 연녹색 풀이 올라오면 아이들은 소를 풀어놓은 채 소먹이는 일을 했다. 특별한 놀이터가 없었기 때문에 소먹이는 일과 더불어 아이들은 이곳에서 연을 날리고 강가 돌을 쌓아 탑을 만드는 놀이도 즐겼다.

그리고 여름이 다가오면 섬강은 아이들의 천국이었다. 발가벗은 아이들이 강에 진을 치며 놀았고, 해수욕을 가지 못한 동네 어른들도 더위를 피해 섬강을 많이 찾았다. 특히 섬강에는 물 반, 고기 반이라는 말이 있을 정도로 메기 피라미 잉어 붕어 등 민물고기들이 많이 서식해 여름이면 어른 아이 할 것 없이 물고기를 잡았다고 했다. 당시 먹을 것이 많지 않았기 때문에 이들이 잡은 물고기는 허기를 달랬고, 지금도 섬강 주변에 물고기를 재료로 하는 음식점들이 그때의 맛을 이어가고 있다.

가을에도 섬강은 주민들에게 풍성함을 안겨 주었다. 섬강 주변에 있는 논과 밭은 토질이 좋아 농사가 잘 됐으며 노랗게 익은 들판은 말 그대로 황금물결이었다. 겨울은 영하의 기온 때문에 강이 얼음으로 뒤덮이면 아이들은 추위에도 아랑곳 않고 썰매를 타러 강에 나갔다. 매서운 칼바람은 오히려 아이들을 더 단련시키고 서로간의 훈훈한 인정을 만들게 했다. 때문인지 횡성은 예부터 인심 좋고 순박하며 많은 인재가 배출됐다. 수많은 문신과 무신이 이 고장 출신이고, 지금도 정부 각 부처에서 많은 사람들이 활동하고 있다.

횡성군 사료에 의하면 횡성군은 고구려 시대에는 횡천(橫川), 통일신라시대에는 황천(潢川), 고려시대에는 다시 횡천(橫川)으로 불렸다. 그러다가 조선 태종 14년인 1414년 횡천(橫川)과 홍천(洪川)의 이름이 비슷하다고 해서 이름이 횡성(橫城)으로 불리기 시작했다. 다시 말하면 횡성은 고구려-통일신라-고려 등으로 내려오는 1,000년 이상을 '천(川)'이라는 지명을 사용했다. 강을 상징하는 천은 바로 '섬강'을 의미한 것으로 보여지며 천년을 넘어 횡성을 지키고 있는 것이다. 섬강의 아름다움은 한 여류 시인의 작품에도 잘 나타나 있다.

섬강의 사계

구분옥

따스함 머금으러 양지쪽 찾아
청보라 빛 감도는 제비꽃 반지를 하고
노란 저고리 수줍은 새색시인 양

분홍 화관에 연두색 치마를 입고
봄은 그렇게 운암정에 내려앉습니다.

영롱한 아침이슬 갈잎을 키우고
목 타랜 호박순도 힘겨운 한낮이 오면
그늘 높은 참나무엔 구성진 매미 소리
발가벗은 조무래기 물장구 신나라고
여름은 그렇게 섬강을 따라서 옵니다.

무에 그리 불만인지 뾰족뾰족 삐친 꽃잎
알록달록 색깔 옷에 붉어진 얼굴을 하고
그래도 뒤돌아선 눈먼 곳의 풍년가 소리
늦가을 무서리에 억새꽃잎 늙어간다고
가을은 그렇게 섬강 뜰을 노래합니다.

별도 달도 추워 잠든 조붓한 새벽길
마른 풀잎 위에 수정 같은 하얀 눈꽃
옆집 돌이 녀석 앉은뱅이 썰매 타라고
발밑을 간지럽히는 무언의 속살거림
겨울은 그렇게 섬강을 추억하게 합니다.

이렇듯 '섬강의 사계' 라는 시는 섬강의 내면과 외면을 잘 함축하고 있다. 2019년 4월 봄을 맞아 섬강을 찾았다. 개나리가 꽃망울을 드러내고 나뭇잎이 연녹색을 보이는 등 섬강의 봄도 시원하기만 하다. 봄은 들꽃으로부터 온다고 했던가. 섬강 주변에는 이름 모를 들꽃들이 또 한해를 시작하는 봄을 맞아 서로 경쟁하듯 싹을 내밀고 있다. 아이들을 데리고 섬강의 봄을 찾은 한 여인은 생명력 강한 어머니의 마음처럼 섬세한 섬강의 숨결을 느끼고 있었다. 주변에는 들꽃이 이들을 반긴다. 누구를 비판하지도 않고 오로지 자신의 아름다움을 위해 순종하며 피어나는 들꽃. 돌 틈 사이 이름도 없지만 그 아름다움 만큼은 머릿속에 지워지지 않는다. 📷

ㄴ 횡성읍내에 있는 섬강

2장

변경(邊境)의

아침은 밝아오고

두만강 푸른물에
오리머리 압록강

변경은 국토의 끝, 국토의 경계선을 말한다.
중국과 북한의 경계선은 두만강과 압록강이다.

두만강은 우리민족에게 사연이 너무 많은 곳이다.
조선시대에서는 함경도 지방에 기근이 들 때마다 수많은 우리 선조들이 이 강을 넘어 간
도 지방으로 이주했다. 20세기 들어서는 일제의 학정을 피해 수많은 민족들이 두만강을
건넜다.
박경리 선생의 '토지'에도 당시 우리민족의 애환이 서려있는 간도지방이 나온다. 압록
강도 한반도와 중국의 경계를 이루는 곳으로 압록강 변 중국 각 도시에 많은 조선족들이
거주하고 있다. 이곳에서 북한 땅을 자유롭게 볼 수 있지만 갈 수는 없다. 그래서 더 애절
하다.
'변경(邊境)의 아침은 밝아오고'는 통일을 염원하는 마음에서 기획했다. 특히 이 글은
두만강과 압록강의 발원지에서부터 하류 끝까지 직접 탐사하면서 북한의 생활을 간접적
으로 정리한 것이다.

| 두만강 푸른물에 |

두만강은 북한 중국 러시아와의 국경을 따라 흐르고 길이는 521㎞이다.
한반도에서 세 번째로 긴 두만강은 백두산 동남쪽 대연지봉의 동쪽 기슭에서 발원하는 물을 원류
로 한다.
중간에 이르면서 중국의 간도방면에서 흘러오는 해란강 등 중국과 북한에서 시작되는 크고 작은
하천이 합쳐져 동해로 들어간다.이러한 민족의 역사를 안고 있는 두만강 유역의 화룡 도문시 등
은 태백 동해 등과 자매결연 도시로 교류를 하고 있어 도민들에게도 매우 친숙하고 관광도 자유
롭게 할 수 있다.

두만강 사람들

아침에 일어나 제일 먼저 북한 땅을 본다는 것은 쉬운 일이 아니다.

두만강 건너 보이는 북한의 아침은 밝은 햇살이 가득하기보다 회색빛 민가(民家)와 낡은 군부대 막사 등이 눈에 먼저 들어온다. 간혹 군인들과 농부로 보이는 주민들이 이른 아침부터 어디론가 걸어가고 있었지만 활력이 있어 보이지는 않는다. 여름임에도 두터워 보이는 국방색 바지를 입은 40대 주부와 한국의 젊은이와 같이 짧은 스키니 바지를 입은 여성이 두만강에서 빨래를 하고 있어 이색적으로 보였다. 그 모습을 카메라에 담고 싶었지만 옆에서 세면을 하던 북한군인 몇 명이 우리 쪽을 계속 주시하기 때문에 포기했다. 너무 가까이 있는 거리라서 자칫 위험에 빠질 수도 있고, 눈으로만 구경하는 것이 좋다고 판단해 잘 했다는 생각도 들었다. 말을 건네 볼까하고 생각도 했지만 역시 망설여졌고, 우리의 모습이 남한사람이라는 것을 금방 알아본 듯해서 두만강 변에서 세수만 하고 숙소로 돌아왔다. 북한 땅을 건너가 그들과 대화를 하고 싶은 마음이 간절했지만 통일 이후로 미뤄야 한다는 아쉬움이 가득했다. 두만강과 마주 하고 있는 중국의 작은 마을에 민박을 하면서 볼 수 있었던 북한의 아침 풍경이다.

ㄴ 두만강 나룻터 표지석

간밤에 우리는 거의 잠을 이루지 못했다.

두만강변의 작은 민박집에 숙소를 마련하고 그들이 마련해 준 술과 안주를 벗 삼아 많은 대화를 나누었다. 국경지대에 있는 중국인이지만 두만강 변에 있는 사람들은 조선족이 많다. 그들은 한국문화를 우리보다 더 많이 알고 있었으며, 심지어 요즘 유행하는 노래와 드라마 아이돌 그룹 등을 꿰뚫고 있었다. 비록 민박집은 낡고 초라했지만 집 주인 아저씨의 손에는

ㄴ, 아오지 탄광으로 유명한 함경북도 경흥군 아오지로 가는 두만강 다리가 끊긴 채 방치돼 있다

최근 출시된 삼성 스마트 폰이 들려 있었으며, 한국의 정치 경제 사회 문화 등을 오히려 우리에게 설명할 정도로 한국사정이 밝았다. 뿐만 아니라 북한의 동향도 스스럼없이 말해 밤이 깊어 가는지 모를 정도였다.

10여 년 전에 북한을 방문했다는 그는 북한에 대해 한마디로 '자연이 잘 보존돼 있는 나라' 라고 했다. 두만강과 인접해 있는 무산과 삼지연 등을 관광하고 왔다는 그는 북한 사람들의 생활에 대해 '불쌍하다' 라는 말로 대신했지만 요즘은 과거와 다르게 많이 윤택해 졌다고 덧붙였다. 우리는 밤늦게까지 북한사람들의 결혼과 가족 직장 등 그들의 생활에 대해 많은 이야기를 나누었다. 북한의 통치구조나 정치적 이념 등은 처음부터 관심이 없었다. 그날 나누었던 현지인의 설명을 토대로 북한의 생활양식을 정리해 본다.

북한 사람들의 결혼은 방식에서 뿐만 아니라 가치관까지 우리나라와 크게 달라 보였다. 어떻게 보면 지방마다 차이가 나는 문화라고 할 수 있지만 출신성분과 당에 대한 충성도 등이 결혼식에 등장하는 것을 보면 한국의 결혼문화와는 분명 차이가 있었다. 그렇다고 우리나라 결혼문화가 좋은 것만은 아니다. 우리의 결혼식은 예식장에서 불과 몇 십분 만에 식을 끝내는 요식행사로 전락하고 있으며, 최근에는 축의금을 전달하는 것이 결혼식에 대한 예의라고 생각하는 경우가 많다. 중요한 것은 결혼식에 직접 참석해 신랑 신부를 축하해 주는 것이지만, 시간이 지나면서 축의금만 전달한 채 결혼식장에 나타나지 않는 일이 수없이 벌어지고 있다. 우리나라 신랑 신부의 결혼연령도 30대 중반에 육박할 정도로 늦어지고 있으며, 독신자가 점점 늘어나는 것도 사회적 병폐로 작용한다.

북한은 남자의 경우 18세, 여자는 17세부터 결혼할 수 있다고 규정한다. 남자의 경우 군복무 중에는 결혼이 제한되고, 여자는 노동력 확보 등을 이유로 결혼이 지연되는데 보통 남자는 30세 이상, 여자는 25세 이상이 돼야 결혼이 가능하다. 배우자의 선택은 중매가 60% 이상을 차지하지만 최근에는 연애결혼에 대한 관심이 점차 높아지고 있다. 결혼식은 공공회관이나 음식점 또는 신부 집에서 하는 것이 일반적이다. 예복은 남자의 경우 양복차림의 정장이 주를 이루고, 여자는 연분홍색 한복을 주로 입는데 가슴에는 붉은 조화를 단다. 신혼여행은 거의 가지 않고 식당 또는 집에서 간단한 피로연을 갖는 게 전부라고 한다.

북한의 명절도 우리와 많이 틀리다.

북한에서의 명절은 국가적 사회적으로 설정해 경축하는 기념일과 전통 민속일 등으로 구분된다. 북한은 과거 추석과 음력설 단오 등을 공휴일로 지정하지 않았으나 1980년대 후반부터 휴식일로 정해 민족 고유명절을 부활했다고 선전하고 있다. 현재 북한의 명절은 김일성 김정일의 생일과 정권창건일 노동당창건일 등 체제에 맞춰 운영하고 있다. 명절에 제사를 지내는 것은 물자낭비 분파주의 종파주의 등을 조장한다는 이유로 단속대상이었지만 80년대 후반부터는 제례를 허용하고 있다. 제사음식은 전통적인 제사음식이 아니고 주위에서 쉽게 구할 수 있는 것으로 대신하며, 지방 대신 사진을 놓고 제사를 지낸다고 한다.

북한의 장례문화는 사회주의 방식에 따라 간소화 되었는데 통상 3일장으로 치르며 형편에 따라서는 1~2일장으로도 한다. 직계존속이 사망하면 상주에게는 일정기간의 휴가와 장례보조금 등이 주어진다고 한다.

북한에 대한 소식은 철저하게 통제돼 있지만 간혹 북한사람들을 만나게 되면 들을 수 있다는 게 민박집 주인아저씨의 설명이다. TV 또는 신문

① 두만강 건너 북한 군인초소 앞을 지나가는 소달구지와 농부
② 두만강 건너 보이는 북한 무산 시가지 모습

을 통해 북한소식을 접한다는 것은 두만강을 사이에 두고 있는 중국에서
조차 힘들지만 그래도 여러 가지 입소문을 통해 북한소식을 듣기 때문에
나름 정통한 소식이라고 그는 말했다. 그가 말한 내용은 참 재미있는 내용
이 많았지만, 어쩌면 우리가 어린 시절 학교에서 배운 내용과 크게 다르지
않다는 것을 느낄 수 있었다. 중요한 것은 두만강 인근에 살고 있는 북한
주민들의 옷차림과 간혹 보이는 그들의 생활상은 결코 여유 있는 삶이 아
니라는 게 우리가 내린 결론이다.

우리는 두만강 발원지에서 북한 무산이 보이는 고갯길을 지나 강 하류

③ 두만강 상류에서 천렵을 즐기는 조선족
④ 두만강 주변 중국 마을의 재래시장

러시아 중국 북한이 국경을 이루고 있다는 훈춘지방까지 갔다. 중간에 아오지 탄광으로 연결되는 다리가 두만강 한 가운데 끊긴 채 방치되어 있었고, 눈앞에 펼쳐지는 북한 땅은 인적이 드문 채 평온함을 느낄 수 있었다.

두만강에는 같은 말을 쓰는 사람들이 마주보면서 살고 있지만 한쪽은 조선민주주의 인민공화국(북한)의 사람으로, 한쪽은 중화인민공화국(중국)의 조선족으로 생활하고 있었다. 두만강 변에 살고 있는 조선족들도 중국정부의 많은 지원으로 한글을 사용하고, 자치단체장도 조선족으로 선출하는 등 혜택을 받고 있지만 여느 지방과 마찬가지로 많은 고민을 안고 있다. 우리가 머물렀던 작은 마을은 과거 조선족들이 많이 살았으나 점점 도시로 빠져 나가 빈집이 크게 늘어난 상태였다. 그나마 남아 있는 집들의 상당수는 한국의 시골과 마찬가지로 노인부부가 살고 있는 집이어서 어린아이 울음소리를 들어본지 오래됐다고 했다.

하지만 정말 심각한 것은 조손가정이다. 아이의 부모는 월급을 많이 주는 한국으로 돈 벌러 나가고 아이는 할아버지와 할머니의 손에 의해 자라고 있으나 상당수가 방치된 채로 생활하고 있다. 실제 우리가 몇몇 공원에 들렀을 때 뛰어놀던 아이들은 머리를 빡빡 깎은 채 반바지에 런닝 차림으로 새까맣게 그을려 있어 마치 60~70년대 우리의 모습을 보는 듯 했다. 아이들을 불러 "엄마 아빠는 어디에 가셨냐?"고 물으면 "한국에 돈 벌러 갔습니다."라고 대답하는 아이들이 상당수였다.

참으로 슬픈 현실이다.

두만강 변에 있는 우리 민족들은 예나 지금이나 국토의 변방에 살고 있다는 이유로 크게 관심을 받지 못하며 궁핍하게 살고 있다. 두만강 서쪽에 자리 잡은 중국은 연변을 비롯한 도문 용정 화룡 등의 도시가 급속도로 발전하고 있다.

10년 전만 해도 사람과 차 자전거 달구지 소 등이 한데 뒤엉켜 다니던 도로는 이젠 말끔히 정비돼 대도시 수준으로 변화됐다. 강변에 있는 작은 마을들도 주거환경과 생활환경이 변하고 있다는 것을 실감할 수 있다. 그러나 조선족들의 삶은 일부를 제외하고 여전히 돈 때문에 한국에 와야 하고, 돈 때문에 자식들과 떨어져 살아야 했다. 눈으로 밖에 볼 수 없는 두만강 동쪽에 있는 북한의 실정도 예외는 아니다. 두만강 유역 북한 주민들도 접경지대에 위치하고 있다는 이유로 북한 당국으로부터 크게 관심을 받지 못하고 있는 듯 했다. 이젠 우리 정부가 나서 그들에게 관심을 주면 좋겠다는 생각이 들었다.

조선족에게는 따뜻한 사랑을…

북한 주민들에게는 함께 나눌 수 있는 정을….

그런 생각을 하며 두만강 유역의 작은 마을을 떠났다. 🔲

발원지 소도둑

유명한 강(江)의 발원지는 강 이름만큼 상징적인 의미가 크다.

남한에는 한강과 낙동강이 한국을 대표하는 2대강 이라고 한다. 흔히 말하는 4대강은 금강과 영산강을 포함한 것이다. 한강과 낙동강의 발원지는 어디일까. 공교롭게도 태백시에 있다. 태백산맥의 험준한 준령에 위치한 태백시가 지대도 높은 만큼 강의 발원지로서도 명성이 높다.

두만강.

우리에게는 노래로 더 많이 알려져 있다.

수많은 역사와 사연을 가지고 있는 두만강은 한반도와 중국, 조선과 일본의 숨 막히는 전쟁으로 우리민족에게는 잊을 수 없는 상처의 강이다. 지금도 분단의 아픔을 간직한 채 건널 수 없는 강이 됐으며 중국을 통해 눈으로만 봐야하는 눈물의 강이다. 박경리 선생의 '토지'에 등장하는 서희와 길상이의 생활무대도 용정을 포함한 만주 간도 일대이다. 일제시대 우리민족이 얼마나 많은 아픔을 안고 두만강과 압록강을 건너 이곳으로 갔는지는 현지인들의 설명을 들어보면 눈물이 나올 정도다.

두만강은 최근 하류지역의 경우 도문 훈춘 등에 우리나라 관광객들이 많이 찾고 있지만, 발원지를 비롯한 상류지역은 북한과 국경을 아주 가까

└ 두만강 발원지 안내문

이 하고 있어 접근이 쉽지 않다. 발원지도 예외는 아니어서 중국 군인들이 절대적으로 통제하고 있다. 물론 과거에는 북한군과 중국군의 왕래가 빈번했지만 황소사건을 계기로 지금은 철저한 경계를 펼친다고 했다.

몇 년 전 여름.

우리는 운 좋게도 중국 공안의 안내를 받으며 두만강 발원지를 직접 볼 수 있었고, 발원지에서 나오는 생명수를 현장에서 마실 수 있는 행운도 주어졌다.

중국 공안에 의하면 두만강 발원지에서 황소사건이 발생한 것은 아마도 1990년대 북한이 최악의 식량난을 겪었던 '고난의 행군' 시기였다고 한다. 그 당시 두만강 발원지 인근에는 중국인 농가가 상당수 있었다. 접경지역에 있는 농가들이었기 때문에 북한군과 중국군의 왕래가 자유로웠고 군인들에 의한 크고 작은 절도 행위도 많이 벌어졌다.

북한군은 밤에 중국 측 농가에 몰래 침입해 TV 라디오 전기밥솥 등을 훔쳐갔고 심지어 옷과 음식 농산물 담배 그릇 등 생필품까지 훔쳐가 중국 입장에서는 골칫거리였다. 이에 중국 측에서 경계를 삼엄하게 펼치면서 한동안 조용했으나 시간이 지나고 북한의 식량난이 심해지자 또다시 북한군의 침입이 잦아졌다. 이러한 가운데 어느 날 중국 농가에서는 황소 2마리가 없어졌다.

중국군은 북한 군인들의 소행으로 보고 소발자국 등 행적을 찾아 가보니 북한 군인들이 두만강 발원지 건너편에서 소를 잡아 고기를 구워먹고 있는 것을 발견했다. 당시 중국군은 총을 들고 국경을 넘어 북한 땅에 있었으며, 황소를 훔쳐간 것에 격렬히 항의했다. 이에 겁을 먹은 북한 군인이 총을 겨누어 중국 군인을 살해한 것이다. 당연히 사건은 일파만파 커지게 됐다. 중국정부는 북한의 책임자 처벌과 사과 및 재발방지를 약속받고 그때부터 두만강 일원 중국 땅에 철조망을 치기 시작했다.

철조망은 두만강 발원지에서 시작해 강을 끼고 바다로 흘러가는 521km의 강변에 모두 설치돼 있다. 뿐만 아니라 강변 곳곳에 중국군이 주둔하면서 북한군 및 북한주민들이 중국 국경을 넘는 행위를 철저하게 차단하고 있다. 과거 북한과 중국은 두만강을 사이에 두고 철조망 하나 없이 자유롭게 왕래하고 서로 감시하는 일도 없었지만 지금은 우리나라 휴전선만큼이나 긴장감이 감돌고 있다. 우리가 2015년 8월 두만강을 찾았을 때는 북한에서도 철조망을 설치하기 시작했다. 아마 지금쯤 두만강을 사이에 두고 중국과 북한 모두 철조망 설치를 완료했을 것 같다.

북한의 '고난의 행군'은 90년대 중반 식량난으로 북한주민 수십만 명이 아사하자 김일성 주석의 항일운동시기 어려웠던 상황을 상기시켜 위기를 극복하고자 채택한 구호이다. 1938년 겨울 김일성이 이끄는 빨치산부대가 만주에서 영하 40도의 혹한과 굶주림을 겪으며 일본군의 토벌작전을 피해 100여 일간 힘들게 행군한 것에서 유래됐다. 1996년 1월1일 노동당 기관지인 '로동신문' 등은 신년 공동사설에서 "모자라는 식량을 함께 나눠먹으며 일본군에 맞서 투쟁한 항일빨치산의 눈물겨운 고난과 불

굴의 정신력"을 상기시키며 "고난의 행군 정신으로 어려움을 헤쳐 나가
자"고 호소했다.

그리고 2000년 1월1일 로동신문은 신년 공동사설을 통해 "우리 인민
의 투쟁으로 여러 해째 계속된 어려운 행군이 마침내 '구보 행군' 단계에
접어들었다"고 공식 선언해 식량난이 어느 정도 해소됐음을 시사했다. 일
부에서는 '고난의 행군' 시기에 아사자가 무려 300만 명이라는 주장도 제
기됐지만, 북한의 인구 추계에 따르면 고난의 행군을 겪은 1996년부터
2000년까지 아사자는 33만여 명이라고 대한민국 통계청은 밝히고 있다.

└ 두만강 발원지

두만강의 발원지는 백두산 동쪽방향 허리에 있다.

2011년 6월에도 중국 화룡시정부의 초청으로 발원지를 찾았지만 현장에서 직접 볼 수는 없었다. 발원지를 사이에 두고 북한과 중국의 경계가 있으며, 발원지 자체도 숲속에 있기 때문에 북한군의 모습도 쉽게 볼 수 있다. 두만강 발원지는 행정구역상 화룡시에 속하며 이곳에서 출발해 용정 도문 훈춘 등 4개 도시를 지나 중국과 러시아의 국경을 거쳐 동해로 흘러가는 연변조선족자치주의 최대 강이다. 강 한편은 도시 어느 곳을 봐도 풍요로워 보이지만, 다른 한편은 삭막한 분위기가 이어지고 있다. 가슴이 저려온다. 강 하류에는 나룻배와 모터보트 등이 뒤엉켜 마치 문명의 차이를 느끼게 할 정도다. 문득 세월이 멈춰진 것이 아니라 과거로 돌아가고 있다는 생각마저 든다. 북한 땅을 보면서 1938년 발표된 '눈물 젖은 두만강'의 노래가사가 떠오른다. 구슬픈 마음이 사라지지 않는다.

두만강 푸른 물에 노젓는 뱃사공
흘러간 그 옛날에 내 님을 싣고
떠나간 그 배는 어디로 갔소
그리운 내 님이여, 그리운 내 님이여
언제나 오려나

강물도 달밤이면 목메어 우는데
님 잃은 이 사람도 한숨을 지니

추억에 목메인 애달픈 하소연
그리운 내 님이여, 그리운 내 님이여
언제나 오려나

임가신 강 언덕에 단풍이 물들고
눈물진 두만강에 밤새가 울면
떠나간 그 님이 보고 싶구나
그리운 내 님이여, 그리운 내 님이여
언제나 오려나

당시 두만강 건너 만주지방과 간도지방 사람들은 '눈물 젖은 두만강'
에 나오는 '님'을 일제에 맞서 싸우다 사라진 독립투사로 여겼다. 지금도
북한에 살고 있는 우리 동포들은 과거 우리 선조들이 독립운동을 할 때 겪
었던 배고픔과 아픔을 그대로 겪고 있다는 말이 들린다. 두만강은 이렇게
많은 사연과 역사를 간직한 채 유유히 흐르고 있다.

발원지를 둘러보고 연변으로 돌아오는 길에 화룡시 숭선진이라는 곳
에 들렀다. 숭선진은 두만강을 불과 몇 미터 마주하고 있는 중국 땅으로
북한 사람과 대화를 나눌 정도로 가까이 있다. 이곳에서는 북한 사람과 중
국 사람들이 어울려 두만강에서 물고기를 잡고 강가에 삼삼오오 모여 피

서를 즐기기도 한다. 삼겹살을 굽고 어죽을 끓이는 등 우리나라 시골의 피서문화와 크게 다르지 않다.

　북한에서는 두만강 변에 있는 비포장 길로 달구지를 타고 가는 사람, 자전거를 이용하는 사람, 군용트럭 적재함에 가득 탄 채 이동하는 군인들, 소를 몰고 가는 사람, 군용 가방을 메고 걸어서 가는 사람 등 각양각색이다. 처음에는 신기해 그들을 한동안 바라보았지만 시간이 지나면서 그들의 생활도 하나의 일상인 듯 별로 신경이 가지 않았다. 우리도 숭선진 주

ㄴ. 두만강 발원지 철문 건너 북한 땅

민들의 틈에 끼어 고성리 통상구 옆 두만강 강가에서 더위를 피해 그들이 마련한 음식을 먹으면서 대화를 나눌 수 있었다. 맞은편에는 북한 주민들과 차량 등이 연신 지나다니며 우리의 모습을 보고 있었다. 북한도 이젠 좀 나아졌는지 두만강을 건너오는 주민이 거의 없다고 숭선진 주민들은 설명한다. 불과 몇 시간 전에 발원지에서 소도둑으로 몰려 사람까지 죽였다는 북한군의 얘기를 들어서인지 실감이 나지 않는다.

남북이 대치하고 있는 상태지만 북한 주민들이 지금보다 더 좋은 환경에서 윤택하게 살았으면 하는 바람이 들었다. 두만강 건너 보이는 북한 주민들의 남루한 옷차림과 획일화된 낡은 가옥들을 보면서 문득 대북사업을 하고 싶다는 생각도 들었다. 최소한 중국인들과 남한 사람들이 관광하는 두만강 접경지역 만큼은 깨끗한 주거환경과 여유로운 삶을 누릴 수 있도록 돕고 싶었다. 그리고 더 이상 소를 훔쳐 국경을 넘는 비극이 일어나지 않도록 그들도 이젠 배고픔에서 완전하게 해방됐으면 좋겠다는 생각이 들었다. 그들은 우리 민족이고, 인류의 한 구성원이기 때문이다. ▨

천지의 교향곡

백두산 천지.

장엄하다.

눈부시게 푸르다.

대한민국 국민이라는 것이 자랑스럽다. 한민족의 자부심을 느낀다.

백두산을 처음 찾은 것은 2003년 가을이다.

강원도기자협회 사무국장을 지내면서 '강원기자상' 수상자들과 함께 그해 9월29일부터 10월6일까지 7박8일간 다녀온 것이 백두산이다. 여행 경비를 줄이기 위해 속초에서 배를 타고 러시아 자루비노까지 꼬박 17시간을 바다위에 있었으며, 자루비노에서 훈춘을 거쳐 백두산까지 가는데도 하루가 걸렸다. 러시아에서 중국으로 이동하는 버스는 우리나라에서 중고차로 수입한 것이었으며, 에어컨도 작동되지 않은 채 관광버스로 개조해 운행하고 있었다. 버스 뒤에는 'ㅇㅇ여객' 이라는 한글 표기가 그대로 있어 마치 80년대 한국에 와 있다는 생각마저 들었다. 그렇게 힘들게 백두산에 도착했는데 천지에 오르니 안개가 자욱하고 비가 내려 몇 미터 앞을 볼 수 없었다. 얼마나 허무한 일인가. 백두산은 그렇게 처음 구경했지만, 천지는 안개에 가려 한 치도 못 본 채 하산해야 했다.

그리고 2011년 다시 찾은 백두산.

우연인지 필연인지 몰라도 두만강을 끼고 백두산을 지척에 둔 중국의 화룡시가 태백시와 자매결연 관계에 있었다. 시장에 취임한지 2년째 되던 해 그해 6월 화룡시 정부의 초청으로 백두산을 다시 찾게 되었다. 연길공항에서 3시간 달려 도착한 백두산은 과거와 달리 관광개발에 가속도를 내고 있었다. 화룡시 정부의 안내로 백두산 정상까지 가는 데는 큰 어려움 없이 편안하게 갈 수 있었다. 하루에도 몇 번씩 안개와 구름이 가려 천지를 못 볼 수 있다는 안내원의 멘트가 들렸으나 이번만큼은 꼭 보고 싶다는 욕심이 생겼다. 계절은 6월 초여름에 접어들었지만 백두산에 올라가는 산허리 곳곳에 눈이 쌓여 있어 아직도 겨울분위기가 물씬 풍겼다. 다행이 정상에 올라가는 동안 날씨는 우리의 기대를 저버리지 않고 비구름 없이 맑은 상태를 유지했다.

몇 개의 계단을 거쳐 정상에 오르는 순간.

아~~~.
그토록 그리워했던 천지가 모습을 드러냈다.
햇살을 가득 받은 천지가 눈부시게 환한 속살을 드러내고 있었다. 순간 그 어떤 교향곡이 이보다 더 장엄하고 가슴 벅찬 감동을 줄 수 있을까. 유럽 최고의 극장에서 듣는 교향곡보다 더 진한 감동을 주는 것이 분명했다. 6월의 천지는 아직도 얼어 있었으나 구름 한 점 없는 햇살 덕분에 너무나 평화로워 보였다.
천지와의 첫 만남은 그렇게 다가왔다.

우리는 천지의 밝은 모습을 보고 깊은 감동을 받았다.
일행 중 일부는 한국에 있는 지인들에게 전화를 걸어 천지의 신비로움을 전달하며 진한 감동을 나누었다. 일부는 천지를 향해 절을 하는 사람도 보였다. 우리 일행 뿐 만 아니라 현지 중국인들도 그들만의 고유한 방식으로 소원을 빌며 기도하는 모습이 곳곳에서 목격됐다.

이후 천지는 개인적으로 몇 차례 더 다녀왔지만 푸르디푸른 연못을 볼 수 있었던 것은 2014년 여름이 좋았다. 한여름의 뙤약볕이 가득한 8월. 특별한 의미를 두고 찾은 백두산 천지는 우리를 실망시키지 않고 너무나 환한 모습으로 반겨줬다. 장엄하고 웅장했던 지난날 감정과는 사뭇 다른 너무나 고요하고 평화로워 보였다. 마치 한편의 영화처럼 깊은 밤 연인의 집 창가에서 사랑스럽고 정감 있는 목소리로 노래를 부르는 세레나데 장면이 떠올랐다. 커피 향 가득한 분위기 좋은 카페에서 고요한 음악을 들으며 사색에 잠긴 중년의 모습처럼…

여유가 있고 품격이 있어서 좋다.

천지는 그렇게 우리를 맞이했다.

ㄴ, 2015년 9월 직접 촬영한 백두산 천지

천지의 호수면은 해발 2,190m에 위치해 있다.

태백산이 1,567m 이니까 가히 그 높이를 짐작할 수 있다. 천지의 면적은 9.1㎢. 여의도 면적이 2.9㎢이니 거의 3배 수준이다. 둘레는 14.4km이고 평균수심은 213m, 최대깊이는 384m이다. 산꼭대기 정상에 있는 연못 속 깊이가 400m에 육박한다는 것은 감히 상상할 수 없을 정도다.

백두산의 최고봉인 장군봉은 2,750m이고 주변에 있는 망천후와 백운봉 청석봉 등이 모두 2,600m를 넘고 있다. 백두산 천지에는 99명의 선녀가 내려와 목욕을 하고 올라갔다는 전설이 있다. 태백산 등 남한에 있는 산에는 기껏 해봐야 7명의 선녀가 춤을 췄다는 전설이 있는 것과 비교하면 백두산은 높이만큼이나 거대한 전설을 가지고 있다. 천지의 물은 북쪽으로 흘러 비룡폭포와 장백폭포를 이루면서 송화강의 상류인 만주 이도백하(二道白河)로 흘러간다. 천지의 물이 거대한 강의 근원이 된다는 것은 민족의 자부심을 느끼기에 충분하다.

천지는 북한과 중국의 국경을 이루고 있다.

각종 문헌에 의하면 두 나라는 1962년에 조중변계조약을 체결해 백두산과 천지를 분할했다. 이 조약에 따라 천지의 54.5%는 북한, 45.5%는 중국에 속한다. 하지만 우리나라에서 발행된 지도들은 '천지를 둘러싸고 있는 북쪽 산마루를 이은 선'을 한국과 중국의 국경으로 보고 있어 천지를 포함한 백두산 정상부 전체와 비룡폭포까지 한국영토로 표시하고 있다. 이에 반해 중국은 청나라와 일본 제국이 간도협약 당시 국경으로 삼은 것보다 두만강 상류를 국경으로 보고 있어 천지와 장군봉 전체를 자국 영토로 표시하고 있다.

조선과 청나라는 1880년대에 두 차례에 걸쳐 백두산과 그 동쪽의 국경을 명확히 획정하기 위한 회담을 가졌으나 모두 결렬됐다. 1909년 9월4일.조선이 외교권을 박탈당한 상태에서 청나라와 일제는 간도협약을 체결해 두만강을 국경으로 하고 백두산정계비를 기점으로 국경을 정했다. 1945년 일제가 패망함으로써 일제가 체결한 조약인 간도협약은 무효가 되었다. 이에 국경선을 새로 정하기 위해 체결된 조약이 조중변계조약이다. 천지의 절반이 북한과 중국으로 나눈 것도 이러한 조약 때문이다. 우리 영토에 대한 분단이 아쉽지만 그래도 천지를 볼 수 있는 자유가 있어 위안을 삼아야 했다.

천지는 교향곡을 연주하는 심포니 오케스트라의 지휘자처럼 때로는 강하고 웅장한 모습으로, 때로는 들릴 듯 말듯 한 조용한 음률로 다가온다. 몇 차례 천지를 찾았지만 그 때마다 느끼는 감정은 변화무쌍하다. 그것은 단순히 날씨 때문도 아니고, 그날 기분에 따라 감정이 움직이는 것도 아니다. 중요한 것은 변함없이 그 자리를 지키고 있으면서 매우 다른 모습으로 감정을 자극한다는 것이다. 마치 거대한 오케스트라가 연주하는 웅장한 교향곡처럼…

천지는 지금도 그런 모습으로 자리 잡고 있다. 🔲

평양아가씨

한국 사람으로서 평양아가씨를 만난다는 것은 쉽지 않다.

평생 한번 볼까 말까하는 것이 북한 사람들이다.

그중에서도 평양아가씨를 만나 대화를 나눈다는 것은 상상을 초월할 일이다. 그러나 중국이나 캄보디아 등 해외를 다니다 보면 간혹 북한 음식점이 눈에 띈다. 북한 음식점에는 종업원들이 거의 젊은 여성이다. 남남북녀라는 말이 왜 생겨났는지는 모르지만 적어도 그곳에 가면 이유를 알수 있다. 종업원 대부분이 청순한 미모에 우리나라의 전통적인 고전미까지 더하고 있다. 북한사람이라는 경계심 보다 그들의 상냥하고 따뜻한 미소에 평온함을 찾을 수 있다.

하지만 이렇게 아름다운 그들도 특별한 절차와 엄격한 기준에 따라 선발된 인원이지 북한의 젊은 여성들이 모두 아름다운 것은 아니다. 두만강변에서 간혹 볼 수 있는 북한 여성은 우리나라 젊은 여성과 크게 다를 바 없다.

두만강과 마주하고 있는 중국 여러 도시에는 북한 음식점이 있다.

중국에 소재한 북한 음식점은 가격대가 비싸지만 꽤나 맛깔 있고 정감 있어 한국인들이 자주 찾는다. 이곳에 있는 음식점 종업원도 대부분 20대 여성들로 미모가 뛰어나다. 북한 특유의 한복과 양장을 입은 종업원들은 한국인들의 호기심을 자극하기에 충분하다. 상냥한 미소에 친절한 서비스로 손님을 대하는 종업원도 있지만, 때로는 무뚝뚝한 표정에 불친절한 종업원도 눈에 띈다. 아무리 젊고 예쁜 북한 아가씨라고 하지만 불친절 앞에서는 기분이 상하기 마련이다.

몇 년 전 연변에서 친구들과 북한 음식점을 찾아 식사를 하는데, 여 종업원이 얼마나 불친절한지 친구들 모두 고개를 저었다. 한국이나 북한 그리고 중국이나 서양인 모두 불친절한 종업원에게는 호감이 가지 않는다. 동서양을 막론하고 불친절은 분명 좋지 않은 것이다. 어쩌다 운이 좋으면 매우 친절한 종업원을 만나 북녘소식도 들을 수 있고 함께 사진도 찍을 수 있다. 때로는 잠깐이지만 고향이야기를 들려주기도 해 같은 민족으로서 정감이 가는 부분도 많다.

얼마 전 백두산을 다녀올 일이 있어 두만강 변에 있는 작은 도시의 북한 음식점을 찾았다. 휴가철과 피서철이 지나서 그런지 식당도 매우 한가한 모습이었지만 종업원들의 친절은 뜨거울 정도였다. 우리 테이블을 담당하는 종업원은 고향이 평양이라고 했다. 북한 특유의 순수한 청순미와 꾸미지 않은 모습에 친절한 말투까지 갖춰 우리 일행들은 그녀와 서로 말을 걸기에 바빴다. 평양아가씨는 귀찮을 법도 하지만 티를 내지 않고 친절하게 일일이 대답을 했다.

물론 우리는 정치적으로 민감한 부분에 대해 질문을 하지 않았지만 그녀도 불편한 부분을 제외하고 대부분 친절하게 알려 주었다. 어떻게 보면 철저한 교육을 받고 식당에서 일할 것이라는 생각도 들었지만 때 묻지 않은 마음이 더 먼저라는 생각이 들었다.

평양아가씨는 3년 계약으로 두만강을 건너 중국에 파견 왔고 이제 3개월 정도 지나면 북한으로 돌아간다고 했다. 식당 종업원은 대부분 2년이나 3년 계약으로 파견되고 엄격한 심사과정을 거쳐 선발하지만 대부분 북한의 고관 자녀들이라고 했다. 우리가 중국 돈 100원(우리 돈으로 1만 8,000원)을 팁으로 주자 스스럼없이 받아 챙기는 그녀는 이곳에서 3년 생활하면 TV 냉장고 밥솥 등 기본적인 가전제품은 살 수 있다고 했다.

한국의 삼성 스마트TV와 쿠쿠 압력밥솥 등이 많은 인기를 끈다고 치켜세우기까지 했다. 우리일행 중 다른 한명이 중국 돈으로 팁을 100원 더 주자 그녀의 말은 거침없이 이어졌다. 물론 미소를 가득 머금고 하는 말이기 때문에 전혀 불편함이 없었고, 마치 북한 실정에 대해 특별강연을 듣는 듯 했다. 그녀는 아마 몇 달 후면 북한으로 돌아가야 하는데, 이곳에 더 있고 싶다는 미련이 가득한 듯 했다.

우리를 담당한 평양아가씨는 대학 3학년을 마친 후 2년 전에 중국으로 건너왔다. 춤과 노래 악기연주 등 3가지는 기본으로 갖춰야 하고 중국어도 어느 정도 구사해야 선발이 가능하다. 푸른색 치마와 흰색 블라우스를 입고 있는 그녀의 가슴에는 북한 인공기 모양의 명찰이 달려 있었다. 생활은 식당 근처에 마련된 숙소에서 15명이 방을 함께 쓰는 집단생활을 하고 있다고 했다. 불편한 점은 전혀 없다는 말도 덧붙였다. 출신성분이 정확한 것은 아주 기본이지만 중국에서도 매일 노래와 악기연습을 하고, 중국어도 틈나는 대로 공부를 한다고 했다. 이들은 단체복을 입고 대열에 맞춰 숙소와 식당을 오고 간다. 때문에 혼자 밖으로 다닌다는 것은 있을 수 없는 일이다. 개인행동이 있을 수 없다는 말 중에 은연히 감시를 받고 있다는 뉘앙스도 풍겼다.

그녀의 월급은 '식당매출에 비해 적은 편이다'며 엄격한 규율이 정해져 있어 그 규칙을 벗어날 수 없다고 했다. 중국에 대해서는 크게 호감을 갖고 있지 않은 듯 했으며 오히려 '우리 동포가 더 좋아요' 라며 남한에 대한 깊은 애정을 드러냈다. 평양아가씨와 정신없이 오가는 대화 속에 주문한 음식도 거의 비워졌다. 자리를 일어나야 할 시간이기에 식당 입구에 있는 '로동신문'을 발견하고 기념으로 가져간다고 하자 '가져가면 안 된다'고 웃으며 말했다. 원래 규칙은 가져가면 안 된다는 것이지만 알아서 요령

껏 가져가라는 의미로 들렸다. 평양아가씨가 보는 앞에서 북한의 '로동신문'을 가방에 넣는 순간 그녀는 미소를 보이며 고개를 살짝 끄덕였다.

북한식당에서 의미 있는 시간을 보내고 나오는 중에 넓은 홀에서는 북한 아가씨들이 악단에 맞춰 노래와 춤을 선보였다. 순간 발길이 멈춰지고 시선이 집중됐다. 모두 개량한복을 입은 아가씨들은 기타와 드럼 전자오르간 등을 직접 연주했고, 노래를 부르는 아가씨는 한 옥타브 높은 북한 특유의 창법으로 '아리랑'과 '눈물 젖은 두만강' 등을 불렀다. 공연을 하는 북한 아가씨들도 대부분 미인이었으며, 한국과 다른 것은 키가 그렇게 크지 않고 살짝 통통한 편이었다. 우리나라 사람들이 느끼는 미의 기준은 일단 날씬한 몸매이지만, 날씬한 몸매를 굳이 따진다면 '깡마른 사람'이라고 표현하고 싶다.

요즘 우리나라의 젊은 여성들은 주먹만한 얼굴에 보기 싫을 정도로 살을 빼야 아름다워 진다고 생각하는 것 같다. 이런 생각을 빨리 버려야 할 텐데… 그래서 이곳 북한식당에서 느끼는 북한 여성들의 아름다움은 '적당히 날씬하다'는 표현이 맞을 것이다. 어찌 보면 통통하게 볼 수 있겠지만 우리의 전통적인 미의 기준이 아직 살아있는 듯 했다. 우리 곁에서 공연을 지켜보던 평양아가씨는 "남조선 사장님들. 어떻습메까?"라며 박수를 유도했다.

공연이 끝나고 밖으로 나오는 순간 현관 입구에 북한노래를 모은 CD를 판매하고 있어 우리 돈 1만원을 주고 1장 샀다. 평양아가씨는 잘 가라는 인사와 함께 "남조선 사장님들 건강하시라요"라며 손을 흔들었다. 차를 타고 운전기사에게 금방 산 CD를 틀어달라고 부탁했지만 노래는 나오지 않았다. '중국이라 호환이 안 돼 그런가' 라는 생각을 가지고 몇 차례 더 시도했지만 음악은 나오지 않았다. 한국에 와서도 그 CD를 집에 있는 오디오에 꽂았으나 마찬가지로 CD는 돌아가지 않았다. 불량이었다.

문득 평양아가씨가 생각났다.

그렇게 상냥하고 친절한 아가씨였는데, 고장 난 CD는 왜 사라고 했을까. CD는 결국 쓰레기통에 버려졌다. 하지만 여운은 가시지 않아 2003년 대구에서 열린 유니버시아드 대회 때 미모의 북한여성 응원단이 떠올랐다. 당시 우리나라 TV에 보도된 내용은 김정일 현수막이 비를 맞는다고 울고불고 하던 북한여성 응원단이었다. 그렇게 잘 웃고 싹싹하던 미모의 북한아가씨들이 현수막에 붙은 김정일 사진이 비를 맞는다고 갑자기 차를 세운 채 울던 모습은 하나의 충격이었다. 마치 사이비종교에 빠진 광신자처럼 돌변한 그녀들의 모습을 두고 한국 국민들이 느낀 문화적 충격은 더욱 컸을 것이다.

당시 남한에 내려온 아가씨들은 예능계열 대학과 선전대에서 뽑힌 인재들이라고 했다. 그들의 행동이 충성심에서 비롯된 것인지, 아니면 습관화 된 생활의 일부분인지는 몰라도 진정성만큼은 결여된 것으로 느껴진다. 적어도 두만강변 작은 도시에서 만난 평양아가씨의 생각을 들어보면 북한의 젊은이들도 이젠 개방화 속도가 엄청 빠르게 진행되고 있다는 것을 느낄 수 있었다. 물론 북한도 지역에 따라 온도차가 있지만 남북한 젊은이들이 문화를 통해 동질감을 느끼고 함께 갈 수 있는 날이 멀지 않은 것 같다.

평양과 서울의 젊은이들이 하나 된 한반도를 위해 더 큰 그림을 그렸으면 좋겠다. 🔲

| 오리머리 압록강 |

압록강의 발원은 백두산 천지 부근에서 시작된다.
한반도에서 제일 긴 강으로, 길이는 무려 803.3km이다.

한반도 중국과의 국경을 이루는 국제하천으로 북한의 혜산 중강진 만포 신의주 등을 거쳐 용암포
의 황해로 흘러든다.
'신증동국여지승람'에 의하면 압록강은 물빛이 오리머리 빛과 같이 푸른 색깔을 하고 있다고 해
서 압록(鴨綠)이라는 이름이 지어졌다고 한다.
중국에서는 황하 양자강과 더불어 천하의 삼대수라고 일컬었다.

신의주 사람들

압록강.

천지에서 동서로 뻗는 두개의 큰 강 가운데 서쪽을 감싸 흐르는 좌청룡의 형상이다. 동쪽으로 흐르는 강은 두만강으로 우백호에 해당된다. 압록강은 천지에서부터 혜산 중강진 만포 신의주 등을 거쳐 황해로 흘러든다. 압록강의 발원지는 백두산 천지 인근 금강대협곡이다. 이곳에서 시작돼 북한과 국경을 이루며 흐르는 푸르른 강이 바로 압록강이다. 우리의 한강 낙동강과는 또 다른 느낌의 이 강은 '신증동국여지승람'에 의하면 강의 물빛이 오리머리 빛과 같이 푸른 색깔을 보이고 있다 해서 압록(鴨綠)이라는 이름을 붙였다고 한다.

ㄴ. 중국 단동에 세워진 압록강 표지석

오리머리 빛이라…

청둥오리의 영롱한 푸른빛을 의미하는 것이다. 그 이름처럼 깊이를 알 수 없는 푸르른 묘한 느낌의 압록강 저편에는 눈으로는 볼 수 있어도 들어갈 수는 없는 우리의 민족 북한이 있다. 두만강변과는 달리 중국 쪽에는 이따금 철조망도 있었지만 북한 쪽에는 오히려 아무런 철망이나 제지선 같은 것을 찾을 수 없어서 바로 건너가도 될 것 같다.

백두산에서 강 길을 따라 중국의 땅 집안시(市)에 들려 단동으로 내려오는 내내 북한 땅은 옆에서 함께 달리고 있었다. 덜컹거리는 길을 따라 시속 60km를 넘나들며 달리는 동안 북한 역시 70여년의 세월동안 넘지 못한 국경선을 따라왔다. 길 사정이 좋지 않아 한국에서는 5시간이면 될 거리를 무려 10시간이나 달려 단동에 도착했다.

단동 건너편으로 가고 싶어도 갈 수 없는 땅 신의주.

눈으로 밖에 볼 수 없는 아쉬움이 있었지만 신의주는 분명 변하고 있었다.

단둥에서는 관광보트를 타고 북한 쪽으로 다가서면 근접거리에서 신의주를 볼 수 있다. 중국에서 개발한 관광 상품이지만 북한을 가까운 곳에서 볼 수 있는 유일한 방법이어서 많은 한국인들이 찾는다. 북한 위화도와 신의주 쪽을 둘러보고 내려오는 압록강 하류에는 마치 우리의 낙동강처럼 섬들이 넓게 퍼져 있다. 우리가 타고 있는 보트는 그 사이사이 큰 품의 압록을 헤쳐 올라 서서히 북한 쪽으로 다가섰다.

배를 대는 압록강 북한 쪽의 낡은 선착장에는 한 남자가 쪼그리고 앉아 있었다. 위아래로 검정 작업복을 입었는데 멀찍이서 봐도 초라한 모습

ㄴ 압록강 건너 북한 주민이 더위를 식히고 있는 모습

이다. 우리가 타고 있던 관광보트는 그 선착장 5m 가까이 다가섰다. 보트가 잠시 멈춘 사이 보트에 타고 있던 중국인 안내원이 서툰 북한말로 "담배를 던져주라."고 우리에게 요청했다. 자신이 팔고 있는 담배를 20달러에 사서 북한 주민에게 던져 주라는 것이다. 쪼그리고 앉아 있던 북한주민은 늘 그래왔다는 듯이 능청스레 있었다. 일행 중 1명이 중국인 안내원에게 20달러를 주고 담배를 산 후 북한주민에게 던져 주었다. 중국인의 장사속이라는 것을 알면서도 우리 일행은 담배를 사서 북한 주민에게 던져 준것이다. 그러나 담배를 받은 북한 주민은 손을 흔들며 너무 당연하다는 모

ㄴ, 신의주 사람들이 배 위에서 한가롭게 시간을 보내고 있다

습으로 이내 뒤돌아 갔다.

　그 길로 북한 변을 따라 서쪽으로 내려간다.

　공사장 옆에 모여 앉아 담배를 피고 있는 남자들. 우리 쪽에서 손을 흔들면 그쪽에서도 손을 흔들어 답례를 한다. 경직되고 경계하는 모습은 잘 느껴지지 않는다. 안내원의 말에 따르면 최근 몇 년간 경제 사정이 좋아져서 탈북도 눈에 띄게 줄었고 굶는 사람도 없다고 한다. 그래서인지 생각보다 표정들이 밝다. 압록강 신의주에는 과거 어느 때보다 개발이 활발하게 이루어지고 있다는 것이 안내원의 설명이다.

　압록을 타고 서쪽으로 내려가다가 오른쪽 방향으로 접어든다.

　위화도가 보인다.

　이성계가 군사를 돌렸다는 위화도. 그런 역사적 사실 앞에 숙연해진다. 고려 말 우왕 14년 명나라는 철령 이북에 철령위를 설치하겠다고 통고하였다. 이에 고려에서는 명의 요구를 거절하고 정벌군을 이끌고 전쟁에 나섰다. 그러나 요동 정벌에 반대했던 이성계는 압록강 하류 위화도에 이르자 진군을 멈추고 군대를 돌려 최영과 우왕을 몰아냈다. 위화도 회군을 계기로 이성계는 정치적 군사적 권력을 한손에 잡아 조선을 건국하는 기반을 마련하게 된다. 이런 역사를 안고 있는 위화도가 내 눈 앞에 펼쳐져 있다니…

　위화도의 면적은 11.2㎢.

여의도의 면적이 8.35㎢이니 위화도가 조금 큰 섬이다.

강가에는 소가 끌고 있는 우마차, 목욕하는 남자, 빨래하는 아낙네와 아이들, 우리 쪽을 바라보고 있는 소년들.

다양하다.

여느 섬마을의 평안한 일상이다.

관광보트를 타고 멀리서 봐서 정확히 그들이 무엇을 하고 있는지 몰랐지만 나중에 찍은 사진을 보니 더욱 재미있다. 소가 끌고 있는 마차는 물을 긷고 있었는데, 한국에서는 이런 것을 본 적이 없다. 더욱 신의주 압록강 상류에서는 아낙네들이 빨래를 하고 조금 떨어져서 어린 아이들은 멱을 감으며 더위를 식히고 있었다. 조금 더 가다보니 나무 그늘 아래서 더위를 식히고 있는 어린아이들은 망원경을 가지고 우리를 보고 있었다. 아래 속옷만 입고 홀로 목욕하는 남성은 보트가 지나가도 늘 있는 일상인 듯 신경도 쓰지 않고 묵묵히 물을 끼얹는다. 압록은 위화도 주민들의 젖줄, 농사, 식수, 목욕, 빨래… 그들의 삶은 압록과 함께 흐른다.

해는 서쪽으로 뉘엿뉘엿 저물고 있고 우리의 관광보트는 다시 동쪽 상류로 거슬러 올라간다. 북쪽으로 위화도를 끼고 돌아야 중국 쪽 선착장인데, 우리를 안내하는 관광보트는 북한 방향으로 기수를 튼다. 어디로 가는 것일까? 깊숙하게 들어가더니 웬 조각배 하나가 외로이 떠있다. 조각배에는 이미 다른 관광객들을 태운 보트가 다가간다. 우리가 탄 관광보트도 조각배 옆으로 다가섰다. 조각배에 있던 초라한 차림의 아저씨가 반갑게 한국말을 하며 관광보트에 밧줄을 묶는다. 아 이게 무슨 상황이지? 정신을 차리고 보니 바로 옆에 북한 주민이 우리에게 우리말로 말을 걸고 있는 것이다.

압록강은 북한만의 것도, 중국만의 것도 아닌 중국과 북한이 공유하고 있는 강이다. 그래서 북한 배도 자유로이 떠다니고, 중국배도 자유롭다. 까만 잉크와 빨간 잉크가 물에 풀려 조화롭게 섞이듯 북한의 까만 배와 관광객들의 빨간 배는 서로 한배인 듯 엉키어 있다. 북한 조각배 안에는 작은 상자가 가득하다. 자세히 보니 담배다. 북한산 담배. 담배 안쪽에는 산삼주도 보인다. 왼쪽의 관광객 보트는 중국인들이 탄 배였는데 북한아저씨는 연신 담배와 술을 건넨다.

어떤 중국인 관광객은 북한 아저씨에게 소리를 질러댄다. 우리가 탄 보트의 안내원이 통역해주는데 돈이 모자라니 깎아 달라는 거란다. 인상이 좋아 보이는 북한 아저씨는 우리에게 이렇게 이야기 한다.

"못 깎아줘요. 이거 팔아서 내가 모두 가져가는 것은 아닙니다…"

관광객들은 결국 제 가격을 주고 담배와 술 등을 사고 팁까지 준다. 한국 돈 1만원은 현장의 안내원이 중국 돈 50위안으로 바꿔준다. 한국 돈은 북한에서는 통용이 안 되는 모양이다. 북한아저씨는 고맙다며 담배를 한 가치 건넨다. 북한담배다. 담배를 끊은 지 1년 반이 되었는데 여기까지 와서 북한 담배라니… 한모금 깊이 빨아보니 여간 독한 게 아니다. 독해서 깊이 못 빨고 바로 입에서 떼었다.

'아 북한이 세구나… 이렇게 독한 담배를 피우다니'

진짜 독하다.

인상이 좋아 호감이 가는 북한 아저씨와의 짧은 만남은 독한 담배 향으로 기억될 듯싶다. 사실 북한에 대해 같은 민족인 우리보다 오히려 단둥 지방의 중국인, 그리고 조선족들이 훨씬 잘 알고 있다. 근접해서 살고 무역도 하고 심지어 강변에 사는 주민들은 북한 아이들과 어울려 같이 고기도 잡고 멱도 감고 놀았다고도 한다. 실제로 많은 중국인들과 조선족들은 활발하게 북한과 무역도 했다.

압록강 보트 위에서 바라본 신의주는 큰 빌딩, 아파트가 즐비한 한강 같지는 않았지만 삶이 있고 일이 있는 우리민족의 일상이 보였다. 닫혀져 있는 북한이라지만 정작 중국인들은 일부 무역도 하고 왕래도 하는 모습이 너무 이질적으로 다가왔다. 같은 민족인 우리 대한민국 국민에게만 닫혀있는 북한이 아닌가 하는 생각에 마음이 안타까웠다. 최근 나아진 경제사정으로 탈북은 줄었다고는 하지만 조각배 위의 아저씨나 멀리 강변에 보이던 주민들의 모습은 조금 안쓰럽기도 했다.

'오리머리처럼 푸르른 압록에서 저편의 중국 사람들을 만나고 싶다.'

남북이 통일되면 우리도 북한 신의주로 가서 북한 동포들과 함께 배를 타고 압록에서 중국인들을 만나 손을 흔들고 싶다는 이야기다. 내 나라 내 땅에서 다른 나라 중국을 바라보고 싶다는 것이다. 압록강 저편 중국 쪽에서 북한을 보는 것이 아니라, 우리네 땅 신의주에서 압록강 보트를 타고 중국인들에게 손을 흔들 날을 기대해 본다. 🔳

ㄴ 녹 슨 북한 선박이 신의주 압록강 변에 정박돼 있다.

압록강 농부

덥다.

대륙의 여름은 찜통이다.

차 안에 최대로 틀어 놓은 에어컨 바람도 덥게 느껴진다. 길을 가다 보니 갓길 한편 빈 공간에서 삼삼오오 텐트를 쳐 놓고 수박이며 과일들과 옥수수까지 팔고 있다. 갈증도 식힐 겸 차에서 내려 자두를 하나 입에 넣어 본다. 새콤한 맛이 입안에 가득 차며 갈증이 싹 가신다. 주변에서 농사지은 것들을 가져와 파는 것이라고 한다.

압록강 주변은 비교적 비옥하다. 상류에는 가파른 산들이 많지만 혜산을 지나 중강진부터 강 주변은 평지가 주를 이룬다. 803km에 이르는 압록강을 따라 가장 많이 보이는 농작물은 옥수수이다. 간혹 벼나 담배 등도 있지만 옥수수가 주를 이루고 있다.

우리가 압록강 상류에서 본 북한의 모습은 하류와 반대로 매우 척박한 땅이었다. 비탈진 산에 밭을 일구어 농작물을 심었지만 멀리 육안으로 봐도 작황상태가 그리 좋은 것은 아니었다. 산에 나무가 없으니 비가 조금만 와도 산사태가 나고, 밭의 토양이 쓸려 내려간 듯 땅은 더 삭막해 보였다. 더욱이 비료조차 제대로 공급이 안 되고 있으니 옥수수 생산량은 점점 더 줄어들 수밖에 없다는 게 현지인의 설명이다.

북한은 몇 년 전부터 부족한 식량난을 해소하기 위해 비탈면을 포함해 가용할 수 있는 모든 땅 구석구석에 작물을 심으라고 지시했다. 그러나 경사도가 심한 산 비탈면은 당의 지시에 따라 농사를 짓긴 하지만 수확량이 절반도 안 돼 현지 농민은 물론 당 간부조차도 기피한다고 했다. 실제로 경사도가 극심한 산 정상까지 개간해 농사를 짓는 모습이 압록강 상류 곳곳에서 목격되지만 많은 수확량을 기대하기란 쉽지 않아 보였다. 가뭄이 극심하면 북한의 사정은 더 어려울 것으로 생각된다. 북한 주민들의 70% 가 옥수수에 의지하고 있다는 점에서 옥수수 농사의 실패는 식량난으로 연결될 수 있어 안타까움이 더했다.

북한의 농업사정은 잘 알 수 없지만 압록강 인근에서 농사를 짓고 있는 중국 동포에게서 조금이나마 들을 수 있었다. 그리고 북한을 다녀 온 중국교포들의 말을 들어보면 생각보다 심각한 농업의 실태를 느낄 수 있었다. 북한은 최근 몇 년 동안 비료부족과 가뭄 수해 냉해 등을 겪으면서 옥수수 수확량이 평소보다 많이 감소됐다고 한다.

특히 한국에서 들어오던 비료지원이 중단됐기 때문에 작황은 점점 더 열악하다는 것이 그들의 설명이다. 옥수수는 비료의 영향을 가장 많이 받는 작물이기 때문에 북한이 스스로 퇴비를 생산해 부족한 비료를 충당하고 있지만 양질의 퇴비를 확보하기란 쉽지 않다고 했다. 압록강 상류에서 보이는 옥수수 밭은 농민들의 모습이 거의 보이지 않았고, 옥수수 키도 매우 작아 보였다.

다만 농민들은 압록강 주변의 밭에서 10여 명씩 모여 일을 하고 있었으며, 차와 달구지 군인들의 모습이 간혹 눈에 띄었다. 비포장 길에는 군인으로 보이는 사람들이 흙먼지를 뿌옇게 날리며 과속 운전을 하고 있었고, 길 한편에서는 소달구지를 끌고 가는 사람들과 자전거를 타고 가는 젊은 여성들이 아무렇지도 않은 듯 지나갔다. 압록강에서 보이는 북한의 농촌은 대부분 현대화 되지 않았으며, 농민들이 살고 있는 집과 군인들의 막사조차 구분할 수 없을 정도로 획일적인 건축물이 많다.

압록강 하류지방의 북한 농민들은 상류와 달리 당의 '주체농법'에 따라 두벌 농사를 짓는다고 했다. 두벌 농사는 우리말로 이모작이다. 봄에 씨를 뿌려 가을에 수확하는 봄밀과 가을에 씨를 뿌리는 가을밀이 대표적이다. 씨를 뿌리는 과정은 한 해 농사에서 놓쳐서는 안 될 중요한 영농공

정이기 때문에 과거 김일성 주석이 제시했던 '주체농법'을 철저히 따르고 있다. 주체농법이란 김일성 주석이 북한의 실정에 맞게 독창적으로 창시했다고 주장하는 북한의 농사법이다.

북한 '조선말 대사전'에서는 기후풍토와 농작물의 생물학적 특성에 맞게 농사를 과학기술적으로 짓는 과학농법이라고 설명하고 있다. 또한 현대과학기술에 기초하여 농업생산을 고도로 집약화 하는 집약농법이라고 설명하고 있지만 뚜렷한 과학적 증거는 없다고 한다. 따라서 북한 농민들은 '당에서 시키는 대로 하는 것이 주체농법'이라고 생각한다. 하지만 북한의 실정에 맞게 만들었다는 '주체농법'에도 불구하고 최근 북한의 식량 사정은 나아진 게 없어 보인다는 평가다.

과거엔 일시적으로 생산량이 증가했지만 척박한 땅에서의 이모작은 농지를 사막화시키고 민둥산을 무분별하게 만들어 냈다. 이것은 다시 북한의 식량난을 가중시키는 악순환을 반복하고 있다는 것이 전문가들의 평가다. 북한은 식량을 원조 받는 실정이지만 고위층이 선점하기 때문에 북한의 모든 주민들이 배급받기에는 턱없이 부족하다. 비록 개인의 땅을 가지지 못하고 협동 농장에서 농사를 짓는 북한의 농민들이지만 농사를 짓는 시기와 방법은 남한과 비슷한 것이 많다.

좀 특이한 것이 있다면 북한은 농사도 전투적인 용어를 사용하며 한다는 것이다. 간혹 TV를 보면 북한 사람들은 논두렁에서 음악회를 열 정도로 신기한 행동을 많이 한다. 북한은 모내기도 전투처럼 해야 된다며 드럼 기타 색소폰 아코디언 등을 동원해 논두렁에서 연주를 하고 농업인들에게 수확량 달성을 위해 열심히 농사를 짓도록 깃발을 꽂아두고 선전한다.

우리나라에서는 과거 징 꽹과리 북 장구 등을 동원해 이른 봄이나 가을 추수철에 마을단위로 사물놀이를 하는 경우는 있었지만, 이렇게 논두렁이나 밭 한가운데서 연주를 하는 경우는 없었던 것 같다. 어떻게 보면 조금은 다른 문화라고는 할 수 있지만 농악놀이가 변질돼 수확량 달성을 위한 혁명의 수단으로 이용된다는 것은 사뭇 다르다고 할 수 있다. 하지만 북한 사람들이 모내기 등 영농현장과 노동현장에서 노래를 부르고 춤을 추는 이유를 나중에 알게 되었다.

북한은 사상혁명 기술혁명 문화혁명을 3대혁명으로 정하고 모든 것을 김일성을 위주로 한 주체사상에 목적을 두고 있다. 척박한 땅에서 노래를 부르고 연주를 하는 것도, 생산성이 현저하게 낮은 땅에서 생산량을 장려하는 것도 그들이 말하는 문화혁명과 기술혁명의 일환이라는 것을 북한학을 공부하면서 이해하게 된 것이다. 물론 여기에는 김일성의 '주체농법'이 당연이 뒤따르게 마련이다.

우리나라는 과거 60~70년대 극심한 이농현상을 겪었다.

지금은 도시의 농촌화, 농촌의 도시화가 이루어져 서울이나 태백 영월 평창 정선 춘천 원주 강릉이나 할 것 없이 고층아파트가 들어서고 고급자동차를 시내 곳곳에서 볼 수 있다. 굳이 서울을 가지 않아도 누릴 수 있는 혜택이 많이 있고, 수도권 주민들의 귀농현상이 오히려 증가하는 추세다.

농업도 거의 기계화가 이루어져 일손 부족을 점점 대체하고 있으며, 농업작물도 과거 벼 옥수수 감자 등에서 웰빙 식품의 재료로 사용되는 고소득 작물이 많이 개발됐다. 한마디로 농업의 변화가 상당부분 진척을 보였다는 증거다. 다만 고령 농업인구와 부녀자 농업인구에 대한 복지와 소득안정화 정책은 좀 더 빠른 시일에 개선돼야 할 것이다.

그렇다면 북한 농업인들의 생각은 어떤가.

압록강 변에서 농산품 무역업을 하고 있는 한 조선족은 북한의 농업인도 중국 농업인과 마찬가지로 '탈 농촌, 탈 농부'를 꿈꾸고 있다고 전했다. 북한의 농부들은 농촌생활을 탈출하기 위해 인생의 최대목표를 '탈농촌'에 두고 있다. 틈만 있으면 당 간부들에게 뇌물을 사용해서라도 농촌을 떠나 평양이나 신의주 등 대도시에 살기를 원하고 있으며, 그들의 자녀 또한 대도시로 보내기 위한 노력이 필사적으로 이루어진다. 때문에 북한정부는 농업의 소중함을 대대적으로 선전하고 있으며, 무작정 편하고 돈 많이 버는 도시생활을 동경하는 것은 반혁명적이고 반공화국적인 자본주의의 망상이라고 비난한다. 하지만 농민들은 농민의 신분을 벗어나기 위해서는 자녀를 대학에 진학시키는 것이 최선의 방법이라고 한다.

북한에서는 '농민의 자식은 대대로 농민자식'이란 신분질서가 아직도 남아 있다. 때문에 집안에 공부 잘하는 자식이 있으면 모든 가산을 다 팔아서라도 그 자식에게 집중하는 풍토까지 조성됐다. 북한의 농민들이 자식에게 투자하는 이유는 결국 부모 자신을 위해서라고 한다. 농민의 신분에서 벗어날 기회는 자녀가 대학에 가는 길 뿐이고, 대학에 가면 도시지역에 직업을 얻을 수 있고, 그러면 부모도 함께 도시에서 살 수 있어 농민의 멍에에서 벗어날 수 있다는 논리다. 북한의 농민들은 그래서 자식을 대학에 보내기 위해 안간힘을 쓴다고 한다. 어떻게 보면 과거 우리 부모님 세대와 비슷한 생각을 가지고 있으며, 비슷한 일들이 지금 북한에서 벌어지고 있다는 것을 알 수 있다. 농사를 짓는다는 것은 북한이나 남한이나 다

└, 압록강 하류

른 세계 어느 나라를 가도 쉽지 않은 일이다. 엄청난 노동력이 뒤따르고 땀과 눈물이 결합돼야 수확의 기쁨을 누릴 수 있다.

우리 집도 대대로 농사를 지어온 집안이고, 지금도 어머니는 팔순을 바라보고 있지만 새벽부터 밭에 나가신다. 토요일 일요일 국경일은 물론이고 여름휴가도 없이 평생을 논과 밭에서 땀을 흘렸으며, 그 대가는 일하는 량에 비해 턱없이 부족하다. 그런 이유에서 이 세상에서 가장 많이 일하는 사람은 '농민'이고 가장 불쌍한 사람도 '농민'이라고 생각한다. 농민들에게 주 5일, 1일 8시간 근무가 보장됐으면 얼마나 좋을까.

뙤약볕이 가득한 여름 한 날, 옥수수 밭에서 잘 익은 옥수수를 따면서 그런 생각을 해 보았다. 옥수수 잎이 온 몸을 할퀴고 눈을 뜰 수 없을 정도로 땀방울이 연신 흘러내리지만 옥수수 100개는 4만원이다. 도시 사람들은 그것도 깎아 달라고 아우성이다.

속으로 '당신이 한번 농사를 지어봐라. 이런 소리가 나오나 보게…'

농업은 체제와 이념을 넘어 인류의 문화이다.

수 천 년의 문화를 이어가고 있는 농민은 북한이나 남한이나 마땅히 존중되어야 하고 보호 받아야 한다. 농업의 근원이 흔들리면 인류의 생존도 흔들린다. 북한 농민들의 인권도 중요하지만 그들도 북한사회의 한 축으로 당당하게 보호받고 행복하게 살길 기대해 본다. 🔲

압록강 철교

북한 신의주와 중국 단둥시를 잇는 다리는 두 개가 있다.

길이는 944m.

하나는 1911년, 다른 하나는 1943년에 개통했다. 일제의 대륙 진출과 수탈한 물품의 이동을 위해 건설한 이 다리는 하나는 반이 끊긴 채, 다른 하나는 중국과 북한의 활발한 무역의 통로로 이용되고 있었다. 북한 핵개발을 두고 지금은 중국조차도 제제가 심하지만 그래도 심심치 않게 중국과 북한의 무역 통로로 연결되고 있는 것이다. 압록강을 사이에 두고 한반도와 중국 동북지방을 연결하는 관문으로서 북·중 국경의 명물로 자리잡은 이 다리에는 보이는 만큼이나 사연이 많다.

ㄴ. 압록강단교(鴨綠江斷橋)

압록강 옛 다리는 6·25전쟁 때 중국군의 진입을 막기 위해 미군의 폭격으로 파괴되어 중국에 연결된 절반만 남아 있으므로 압록강단교(鴨綠江斷橋)라고도 한다. 바로 옆에 있는 압록강 철교는 1990년 북한과 중국의 합의에 따라 조중우의교(朝中友誼橋)라 개칭했다. 압록강 철교는 오전 오후로 나뉘어 일방통행이 이루어지며 1주일에 4번 신의주로 가는 관광열차가 다녔다. 평양으로 향하는 열차는 하루 평균 300여명의 관광객을 싣고 입국을 허용했지만 지금은 거의 멈춰진 상태다.

2019년 세기의 관심을 모았던 북미정상 회담 때 김정은도 이 다리를 통해 열차를 타고 하노이로 건너갔다.

철교를 건너면 곧바로 신의주가 있다.

신의주에서는 평양으로 가는 철로가 연결돼 있다. 평양~신의주 구간인 일명 평의선은 크고 작은 하천들이 많아서 100여개의 다리가 놓여 있다고 한다. 그 가운데서 청천강다리와 대령강다리가 제일 크다. 평의선 철도노선과 병행하면서 평안남북도의 서부 해안 지역들을 남북으로 연결함으로서 정치 경제 문화적으로 매우 중요한 의의를 가진다.

압록강 철교는 단둥에서 배를 타면 아주 가까이서 볼 수 있다.

다만 북한 땅을 진입할 수 없어 안타까울 뿐이다. 우리 일행이 유람선을 타고 강 상류로 올라갈 때 까지만 해도 압록강 다리에 아무 차도 없었는데 상류에서 방향을 틀어 내려오다 보니 트럭이 북한 쪽으로 움직인다. 이 지역은 북한과 중국 무역의 80%이상이 이루어지는 북ㆍ중 무역의 중심지이다.

단둥에는 이런 속담이 있다.

'압록강 수온은 오리가 먼저 알고 북한 사정은 중국 무역상이 먼저 안다.' 압록강의 오리만큼이나 북한의 온도를 먼저 느끼는 곳이라는 뜻이다. 압록강을 넘나드는 이들의 무역물품들은 매우 다양하다.

2014년 10월 단둥에서 열린 '제 3차 조ㆍ중 경제무역 문화관광' 박람

회에서는 100개가 넘는 북한 업체가 참여했다. 이들이 주로 가지고 온 물품은 가방 의류 신발 같은 경공업 제품이 주를 이루었고 약초 꿀 사향 같은 건강보조식품도 많았다. 그러나 북한에서는 이런 천연제품이나 경공업제품 뿐 아니라 광석이나 석탄 같은 지하자원을 직접 수출할 뿐만 아니라 중국 쪽의 투자도 적극적으로 유치하고 있다.

또 최근 몇 년간 단둥에 있는 중국인 점포에서는 고급 실내 마감재를 찾는 북한인들이 늘었다고 한다. 멀리 보이는 신의주의 모습에서도 곳곳에 굴뚝이 올라와 있고 굴삭기가 줄지어 있는 등 건축 붐이 불고 있다. 예상은 했지만 수준급의 자재까지 수입이 활발한지는 몰랐었다는 게 안내원의 설명이다. 중국에서 출발하는 트럭은 이런 건축 붐에 힘입어 건축재 철강 전기 시멘트 타이어 등을 주로 싣고 북한으로 갔지만 요즘은 뜸 한 편이다.

반면 끊어진 압록강 단교 위에는 북한에 들어가지 못하는 우리 남한 사람들이 줄을 잇는다. 같은 민족임에도 불구하고 남한 사람은 넘어가지 못하는 압록강 철교와 반만 갈 수 있는 압록강 단교는 마치 분단된 남·북과, 교류하는 북·중의 상징인 듯 보인다. 그리고 보니 이 두 다리는 강대국에 둘러싸여 끊임없이 수탈당하고, 그것도 모자라 마침내 북과 남으로 찢긴 우리민족의 비극을 상징하는 것만 같다. 중국 쪽 반만 철교이고 북한 쪽 반은 기둥만 몇 개 남아있는 모습이 미국의 중국군 진입을 막기 위해 폭격으로 만들어 진 것이라고 하지만 가슴이 저려온다.

우리 땅에서 외세에 의해 지어진 다리고 수탈의 장이 된 조선 땅. 독립 후에도 비극의 전쟁을 겪으며 외세에 의해 부서진 다리. 그 역사의 주체에 한국은 빠져 있다.

듬성듬성 교각만 남은 북한쪽 다리는 마치 나이 지긋한 노인의 슬픈 미소 속에 몇 개 듬성듬성 남은 어금니처럼 그 사이로 지나온 고된 역사가 보인다. 마치 내 이가 빠져버린 것처럼 슬프다. 언제쯤 신의주에서 함께 이 다리를 완성할 수 있을지…

마침 단동에는 신압록강대교가 새로 생겼다.

지금은 북측 도로공사가 완성되지 않아 개통되지 않았지만 향후 북·중 무역의 교두보가 될 전망이다. 놀랄만한 사실은 이 다리의 건설비용이다. 다리는 중국에서 약 3,000억원 전액을 들여 건설했다. 중국은 앞으로 다가올 활발한 대북 무역 인프라 구축에 박차를 가하고 있는 것을 증명한다.

북한에 있는 5개의 경제특구(신의주 황금평 금강산 개성 라진·선봉) 중에서도 1000년의 역사를 지닌 북·중의 무역통로인 신의주는 가장 큰 기대를 모으고 있는 지역이다. 수 십 년의 짧은 시간동안 같은 이념을 지녔던 중국이 반만년 역사의 피를 나눈 대한민국보다 먼저 북한의 중심으로 들어서고 있다.

우리 형제의 기쁨과 슬픔을 나눌 자리에 다른 집 친구가 와서 그 자리를 차지하고 있는 것이다. 니 탓 내 탓, 중국 탓 미국 탓 등으로 간격이 점점 벌어지고 있고 그 틈으로 중국이 깊숙하게 들어오고 있는 것이다. 우리가 이념 탓 정권 탓 등으로 시간만 보내는 사이 중국은 동북아 무역의 중심지가 될 수 있는 신의주 지역을 묶어 인프라 확장에 애쓰고 있다. 백두산 천지의 반을 중국에 주었다고 북한 탓만 할 게 아니라 통일 한국의 반인 북한 전체를 중국에 내어 주게 될 수 있는 상황을 무시해서는 안 된다. 지금이라도 남북이 하나 되어 통일국가를 조성할 수 있도록 정치권에서 노력해야 한다.

인천에서 단둥까지는 배로 15~17시간.

비행기로는 인천~대련 간 1시간 정도 가서 다시 4~5시간 이동해야 단둥에 도착할 수 있다. 하지만 서울에서 북한 신의주까지 고속도로가 이어진다면 사정은 확 바뀐다. 자동차로 4시간이면 갈 수 있는 거리다. 그렇게 되면 신의주는 동북아 물류의 중심지가 되어 중국 러시아를 넘어 유럽까지 진출할 수 있는 최고의 거점 도시가 될 것이다. 현실이 이러한데도 북핵문제를 포함해 각종 이념과 자존심에 집중해 해결의 실마리가 보이지 않고 있다.

남북한 모두 전향적인 자세로 교류에 나서야 한다.

한집에 살아도 형제마다 가치관과 종교가 다를 수 있다. 수십 여 년 간

분단되었던 현실을 냉정하게 인식하고 그 간격을 메울 수 있는 방법이 무엇인지 연구해서 조화롭게 살 수 있는 방법을 찾아야 한다.

끊어진 압록강 철교가 연결되는 날.

남북한 주민 모두 두 손 꼭 잡고 환하게 웃을 수 있길 기대해 본다.

조선의 청년

로마에 가면 로마법을 따르라고 했다.

중국에 가면 중국의 법을 따를 일이다.

그런데 조선족은 예외이다.

중국인데 중국이 아닌 한국 같은 문화와 법이 있다.

백두산 천지에서 시작된 압록강은 강줄기를 따라 내려가는 내내 후덥 지근한 날씨를 보였다. 중간 중간 중국 휴게소에도 들리고 식당에도 들리 는데 시원한 얼음물 찾기가 깨끗한 화장실 찾기보다 어렵다. 안내원의 설 명을 들자하니 이곳은 차를 마시는 문화라 삼복더위에도 뜨거운 물을 받아 차를 마신다고 했다. 그리고 보니 버스를 운전해주는 중국 기사님도 우리가 주는 음료수는 외면한 채 연신 찻통에 뜨거운 물을 받아 마시고 있었다.

한국은 기름진 음식을 즐겨하지 않는데다가 물도 깨끗해 차 문화가 중국처럼 발달하지는 않았다. 하지만 최근에는 커피가 식후 음료수로 대세를 이룬다. 중국은 기후조건상 음식을 대부분 기름에 볶는 방법을 많이 쓰는데 이때 체내 기름기를 제거해 주는 주된 음식이 양파와 차이다. 우리가 주로 아는 녹차보다는 반 발효 녹차인 우롱차나 발효녹차인 보이차를 주로 마시는데, 한번 우리고 버리는 것이 아니라 여러번 우려먹는다. 녹차는 아침 공복에 마시면 위에 좋지 않다고도 하고 몸이 냉한 사람에게는 맞지 않는다 하여 일반적으로는 반 발효, 또는 발효차를 마신다. 이런 차를 늘 마시기 때문에 대부분 손에 찻통을 들고 다니는 모습이 쉽게 눈에 띄고 또 어디에서나 뜨거운 물을 구하기가 쉽다.

반면 식사 후 차가운 얼음물을 마시는 한국인들은 중국인들에게 신기한 사람들이다. 차가운 물을 구비해 놓지도 않았을 뿐더러 달라고 하면 정말 이상하게 쳐다보고 "메이요~메이요~"(중국어로 없다는 뜻) 하면서 손을 휘휘 젓는다. 심지어 식당에 찬물은커녕 시원한 맥주도 없다. 술도 다 미지근하다.

이런 고통을 알고나 있는지.

압록강 변에 살고 있는 조선족 청년은 여행하는 며칠 동안 친해져 우리를 조선족 식당으로 안내했다. 배려다. 시원한 물이나 맥주를 마시려면 조선족 식당에 와야만 하는 것. 어쨌거나 중국에 왔으니 더운 날 뜨거운 차를 하루 종일 마시면서 기름기도 제거하고 중국 문화를 즐겨 볼 일이라고 생각했다. 조금은 불편함을 느꼈던지 우리는 조선족이 운영하는 식당에 즐거운 마음으로 들어갔다. 조선족 식당에서의 시원한 맥주 한잔을 하는 순간 이 곳이 중국이라는 사실을 잊고 내나라 한국 같이 느껴지니 만주가 우리 땅이 맞았던 거 같다.

중국에 살고 있는 조선족 청년은 친구들도 불렀다.

작지만 깨끗한 조선족 식당에 중국스타일의 한식으로 한 상 가득 먹음직하게 차려놓았다. 중국에 오면 늘 느끼는 것이지만 음식을 참 풍성히 차린다. 중국에서는 여러 가지 음식을 가득 차리고 남기도록 해야 손님을 잘 대접하는 것으로 생각하고 있다. 이런 것이 예의라고는 하지만 남겨지는 음식이 너무 아깝다.

북한과 중국은 강하나 차이인데 북한주민들은 먹을 것을 구하기 힘들어 목숨 걸고 탈출하는 반면, 중국에 사는 조선족 동포들은 이렇게 풍족하게 먹는 것을 보니 마음 한구석이 씁쓸하다. 내가 어느 나라에 속해 있는가가 이렇게 큰 차이를 불러오는가 싶어 먹으면서도 못내 마음이 아팠다.

압록강 청년들은 자리에 앉자마자 인사를 하고 나서 바로 담배를 권한다. 담배를 통째로 식탁위에 꺼내놓고 계속 피우라고 한다. 담배를 끊었다고 하자 더 이상 권하지 않는다. 나중에 알게 된 이야기지만 중국인들의 문화는 좀 다르다고 한다. 담배를 권하는 것이 우리네 인사와 마찬가지라고 한다. "식사하셨어요?" 라고 묻는 것이 인사인 것처럼 담배를 한가치 권하는 것이 인사라고 한다. 그래서 담배를 피던 피지 않던 무조건 일단 받고 안 피면 되는데 아예 담배를 받지 않는 것은 결례라고 한다. 그런 사정을 모르는 나는 한국에서처럼 안 한다고 정중히 거절했는데 한국의 문화를 이해하는 듯 더 이상 권하지 않고 편안하게 대해준다.

한국에서도 조선족을 만날 기회는 간혹 있다.

한국에 살고 있는 조선족들은 일도 잘 하고 요리도 잘 하는 등 부지런하다는 이야기는 들었지만 실제로 친밀하게 대화할 수 있는 기회는 없었다. 이곳 중국에서 오히려 조선족 동포들을 만나면서 그들도 같은 민족이고 같은 뿌리임을 새삼 느낀다. 그들은 조선족이라는 말을 좋게 생각하지 않았다. 그냥 대한민국의 아들, 조선의 아들로 표현하는 게 좋다고 했다. 그렇다고 조선의 아들이 북한의 국명인 '조선민주주의 인민공화국' 을 의미하는 것은 아니라고 했다. 그저 한반도에 살았고, 살고 있는 한 민족임을 느끼고 싶을 뿐이라고 했다.

재미동포 재일동포처럼 재중동포도 같은 동포이다.

그러나 이들은 중국에 살아서 그런지 북한 쪽이랑 지리적으로 더 가깝게 살아 그런지, 아니면 말투 때문인지 뭔가 좀 멀게 느껴졌었다. 하지만 이 곳 만주 벌판에서 만난 조선족들은 기상과 패기가 넘치는 정 많은 한국인, 그 이상도 그 이하도 아니었다. 국적이 다르다는 것뿐… 오히려 가깝게 모여살고 한국의 문화와 정을 지키고 있는 그들은 우리네 모습보다 더 한국적이었다.

이런 압록강 청년들의 기상은 남다르다.

옛 고구려 땅 만주벌판의 기를 받아서일까? 호탕하고 사나이답다. 적어도 내가 본 그들은 확실히 그렇다. 술 한 잔 마셔보면 더욱더 확실히 느낀다. 그들은 시작부터 남달랐다. 두 명이 양손가득 쇼핑백에 중국술을 넣고 들어왔다. 저 술은 우리 일행이 한 번에 위장에 털어 넣을 에피타이저였을 뿐이라는 걸 바로 10분 뒤에 깨달았다. 한국의 맥주잔보다 약간 작은 잔에 알콜 농도가 50도 가 되는 중국술을 위로 1cm 남기고 가득 채워 한명이 건배사를 하고 바로 원샷이다. 이렇게 다섯 명이 건배사를 할 때마다 원샷을 하니 상에 있는 음식은 맛도 보기 전에 이미 천국에 와 있다.

아~~~ 고구려의 기상이여!!! 덕분에 저녁식사 후 예정된 관광은 압록강에 실어 보내고 호텔에 와서 바로 누웠다.

'만주벌판에서 한손에는 말고삐를, 다른 한손에는 술 한 병을 들고 달리는 꿈을 꾸면서…'

조선족들은 중국에서 중국인과 더불어 살고 있지만, 만주벌판에 터 잡고 살고 있는 이들의 문화는 한국과 비슷하다. 언어는 북한과 가까우니 북한 억양이 많이 있지만 음식은 남한이나 별반 차이가 없어 보인다. 정 많고 챙겨주는 따뜻한 문화는 한국인의 핏줄이 흐르고 있는 것 같다. 그러나 2010년 이후 만주의 조선족 인구가 줄어들고 있다고 한다. 조선족 인구의 대도시 및 한국으로의 이동과 젊은 세대의 출산율 저하 등 여러 가지 이유로 인구가 줄고 있다. 이런 추세라면 30년 후에는 지금 수준의 반 정도 밖에 안 될 수도 있다고 한다.

우리의 아픈 역사로 인해 세계각지로 퍼져 있는 우리의 동포들.

특히 과거 고구려 땅 만주벌판에 자리 잡은 조선족 동포들은 국적은 중국인으로 살면서도 한국 민족의 핏줄을 명백히 잇고 있다. 그들의 권익과 우리 민족의 미래를 위해 대한민국에서도 좀 더 많은 관심을 가지고 그들이 옛 우리의 땅 만주벌판에서 오롯이 대한의 아들, 딸로 클 수 있도록 가슴에 품고 함께 가야 한다. 북한과 통일이 되는 그 날. 만주벌판의 압록강 청년들이 대한민국 국민이 되는 꿈을 꾸어보는 것은 너무 거대한 생각일까? 만주벌판도 되찾고 말이다.

역사는 분명 우리를 꼭 하나로 이을 것이다.

광활한 만주벌판을 달리는 우리의 후손들을 반드시 지켜볼 것이다.

ㄴ 압록강 발원지를 알리는 금강협곡 안내판

ㄴ 백두산 금강협곡

ㄴ 압록강 발원지인 금강협곡

3장

길을 찾는 청년

　나는 기자시절 정치부에서 오랫동안 생활했지만 길에 대해 유난히 관심이 많았다. 아마도 어린 시절 '사회과 부도'라는 책 때문일 것이라는 생각이 든다. 초등학교 시절 특별한 동화책과 그림책이 없어서 지도가 훤하게 게재되어 있는 '사회과 부도'를 열심히 본 기억이 있다. 그래서인지 어려서부터 우리나라 도청소재지, 세계 각국의 수도 등을 주의 깊게 살펴왔다. 우리나라 지도를 보며 마음속의 여행을 한 것도 어린 시절 소중한 추억이다.

　성장하면서 지도에 더 많은 관심을 갖게 되었고, 자동차가 생기면서

도로망이 잘 표기된 지도책은 늘 옆에 지니고 다녔다. 지금이야 내비게이션이 목표지점을 손쉽게 알려주지만 당시만 해도 지도는 필수품이었다. 그런 가운데 수도권과 영호남에 비해 강원도만 훤하게 비어 있는 고속도로를 보면 늘 가슴이 아팠다. 지금도 우리나라 지도책을 보면 강원도가 훤하게 비어있다. 물론 경북 북부지방도 강원도만큼이나 훤하다. 다른 지역은 거미줄처럼 고속도로 표지선이 엉켜 있지만 강원도는 아직 초기 수준에 머물고 있다.

춘천에서 기자생활을 할 때는 삼척까지 영동고속도로와 동해고속도로를 이용했다. 가끔은 원주 영월을 거쳐 다니기도 했지만, 당시 38호선 국도가 4차선으로 완공이 안 돼 많은 시간이 소요됐다. 그래서 강릉 동해를 거쳐 어머니가 계시는 삼척 고향집을 오갔다.

나는 군대생활을 철원에서 했다.
군대 생활 중 휴가를 나오면 철원에서 춘천을 거쳐 태백까지 버스로 무려 10시간이나 걸렸던 기억이 있다. 같은 강원도인데 왜 이리 멀까? 그때 복귀시간에 쫓겨 다음 휴가부터는 이 코스를 이용하지 않았다.

오히려 태백역에서 기차를 타고 고한 사북~영월~청량리~상봉동~철원으로 이동했다. 기차와 전철 버스를 몇 번씩이나 갈아타야 했던 불편함. 그래도 태백에서 꼬불꼬불한 국도를 타고 춘천을 거쳐 철원으로 가는 코스보다는 가까웠다. 이런 기억들 때문에 내가 살고 있는 강원도에 고속도로가 빨리 생겼으면 하는 바람이 컸다.

그래서 강원일보 정치부 기자시절 특별기획으로 '동해안1,250리… 서해안 880리'를 기획하게 됐다.

강원도 최북단 고성에서 부산까지, 서해안 최북단 인천에서 목포까지.

자동차를 직접 운전하면서 곳곳의 지역주민들을 만나 인터뷰를 했다. 부산시청과 울산시청 그리고 전남도청과 당진군청(지금은 당진시로 승격됨) 등 기초 광역 자치단체를 찾아 도로와 관련된 그들의 삶을 직접 들을 수 있었다. 취재결과 지면을 통해 보도한 것이 2004년이다. 벌써 15년 전의 일이다. 당시 보도한 내용을 이 책에 게재하는 이유는 '길'에 대한 이해를 돕기 위한 것이다.

강원도와 길.

당시 나는 강원도에 있는 일반국도와 고속도로가 조기 확충되기를 간절히 바랐다. 강원도 사람으로서 내 고향 발전의 근본이 SOC(사회간접자본)에 있다고 생각한 것이다. 직접 취재를 기획하고 기사를 작성하면서 보람을 느꼈고, 세월이 한참 지난 지금도 잊을 수 없는 기자생활의 대 서사시이다.

-(1) 해뜨는 동해 빛 보는 서해

"뻥뻥뚫린 서해路, 꼬불꼬불 동해路"

휴전선 최북단인 강원도 고성군 거진읍 송현리에서 시작되는 국도 7호선.
부산시 연제구 연산5동까지 이어지는 동해안 유일의 대동맥이다. 인천시
남구 용현동에서 전남 무안군 삼향면 유고리까지 353km의 서해안 고속도로.
동해안과 서해안 도로의 모습은 어떻게 다를까.

현지 취재를 통해 각기 다른 모습을 조명해보고 향후 국가정책을 어떻게
추진해야 하는지 점검해본다.

동해안은 동북아의 허브지역으로 남북교류의 전진기지로 불린다.

서해안과 함께 국토의 중심축을 이루고 있지만 아직도 '한국의 오지' 라는 꼬리표를 달고 있다.

그 원인은 '국토의 동맥' 이라 불리는 도로망에서 찾을 수 있다.

고속도로와 국도 철도 등이 거미줄처럼 엉켜있는 수도권과 서해안을 비교하면 '동맥단절' 이라는 극단적인 표현까지 나온다. 동해안 유일한 젖줄인 7호선 국도는 '찔끔공사' 로 인해 곳곳에서 병목현상이 발생한다.

특히 고성군 일부지역과 삼척~경북 영덕간은 30여년 동안 2차선으로 방치돼 지역개발은 기대하기 어렵다.

삼척에서 원덕으로 향하는 도로를 따라가면 곳곳에 '위험! 절대감속, 급커브 주의, 사고위험 절대감속' 이라는 교통안내판 일색이다. 고갯길을 따라 펼쳐진 꼬불꼬불한 S자형 도로의 평균 주행속도는 30㎞를 넘을 수 없다.

도로변에는 경사진 밭과 농가 등으로 형성된 자연취락지구가 드문드문 나타나고 운전자가 쉬어갈 수 있는 곳은 구멍가게가 전부다.

서해안 4차선도로 인근의 첨단 산업단지와 편의시설을 갖춘 휴게소와는 대조를 이룬다.

경북 울진군 북면에서 만난 장덕중(58) 울진군의원은 "30여 년 전 고등학교를 다닐 때 모습이 그대로 남아 있다"며 "젊은이는 도시로 떠나고 농사를 지을 사람은 노인 뿐 인데 노인세대가 없어지면 마을이 없어질 판"이라고 했다.

삼척에서 시작되는 2차선은 경북 영덕군까지 143㎞로 이 구간은 대부분 '저 개발 저 생산' 지역이다.

서해안은 2001년 인천~목포구간을 연결하는 353㎞가 완전 개통됐다. 이로인해 지역발전에 가속도가 붙었다. 서해안지역 기초단체와 충남 전북 전남 등은 각종 프로젝트를 개발해 실천에 옮기고 있다.

충남 당진군은 600여만평에 이르는 국가공단을 2008년까지 개발 중이다. 이미 조성된 고대 · 부곡산업단지는 동부제강과 LG에너지 하이닉스반도체 등 국내 굴지의 대기업 공장이 들어섰다.

전북 군산시는 현재 1,000만평의 산업단지가 조성돼 GM대우 등이 입주를 완료했다. 171만평의 군산지방산업단지는 유리 화학 철강 전기 등 47개 업체가 입주해 가동률 100%를 자랑하고 있다.

특히 전남은 개도(開道)이래 최대 규모의 투자유치 사업을 위한 'J프로젝트'를 추진 중이다. 동북아 중심국가의 상징모델을 만들겠다는 야심찬 계획을 갖고 있다.

김재곤 전남도공보관은 "서해안은 고속도로 개통이후 지역개발을 위한 자치단체 차원의 프로젝트가 많이 추진 중"이라며 "획기적인 접근망 때문에 기업들의 선호도가 높아져 정부지원이 용이해질 것 같다"고 전망했다.

강원도와 경북이 동해안 도로의 확·포장을 정부에 요청하는 현실과 비추어 볼 때 서해안은 이보다 한 단계 빠른 산업단지 유치를 추진 중이어서 대비된다.

경북 울진군 후포항에서 생선좌판을 운영하고 있는 한 60대 여인은 "해가 동쪽에서 뜨면 뭐합니꺼. 빛은 서쪽에서 보는데"라며 멈춰진 동해안 개발을 못내 아쉬워했다.
〈金鍊宔기자 · kys@kwnews.co.kr〉

(강원일보 2004년 11월20일(토) 1면 보도)

- (2)변방의 상징, 7호선 국도

"삼척~영덕, 30년 전 그대로"

동해안 7호선 국도는 고성에서 부산을 잇는 1,250리 길로 동해안 유일의 남북축이다.

금강산 관광의 관문이라 불리는 고성 통일전망대에서 시작되는 도로는 부산시청 앞까지 2~6차선으로 뚫려 있으며 도로 폭에 따라 지역개발 정도를 실감할 수 있다.

2차선 주변은 지역개발이 정체돼 '한국의 오지'라는 오명을 그대로 간직하고 있으며, 4~6차선 주변은 관광레저와 산업단지가 즐비하다. 마치 빈부격차가 심한 후진국과 선진국을 연상케 한다.

통일전망대에서 2차선 도로를 따라 남쪽으로 내려가다 보면 낡고 오래된 집들이 쉽게 눈에 들어온다.

최근 관광객들이 급증하는 것을 반영하듯 횟집과 민박촌이 도로변에 하나둘씩 생기고 있지만 대부분 '동네가게' 수준이다. 일부는 슬레이트 집을 개조해 앞모습을 화려하게 꾸몄지만 건물 뒷쪽엔 재래식 화장실이 있는 곳도 있다.

이같은 모습은 삼척시 오분동을 지나 경북으로 향하다 보면 훨씬 심각하다.

삼척에서 경북 영덕군 병곡면까지 펼쳐진 2차선 도로는 30여년 동안 일부 선로만 변경된 채 그 모습 그대로다. 주변지역의 발전지수는 '제로상태'에 가깝다.

도로변에 형성된 마을은 영화나 TV드라마에서 볼 수 있는 1970년대의 자연부락이다.

특히 삼척 근덕~원덕구간 24㎞는 곳곳에 설치돼 있는 위험표지판도 모자라 '주의! 위험! 절대감속!' 등의 붉은 현수막이 걸려 있다. 원덕읍 임원~호산 구간 도로는 대부분 시속 20~30㎞이다.

박상수(삼척)강원도의원은 "도시사람들은 이곳을 공기 좋고 살기 좋다고 하지만 어디까지나 그들의 생각일 뿐"이라며 "2차선 도로가 30여년 동안 이어져 온다는 것은 정부의 무관심과 함께 '가난의 상징'으로 볼 수 있다"고 했다.

도로사정이 이러한데도 도내 동해안 6개시·군을 찾은 관광객은 1999년 2,904만명에서 지난해 4,954만명으로 늘어났다. 올해는 5,000만명을 넘을 것으로 추산되며 피서철이면 도로 자체가 주차장으로 변한지 오래다.

강원도와 경계를 이루고 있는 경북 울진군 주민들이 느끼는 발전지수도 별다른 게 없다.

상당수가 농업에 의존하고 있는 이곳 사람들은 서울에 가려면 하루를 소비해야 한다고 했다. 도로사정이 나빠 포항을 거쳐 경주~대구~서울로 가는 방안과 삼척~강릉~서울길을 이용한다고 했다.

경북 울진군과 영덕군의 경계지점에서 장사를 하고 있는 이철현(57·영덕군 병곡면 백석리)는 "20년전 이곳에서 장사를 시작할 때나 지금이나 변한 게 하나도 없다"며 "경기가 안 좋아 장사는 안 되고 다른 일을 찾아야 할 판"이라고 했다.

그러나 동해안 남부지방인 포항과 경주 울산 부산으로 내려가면 중·북 부지방보다는 사정이 나은 편이다.

울산광역시청 김기수 기획관은 "그동안 국토개발이 서해안 남해안을 그쳐 동해안으로 이어졌으나 포항에서 정체돼 있다"며 "포항~삼척~강릉을 연결하는 완전한 U자형 개발을 위해서는 도로 확·포장이 시급하다"고 했다.

7호선 국도 확·포장 공사는 1998년 착공했으며 부산~경북 영덕과 도내 일부구간만 완공됐다. 삼척~영덕구간 143㎞는 2008년 완공할 계획이다.

서해안 고속도로가 12년만에 개통됐지만 동해안 유일한 젖줄인 7호선 국도는 착공 20년이 되어도 완공을 장담할 수 없는 상황이다.

포항국도유지관리사무소 김봉제씨는 "현재 공사가 진행중인 구간은 가능한 조기 개통될 수 있도록 추진하고 있다"며 "2008년 완전 개통 되도록 정부가 깊은 관심을 갖고 있는 것으로 안다"고 했다.

부산시청 앞 '도로원표'에는 삼척 335㎞, 속초 457㎞라는 문구가 화강암에 새겨져 있지만 도로확·포장이 완공되는 2008년이 지나야 거리표시가 다시 수정된다는 부산시청 도로계획과 김영배씨는 "도로는 국토의 동맥이라 불리지만 지역발전의 근간이 된다"고 뼈있는 말을 했다.

〈金鍊寔기자 · kys@kwnews.co.kr〉

(강원일보 2004년 11월 22일(월) 3면 보도)

- (3) 동해선 70년, 잠자는 철도

"일제 때 착공돼 아직도 진행 중"

우리나라 3대 연안 중 철도가 없는 곳은 동해안 뿐이다.

1899년 서울~인천 제물포간 철도가 처음 건설된 이후 주요 산업단지를 중심으로 급속히 늘어나 전국이 철도망으로 연결됐으나 동해안은 아직도 진행형이다.

1906년 경부선이 완공되고 서울과 신의주를 잇는 경의선은 1906년 개통됐다. 1914년 서울~원산간 경원선과 대전~목포간 호남선이 완공됐고 동해선 원산~청진~회령간 666.9㎞는 1928년 연결됐다.

고성군 거진읍 통일전망대에서 양양으로 향하면 바닷가 주변의 버려진 철로가 앙상하게 남아 있다. 낡은 콘크리트 교각과 끊어진 기찻길, 폐쇄된 터널, 썩다 남은 침목 등등.총탄자국이 선명한 교각은 전쟁의 상흔을 대변하고 있고 일부는 폭격 맞아 절반은 떨어져 나간 채 수십년을 버티고 있다.

통일전망대를 거쳐 금강산으로 가는 도로는 원래 철도부지이다.

속초 대포동 일대 7호선국도도 철도부지가 상당수 포함돼 있다.

동해선 원산~고성~속초~양양구간 192㎞가 완전 개통된 것은 일제시대인 1937년. 이 구간은 1950년 가을 양양역사와 철로가 폭격으로 파괴되면서 운행이 완전 중단됐다.

1940년부터 5년 동안 양양~원산간 동해북부선 기관사로 근무했던 강종구 (83·고성군 현내면 대진리)씨는 "당시 기관차는 5, 6량의 화물칸과 3량의 일반칸을 연결한 혼합열차로 석탄을 때는 증기기관차였다"면서 "동해선에는 23개의 역이 있었고 평균시속 70㎞로 달려 양양에서 원산까지 7시간정도 걸렸다"고 했다.

양양~삼척~포항은 1937년부터 공사가 시작됐으나 광복과 분단으로 중단됐다. 1962년 삼척~강릉간 '찔끔공사'를 제외하면 70여년간 공사가 중단된 채 잠자고 있다.

송범호(강릉)강원도의원은 "일제시대 시작된 공사가 건국 후 지금까지 중단됐다는 것은 역대 정부가 동해안을 얼마나 소홀히 생각했다는 것을 반증하는 것"이라며 "정부는 늦었지만 국토균형발전을 위해 특단의 조치를 취해야 한다"고 했다.

경북 울진군과 영덕군 등 국도 7호선 주변에는 철도부지와 터널 교각 등이 아직도 남아 있기는 마찬가지다. 정부는 포항~삼척간 171.3㎞를 올해 실시설계를 시작해 2014년 완공할 계획이라고 발표했다. 70년 전에 벌여 놓은 공사를 2014년 완공한다면 80년 만에 완공을 보는 것이다.

기술과 장비 등이 거의 없었던 1920년대 대전~목포구간은 4년이 걸렸다. 1970년대 건설된 청량리~제천간 중앙선도 4년이 채 안 걸렸다. 2개구간 모두 삼척~포항보다 더 긴 구간이다. 정부의 무관심을 알게 하는 대목이다.

동해선 삼척~포항구간을 10년에 걸쳐 완공한다고 발표했지만 그나마 정부의 집중적인 예산투자 없이는 불가능하다.

역대 정권마다 TSR(시베리아 횡단철도) TKR(한반도 횡단철도) 등을 위해 동해선의 중요성을 강조했지만 공사는 관심 밖으로 밀려났다.

강원도 출신 박월순(39·울산시 남구 무거동)씨는 "동해안에 기차가 다녔으면 좋겠다는 생각을 어려서부터 했지만 희망사항에 불과하다는 것을 어른이 돼 알았다"며 "고향에 기차로 가는 것이 소원"이라고 했다.

동해안 삼척~포항간은 고속도로도 없고 기찻길도 없다. 그나마 개설돼 있는 7호선 국도도 비포장길에 아스콘으로 포장만 한 곳이 수십㎞에 달한다. 지역발전은 기대하기 어려운 것은 어쩌면 당연한지도 모른다.

'동해안에 기차가 다니고 고속버스가 운행된다면…' 하는 생각은 강원도와 경북 북부지방 주민만의 생각은 아니다.

울산시청 김광오공보관은 "동해안에 철도가 개설되면 주변에 관광레저와 산업시설이 크게 발달할 것"이라며 "부산 울산 경주 포항 등에서 설악산을 찾는 관광객이 급증하겠지만 나부터라도 기차여행을 할 것"이라고 했다.

〈金鍊寔기자·kys@kwnews.co.kr〉

(강원일보 2004년 11월 24일(수) 3면 보도)

- (4)동해고속도로 가능한가

"시속 100km 구간은 60.7km뿐"

동해안 1,250리길에서 시속 100㎞로 달릴 수 있는 합법적인 구간은 주문진~동해간 60.7㎞가 전부다. 나머지 구간은 현행 교통법규상 과속에 해당된다. 고속도로가 이 구간 뿐이기 때문이다.

서해안고속도로 인천~목포까지는 시속 110㎞로 달려도 과태료가 없다. 시간절약과 함께 물류비용이 절감된다는 것은 자명하다. 서해안에 기업이 몰리고 도시가 발달되는 것은 교통여건이 크게 개선됐기 때문이다.

동해안 유일의 고속도로는 주문진~강릉~동해간 동해고속도로가 전부다. 그나마 24일 오후 4차선으로 완전 개통됐다.

한반도 지도에 고속도로가 거미줄처럼 엉켜있는 수도권과 서해안 남해안 등과 비교하면 동해고속도로는 '점 하나'로 표시된다.

1975년 2차선으로 개통된 동해~강릉간 고속도로는 29년만에 4차선으로 옷을 갈아 입었다. 원주~춘천간 중앙고속도로와 원주~강릉간 영동고속도로 도 처음엔 2차선으로 개통된 후 모두 2000년 지나서 4차선으로 확장됐다.

고성~양양과 삼척~부산간 동해안은 고속도로를 구경할 수 없다.

철강산업의 메카로 불리는 포항과 우리나라 근대화의 상징도시인 울산에 도 동해안을 연결하는 고속도로가 없다.

박융길(양양)강원도의원은 "과거 동해안 사람들은 고속도로를 구경하는 게 관광으로 생각할 정도였다"며 "강원도를 떠나 수도권과 남해안 충청권 등을 여행하면 고속도로가 시원하게 뻗어 있어 동해안과 비교가 될 정도"라 고 했다.

정부는 동해안고속도로 고성~주문진 구간을 2009년 완공할 계획이라고 발표했다. 그러나 집중적인 예산지원 없이 적기 완공은 불가능하다.

주문진~속초간 44.7㎞는 1조3,055억원이 투입되는 대형 사업이지만 2001년부터 지난해까지 투입된 예산은 실시설계비 등의 명목으로 263억원이 고작이다.

속초~고성간 22㎞는 설계조차 이루어지지 않았다.

동해~삼척간 15㎞는 4,575억원이 소요되지만 올해까지 43억원만 들어갔다.

이상준(삼척)강원도의원은 "고속도로 건설에 천문학적인 예산이 투입되지만 정부가 서해안에 집중 투자한 것처럼 동해안에 지원한다면 공기가 늦어질 이유가 없다"며 "정부와 정치권의 관심이 무엇보다 중요하다"고 강조했다.

삼척~포항간은 착공계획조차 수립되지 않았다.

다만 제4차 국토종합개발계획에서 남북 7축으로 선정돼 2020년까지 건설한다는 계획이 전부다. 사업예산과 노선 등은 아예 계획조차 없다.

이 때문에 삼척~울진~영덕으로 이어지는 143㎞는 2차선 국도가 유일한 교통수단으로 '한국의 오지'라는 수식어가 지워지지 않고 있다.

동해안 최남단인 부산~울산간 47.2㎞는 공사가 한창이다.

2001년 착공해 현재 공정률 35%이다. 이 구간은 당초 2006년 완공 예정이었으나 예산의 집중투자가 없어 2008년은 돼야 완공이 가능하다.

김기수 울산광역시 기획관은 "울산이 산업도시지만 고속도로는 경부선 언양기점에서 시내로 들어오는 구간이 전부다"며 "동해안고속도로의 필요성은 수없이 제기됐지만 제대로 추진되지 않고 있다"고 했다.

울산~포항간 54.4㎞는 1조8,900억원이 소요되지만 이미 투자된 예산은 43억원에 불과하다.

정부는 1999년 예비타당성 조사를 시작해 지난달 기본설계를 마쳤다. 그러나 착공시기는 아직도 불투명하다.

정장식 포항시장은 "포항을 비롯한 동해안이 21세기 환동해권의 중심지로 부상하려면 교통망 확충이 선행돼야 한다"며 "지방자치단체의 능력으로는 한계가 있는 만큼 정부의 관심이 해결의 관건"이라고 강조했다.

〈金鍊宲기자 · kys@kwnews.co.kr〉

(강원일보 2004년 11월 25일(목) 3면 보도)

- (5)서해안고속도로, 달라진 위상

"인천~목포 4시간… 年 5,600억 물류비 절감"

서해안고속도로 개통 후 지난해 차량물동량은 693만대로 전년보다 43% 증가하고 목포세관을 통과한 수출실적은 29% 증가했다. 한국은행의 공식 통계자료다.

동해안과 함께 낙후의 대명사로 불리던 서해안은 새천년이 시작되면서 이 꼬리표를 떼었다. 2001년 인천~목포간 서해안고속도로가 4~6차선으로 완전 개통됐기 때문이다.

1990년 4조7,757억원을 투입해 11년만에 완공한 서해안고속도로는 총 연장이 353㎞로 경부고속도로에 이어 우리나라에서 두번째 긴 고속도로다.

고속도로 개통으로 8시간 소요되던 인천~목포간은 4시간대로 줄어 연간 5,600억원의 물류비용을 절감시키는 등 엄청난 파급효과를 가져왔다.

인천시 남구 용현동에서 시작되는 서해안고속도로는 목포와 인접한 전남 무안군 삼향면 유고리까지 경기 충남 전북 전남 등 5개 광역단체, 17개 시·군을 경유한다.

경기도 평택시 포승면과 충남 당진군 신평면을 연결하는 서해대교는 고속도로 개통과 함께 대표적인 관광명소로 부상했다. 우리나라에서 제일 긴 7,310m로 세계에서 9번째로 길다.

인근지역은 관광객이 몰리고 산업단지가 생기면서 상경기도 덩달아 활력을 찾았다. 서해대교 인근 충남 당진군은 고속도로 개통이후 1999년 254만명이던 관광객이 지난해 367만명으로 늘었다. 고속도로 개통 전 관광업무 담당 직제가 없었으나 지금은 관광기획계를 신설했다. 내년에는 관광과도 설치할 계획. 또 2008년 시승격을 목표로 기업유치가 한창이다.

이춘광 당진군 문화공보과장은 "고속도로 개통 후 수도권과 접근성이 좋아져 기업과 관광객 유치가 용이해졌다"며 "과거 농업이 주산업이었으나 점차 관광·공업지역으로 변모하고 있다"고 했다.

충남도는 고속도로 개통 후 도청내에 '서해안개발정책팀'을 별도 운영중이다.개발팀은 서해안과 인접한 지역을 중심으로 고속도로 추가건설과 국도 철도 항만 산업단지 관광지 개발 등의 프로젝트를 담당한다.

안명대 충남도 서해안개발정책팀장은 "고속도로 개통 후 많이 좋아졌지만 기반시설이 아직도 빈약하다"며 "계획만 수립된 것이 많아 국가지원이 절실한 상황"이라고 했다.

전북 군산시는 고속도로 개통과 함께 중국교역의 전초기지로 부상했다. 1,000만평의 산업단지에는 연간 30만대의 승용차를 생산하는 GM대우 등 국내 굴지의 기업들이 속속 들어섰다.

이종예 군산시 공보정보화과장은 "과거 휴일이면 수도권 관광객이 2만명에 불과했으나 최근 10만명을 넘고 있다"며 "수요가 많아지면서 72홀 규모의 골프장 등 다양한 관광상품을 개발하고 있는 상태"라고 했다.

서해안고속도로의 끝자락 전남 목포시는 중국과 동남아 등으로 향하는 환황해권 국제자유도시를 꿈꾸고 있다.

대불산업단지내 35만평은 자유무역지대로 육성하고 49만평은 외국인기업전용단지로 추진중이다. 또 조선사업의 집적화를 통해 현대중공업 항만하역설비사업부 등을 유치해 1,000여명의 고용효과가 유발됐다. 목포신외항의 1단계 공사가 지난 5월 준공돼 항만을 중심으로 5.2㎞의 배후철도와 산업단지 등이 건설중이다.

전태홍 목포시장은 "서해안고속도로 개통과 호남철도복선화사업 무안국제공항 건설 등으로 지역의 미래가 어느때보다 밝다"며 "개항 105주년을 맞아 국제무역항으로 재도약할 것"이라고 했다.

전남도는 내년 10월 무안군 삼향면 남악리에 지상 23층 규모의 도청을 완공해 광주시대를 청산하고 제2의 도약을 준비하고 있다.

도청이전과 함께 조성되는 남악신도시는 2019년까지 440만평에 14만명 규모의 교통·생태 시범도시로 육성한다는 방침이다.

전남도 김재곤 공보관은 "서남해권 해양레저타운 건설사업과 함께 급속한 성장이 예상된다"며 "서해안고속도로 개통으로 지역발전의 새로운 전기를 기대한다"고 했다.

〈金鍊㝎기자 · kys@kwnews.co.kr〉

(강원일보 2004년 11월27일(토) 3면 보도)

-U자형 국토개발, 정부의지가 관건

"정치논리 극복, 국익 따져야"

1970년 서울~부산을 잇는 428㎞의 경부고속도로가 개통되면서 우리나라는 엄청난 변화를 가져왔다.

경부고속도가 경유하는 천안 대전 구미 대구 부산 등은 우리나라의 근대화를 일궈온 산업단지의 메카로 자리 잡았다. 산업이 발전되면서 강원도 등 낙후지역의 인구가 이 지역에 유입돼 도시는 급속히 팽창했다.

20여년동안 경부축을 중심으로 개발되던 국토는 1990년대 들어 서해안으로 뻗어갔다. 인천~목포간 고속도로가 개통되면서 항만 물류 산업단지 관광 등에서 획기적인 변화가 일어났다. 이제 2000년대는 동해안시대를 열어가야 한다.

우리나라 국토는 그동안 서해안과 남해안을 연결하는 L자형으로 개발됐다. 내륙으로는 서울~부산을 중심으로 한 '경부축'이다. 건국이후 60여년 동안 계속된 이같은 개발축은 국토의 심각한 불균형을 가져왔다.

동해안은 2000년대에도 여전히 '미래의 땅'으로 불린다. 비탈길에 포장된 2차선도로가 30여년 동안 침묵을 지켰다. 동해안이 소외되고 국토개발이 L자형으로 추진된 이면에는 정치권의 책임을 빼놓을 수 없다.

1960년대 3공화국 시절, 박정희 전 대통령의 고향인 경북 구미 등 영남지방이 급속히 팽창했다. 1980년대 노태우 전 대통령은 호남과 충청지역의 민심을 위해 서해안고속도로 건설을 약속하며 대통령에 당선됐다. 노 전 대통령은 임기 첫해인 1988년 7월5일 국무총리실 산하에 '서해안개발추진위원회'를 설치해 고속도로 건설을 추진했다.

2000년대 들어 노무현대통령은 대선 후보시절 충청권에 행정수도 건설을 약속했다. 역대 대통령 중 강원권을 포함한 동해안에 깊은 관심을 보인 사람은 없다.

경북 울진군의회 장덕중(북면)의원은 "동해안 개발이 침체된 원인은 정치권의 책임이 가장 크다"며 "중앙 정치권과 정부도 문제지만 지역출신 정치인들의 힘이 너무 약했기 때문에 늘 소외되는 것"이라고 지적했다.

삼척~울진~영덕구간 143㎞ 주변은 모두 농·어촌인 읍·면으로 형성돼 있다. 2차선도로가 유일한 교통로로 도시하나 제대로 건설되지 못했다. 도로변 상당수 농가는 연소득 1,000만원에도 미치지 못하는 빈농이다.

도로사정이 이렇다 보니 강릉~포항간 국도 7호선을 이용하는 물류는 거의 없다. 오히려 영동고속도로 강릉~원주를 거쳐 중앙고속도로 원주~대구~포항을 이용하는 경우가 늘어났다.

동해안 삼척~영덕간 143㎞주변은 공동화 현상이 계속될 수 밖에 없다. 때문에 주민들의 삶의 질은 도시민에 비해 후진성을 벗어나지 못했다.

도를 포함한 동해안 광역자치단체는 2000년대 들어 환동해권 개발을 위해 다양한 전략을 마련했다. 일본 중국 러시아를 연결하는 경제·관광협의체를 구성했지만 활성화에 실패했다.

동해안 지역의 경제적 사회적 환경이 뒷받침되지 못했기 때문이다. 동해안에 사회간접시설이 확충되면 환동해권의 중심지로 우리나라의 새로운 산업 관광클러스터가 형성될 가능성이 높다.

이같은 방안을 추진하기 위해서는 U자형 국토개발이 핵심인 만큼 부산~울산~포항~삼척~고성을 연결하는 7호선 국도와 고속도로 철도 등이 조기 완공돼야 한다.

강원도내는 212.3㎞의 긴 해안선을 따라 연간 5,000만명의 관광객이 동해안을 찾고 있다.

동해안 주민들은 도시에서나 볼 수 있는 4차선 도로를 보고 싶어 한다.

대부분의 주민들은 '동해안에도 고속도로가 생기고 기차가 달렸으면…' 하는 생각을 가지고 있다. 이들이 '소외된 삶'의 의식에서 벗어나 희망을 가지고 생활할 수 있도록 이제 남은 것은 정부의 몫이다.

〈金鍊宔기자 · kys@kwnews.co.kr〉

(강원일보 2004년 11월29일(월) 3면 보도)

"정부, 동해안개발기획단 설치를"

정부는 빠른 시일 안에 '동해안개발추진위원회'를 설치해야 한다.

1988년 7월5일 국무총리실 산하에 '서해안개발추진위원회'를 설치, 서해안고속도로 건설 등 사회간접자본(SOC)투자를 촉진시켰다. 이제 국토의 마지막 남은 오지인 동해안개발을 위해 정부가 나서야 할 때가 되었다.

강원도는 동해안 개발을 위해 경상북도 울산광역시 등과 협력, 동해안 개발 공동대응에 나서기로 했다. 강원 경북 울산 등 3개 지역 연구원이 각각 1

억원을 출자, 3억원으로 연구용역을 추진하기로 했다.

내년 1월부터 12월까지 실시되는 연구용역은 국도 7호선, 동해안고속도로, 동해선철도 등 사회간접자본 시설과 관광 해양자원 개발방안을 수립하게 된다. 또 이번주 총리실, 국가균형발전위, 건교부 등에 정부차원의 '동해안개발기획단' 설치를 건의키로 했다.

동해안 지역 광역단체의 동해안 개발 공조 노력은 동해안 지역발전을 이룩하려는 몸부림이라 할 수 있다. 정부는 왜 동해안 지역 주민들과 광역단체가 변방의 상징처럼 되어 버린 동해안 개발에 발벗고 나섰는가를 알아야 한다.

강원일보는 6회에 걸친 '동해안 1,250리… 그리고 서해안 880리' 특별기획 시리즈에서 왜 변방의 상징으로 방치되고 있는가를 구체적으로 밝혔다.

부산시청 앞 '도로원표'에는 삼척 335㎞, 속초 457㎞로 표시되어 있다. 삼척~영덕구간 2차선 국도는 '한국의 오지'라는 오명을 간직하고 있다. 30여년 동안 일부 선로만 변경, 그 모습 그대로이고 주변 지역의 발전지수는 제로 상태에 가깝다.

'한국의 오지'처럼 되어 버린 동해안 개발에 착수해야 비로소 국가균형발전이 완전하게 이루어진다고 할 수 있다.

'동해안개발기획단'을 설치, 동해안 전 구간 고속도건설과 사회간접자본 투자를 서둘러야 하겠다.

(강원일보 2004년 12월1일(수) 7면 보도)

4장

삶이

지나온길

이장님 아들로 태어나

1968 농촌에서 태어나 성장한 내 삶은 어땠을까.
가장 기본적인 의식주부터 보면…
옷은 재래시장에서 싸고 편한 것을 입었다. 먹을 것은 풍족하지 않았고 라면과 고기 흰쌀밥 등이 그리웠다. 주택은 여름에는 비가 새고, 겨울에는 바람이 새는 너와집에서 살았다.

그러나 가난하다는 생각도, 배고프다는 생각도, 춥다는 생각도 없었다. 오히려 열악한 환경은 강한 생명력을 주었고, 각박한 도시생활에서도 경쟁할 수 있는 힘을 주었다.
이제 51세의 중년이지만 또 다른 세계에서 '선함과 진실함' 으로 당당하게 걸어갈 것이다.

이장님 아들로 태어나

길은 참 많다.

보이는 길, 보이지 않는 길…

가야 할 길, 가지 말아야 할 길…

아마도 길을 주제로 세상을 논한다면 끝이 없을 것이다.

난 젊은 나이에 참 많은 길을 걸어 왔다.

6살에 초등학교에 입학하고,

18세에 대학생이 되고,

24세에 언론사 기자가 되고,

38세에 강원도의원이 되고,

40세에 강원도의회 예산결산특별위원회 위원장이 되고,

42세에 자치단체장에 당선되고,

46세에 재선 자치단체장이 되고…

50세에 강원도지사 선거에 도전장을 내고…

그리고 50세에 제1야당의 중앙당 대변인까지…

강원도 산골.

전기도 안 들어오는 첩첩산중에서 신작로를 달리며 뛰어 놀던 내가 벌써 이렇게 많은 길을 걸어 왔다. 뒤 돌아 보면 매우 짧은 길인 것 같지만, 결코 짧지 않은 삶을 경험하며 살아 왔다.

나는 시골에서 태어났다.

시골 중에도 첩첩산촌이라는 산골 너와집에서 태어났다. 전기도 안 들어오는 산촌마을이다. 전기는 아마 초등학교 5학년 때 들어왔던 것 같다. 아버지는 이장님을 하셨다. 그래서 마을 사람들은 나를 보고 '이장님 아들'이라고 했다. 아버지는 시골에서 유일하게 서울에서 공부한 사람이었다.

맑고 푸른 강원도, 아름다운 사람들이 살고 있는 땅.

내가 기억하는 어릴 때 고향의 모습이다. 자연이 살아 숨 쉬는 강원도,

ㄴ 내가 태어난 너와집

너그러운 인심에 평화롭게 사는 강원도 사람들의 전형적인 모습이다. 그런 산골에서 10년을 넘게 살았고, 농사일과 온갖 힘든 일을 하면서 살았다. 바로 이런 삶이 서민의 삶이라는 것을 어른이 되어서야 알았다. 어렸을 땐 농사를 재래식으로 지었기 때문에 지게를 지고 일을 했다.

내가 살았던 곳은 나무로 밥을 하고, 나무로 난방을 하는 산골이다.
그런 곳에서 태어나고 자랐으며, 도시에 나가 대학을 졸업하고 신문사에 취직해 기자로 13년을 넘게 일했다. 기자를 그만두고 38살에 도의원에 출마해 당선됐고, 42세에는 시장에 출마해 당선되는 운 좋은 시골 촌놈이 됐다. 그리고 임기 4년을 마치고 46세에 다시 출마해 당선되는 '재선 시장'이 됐다. 지금까지 많은 어려움도 있었지만 그래도 큰 무리 없이 길을 걸어온 것 같다.

3선 단체장 도전을 고민하기도 했지만 12년 동안 한다는 것은 욕심이라는 생각이 들어 적당한 시기에 그만 두는 게 옳다고 생각했다. 대신 강

ㄴ. 할아버지 부모님 고모님 동생
그리고 4살 때의 나(앞줄)

ㄴ. 3살 때 모습(중간)

원도지사 선거에 뛰어들었으나 정치권의 이상한 논리로 경선에 참여하지도 못한 채 발을 돌려야 했다. 참 나쁜 사람들이었다. 당시 한국당 후보의 인지도와 지지도가 상대후보에 비해 현저하게 떨어짐에도 불구하고 경선 없이 후보자를 추천한 것은 아직도 이해할 수 없는 일이다. 경선이라는 민주적인 방법을 통해 후보자를 추천했더라면 당과 강원도민을 위해 더 좋았을 텐데… 홧김에 탈당도 생각했지만 당이 어려울 때 탈당하는 것은 아니라는 생각에 그대로 남아 있었다. 그리고 중앙당 대변인을 맡아 당 소속 후보들의 지원유세와 TV토론에 나섰다.

ㄴ 동네 아이들과 함께 5살 때(중간)

∟, 초등학교 6학년 때 동생들과 함께
(뒷줄 오른쪽)

∟, 중학교 입학식 때 어머니와 함께

　어릴 때 유치원은 근처에 가보지도 못하고, 초등학교도 전교생이 100명 남짓한 산골학교에서 다녔다. 우리학년은 30여명이 전부다. 유치원은 가보지 못했지만 난 만 6살에 초등학교에 입학했다. 초등학교 상급생이 되어서 아버지는 군청 소재지로 나를 전학 시켰다. 다시 말해서 '큰물에서 놀아라.' 는 뜻이다. 군청 소재지의 학교로 전학 가니 정말 딴 세상이었다. 한 학년에 6개 반이 있고, 전교생도 2,000여명이 됐다. 정말 상상도 못했던 큰물에서 놀게 됐다.

중학교에 진학해 머리를 빡빡 깎고 검정색 교복에 제법 어울릴만한 모자를 썼다. 그러나 2학년이 되어서 키가 크게 자라자 바지는 양말이 보일 정도로 짧아졌다. 난 아버지에게 큰 교복을 사 달라고 졸랐으나 아버지는 단을 늘려 입으라며 결국 사 주지 않았다. 그래서 중학교 내내 교복 하나에 단이 헤어질 정도로 낡은 바지를 입고 다녔다. 나의 중학교 생활은 남의 눈에 띄지도 않고, 그렇다고 구석에서 지내는 그런 학생도 아니었다. 아주 평범한 모습에 평범한 성적으로 학교를 졸업했다.

고등학교도 마찬가지다.

나는 산골에 있는 집에서 가장 가까이 있는 인문계 고등학교로 진학했다. 가까이 있는 학교라지만 통학할 정도의 거리는 아니었고, 통학시간에 맞춰 버스도 다니지 않았다. 그래서 고등학교 3학년 내내 남의 집과 친척 집을 오가며 하숙생활을 했다. 고등학교는 한 학년에 9개 반이 있었고, 전교생도 1,800여명에 달할 정도로 큰 학교였다. 1학년 한 때는 전교에서 상위 10%에 들 정도로 공부를 열심히 했으나 2학년 3학년에 진학해서는 평범한 성적으로 학교를 다녔다. 고등학교 3학년 때 공부를 하겠다고 머리를 빡빡 깎고 열심히 한 적도 있었지만 상위권은 아니었다.

고등학교 시절은 참 아픈 기억이 많다.

고등학교 2학년 때 난 수학여행을 가지 못했다. 학비를 제때 내지 못해 서무실(지금은 행정실)에 몇 번이나 불려가 학비납부 독촉을 받았다. 어

ㄴ. 고등학교 소풍

려운 집안 사정으로 수학여행은 생각지도 못했다. 당시 수학여행을 가지 못한 학생들은 선생님과 함께 기차를 타고 영월에 소풍을 갔다. 학교 측의 배려였다. 영월 장릉에서 사진도 찍고 나름대로 즐거운 시간을 보냈다. 지금도 장릉에서 찍은 앨범 속의 사진을 보면 수학여행을 가지 못한 아픔이 남아 있다. 그렇게 힘든 고등학교 3년을 보내고 졸업과 동시 대학에 입학해 정치외교학을 전공하면서 정치에 관심을 갖게 되었다.

1986년. 만 18세에 대학에 진학했다.

80년대는 전두환 정권 시절로 전국적으로 대학 시위가 끊이지 않았다. 대학에서 사회과학 서클(지금은 동아리)에 가입하면서부터 현실정치에 눈을 뜨기 시작했다. 선배들을 따라 이념공부를 하고 2학기부터는 시위현장에 있는 시간이 많았다. 최루탄을 마시고 돌을 던지는 민주화 현장이었다.

내가 민주화 운동에 동참하게 된 원인은 우리 집안 때문이었다.

나의 할아버지와 아버지 어머니는 늘 열심히 일하지만 잘 살지 못하고 계셨다. 시골에서는 땅이 좀 많았지만, 그건 산골 안에서의 모습일 뿐이었다. 새벽부터 일터에 나가 일하는 할아버지와 부모님은 밤늦게까지 농사일을 하고 돌아오시지만, 농협에서 대출해 준 영농자금에 늘 허덕이고 있었고 그 흔한 전화도 집에 없었다. 그 당시 나와 함께 학생운동에 참가한 학생들은 농촌출신이 많아 농민문제에 깊은 관심을 가지고 있었다.

어른이 된 지금도 어머님은 옛날 내가 살던 그 자리에서 농사를 짓고 계신다. 그래서인지 지금도 농촌이 좋고 정겹다. 3학년에 진학해서는 학원운동도 점차 조용해지고 많은 선배들은 노동운동에 참여하기 시작했다. 그 시점에 휴학을 하고 군대에 갔다.

ㄴ. 대학 졸업식(왼쪽)

육군 백골부대.

너무나 힘든 군대생활은 나에게 인내를 가르쳐 준 소중한 경험이 됐다. 자랑스러운 백골부대 병장으로 제대를 한 후 학교에 복학해서는 열심히 공부하는 취업 준비생이 됐다. 새벽부터 학교 중앙도서관에서 취업준비와 학교공부를 병행하면서 내 인생의 미래를 준비하게 됐다. 전두환 정권이 물러나고 노태우 정권이 직선제를 통해 들어섰기 때문에 학원가의 민주화 시위도 어느 정도 명분을 잃었다. 나는 학교 수업에 빠지지 않고 다시 공부에 집중해 학기 성적은 3.5를 넘겼고, 졸업 평균 학점도 겨우 3

ㄴ 육군 백골부대 복무시절(뒷줄 왼쪽)

점대를 만회할 수 있었다. 그렇게 공부를 하다 4학년 여름방학이 시작되면서 취업준비를 시작했다. 몇 곳에 원서를 넣었으나 낙방한 후 신문사에 운 좋게 취직했다.

1992년 9월1일.

만 24세의 나이에 세상 두려울 것 없는 신문사 기자가 된 것이다. 대학 4학년 2학기가 시작될 무렵 수습기자로 발령받아 언론인의 길을 걷기 시작했다. 2005년 12월31일 기자생활을 그만 둘 때까지 13년 4개월 동안 한눈 팔지 않고 기자생활을 했으니, 기자가 천직이라고 생각했다. 기자생활을 하면서 행정기관을 출입하고, 정치인을 만나면서 나도 현실에 점점 적응되어 가는 사회인이 됐다. 13년이 넘는 기자생활 동안 IMF(국제통화기금)를 겪으면서 월급을 제대로 받지 못하는 어려움도 있었다. 당시 기자들의 월급은 그렇게 많지 않았다. 때문에 선배 동료 기자들은 골프를 쳤지만, 그 틈에 끼어 골프를 배우다가 필드에 한번 나가보지 못한 채 그만 두었다. 훗날 골프를 시작했지만 시간과 돈이 있어야 즐길 수 있는 운동이라는 것을 알았다.

기자생활동안 가난하게 살았지만 사람들과의 인맥은 부럽지 않을 정도로 형성됐다. 중앙정부와 지방정부의 책임 있는 사람들을 만나면서 일 이외로 친분이 형성되어 갔다. 내가 거만하거나 남의 비리나 파헤치는 기자였다면 그런 사람들과 친분을 유지할 수 없었을 것이다. 그냥 있는 그대로 내 모습을 보였고, 그런 순수함에 사람들이 편하게 대해줬다. 기사도 공익을 위한 기사를 많이 썼다고 생각한다. 개인의 잘못 보다는 정책의 오류와 사업의 문제점을 지적하는데 중점을 뒀다.

아시아 어느 나라의 기자들은 국익에 해가 되는 기사는 쓰지 않는다는 말을 기자생활 내내 새겨두고 있었다. 나도 출입하는 광역 및 기초자치단체와 지방의회에 해가 되는 기사는 가급적 자제하고, 문제점이 있으면 사전에 알려주는 일을 많이 했다. 그렇게 해서 개선되는 것이 목적이지, 문제점을 신문 지상을 통해 지적하는 것이 목적이 아니라는 생각 때문이었다.

ㄴ 기자시절(오른쪽)

신문사 근무 내내 정치부에서 오랫동안 일했기 때문에 정치하는 사람들을 대할 수 있는 기회가 무척 많아졌다. 역대 대통령 중 김대중 노무현 이명박 박근혜 전 대통령을 후보시절 직접 만나 인터뷰를 했고, 국회의원 도지사 시장군수 등 수많은 사람들과 대화할 수 있는 기회가 많아졌다. 그런 기회를 통해 그들의 정치철학과 국가와 지역발전에 대한 생각을 알 수 있었다. 그리고 지방의원과 공무원들의 생각과 생리도 어느 정도 파악할 수 있었다. 내가 직접 그들의 입장을 경험하지 않았지만, 기자의 입장에서 그들의 생각을 파악하기에는 아주 적절했다는 생각이 들었다. 지금 생각해 보면 한편으로는 그들의 생활이 이해가 갔으나 다른 한편으로는 이해하지 못할 일들도 많았다.

2006년 1월8일.

기자생활을 청산하고 탄광촌으로 돌아왔다. 6,000만원이 조금 넘는 소형 아파트를 은행 대출을 안고 매입을 했다. 고등학교 졸업 후 탄광촌을 떠나 도시에서 줄곧 생활했지만 다시 돌아 온 탄광촌은 이미 성장 동력을 잃어가고 있었다. 인구는 부흥기 때의 절반에도 미치지 못하고, 탄광촌 사람들의 생각은 희망을 잃은 모습이었다. 이런 도시에서 도의원을 하겠다고 만 38세의 나이에 뛰어든 것이다. 선거과정을 취재 보도만 했지 막상 내가 주인공으로 선거에 뛰어들어 보니 막막함 그 자체였다. 우선 돈이 있어야 했고, 사람들이 있어야 했다. 두 가지 모두 부족했다.

그해 5월31일이 선거였는데, 1월에 이사를 온 나로서는 선거를 준비할 시간도 턱없이 부족했다. 상대 후보는 몇 년 전부터 준비를 했고, 나는 이제 막 선거판에 뛰어든 겁 없는 초년병이었다. 그렇지만 다른 생각하지 않고 당선되면 정말 이 지역을 위해 열정적으로 일을 해보고 싶다는 마음만은 누구 못지않았다. 하지만 선거 과정은 무척 어려웠다.

선거가 시작되기도 전에 사기를 당하는 일이 있었다.

주변의 소개로 운전기사 한 사람을 소개받았다. 그는 나보다 나이가 어린 사람으로 출근 첫 날 부인이 아파 병원에 입원해 있으니, 100만원만 가불을 해 달라고 했다. 그 사람의 순수함을 믿고 그날 은행에서 100만원을 찾아 그에게 주고 부인 간병도 잘하라고 일러 줬다. 선거 사무실에 새 식구가 생기자 그날 저녁 그를 데리고 삼겹살집에 가서 소주도 한잔 하면서 잘 해보자고 약속했다. 그렇게 화기애애한 분위기로 새 출발을 다짐했으나, 그는 다음날 출근하지 않았다. 전화도 연결되지 않고 그의 집을 찾아가도 사람은 없었다. 완전히 사기를 당한 것이다. 어떻게 이런 일이 벌어질까? 나에게 100만원은 너무나 큰돈인데, 벼룩의 간을 빼 먹지 하필 나 같은 사람에게 사기를 칠까. 그것도 기자출신인 나를 상대로 사기를 치다니. 정말 분노가 치밀어 올랐다. 하지만 마음을 가다듬으며 다시 수습을 하고, 내가 직접 운전을 하면서 선거운동에 몰입했다. 그러던 중 5일 장이 열리는 장터에서 그를 만났다. 당장 그를 붙잡고 한 대 때려주고 싶었으나 참을 수밖에 없었다. 그리고 큰 소리를 지를 수도 없었다. 난 조용히 '내일 사무실로 출근하라.'는 말만 하고 유권자들을 상대로 선거운동을 했다. 그는 알았다고 대답했으나 다음날 출근하지는 않았고, 지금도 어디서 무엇을 하는지 모른다. 내가 사기를 당한 것은 태어나서 아마 처음인 것 같다.

본격적인 선거운동이 시작되자 나에게도 사람들이 몰리기 시작했다.

개인적인 친분을 맺었던 유명 인사들도 탄광촌을 찾아 나의 선거운동을 도왔고, 덕분에 승리할 수 있다는 자신감도 생겼다. 사람들도 자발적으로 몰려들기 시작했다. 선거는 돈이 있어야 한다는 공식은 내게 필요 없게 됐다. 공천 과정에서 4명이 경쟁해 어렵게 통과했지만, 본선 또한 4명이 출사표를 던져 치열한 경쟁을 펼쳤다. 전직 도의원 시의원 등이 후보로 나선 틈새에서 어려운 선거운동을 펼쳤다. 그해 5월31일 실시된 지방선거에서 간신히 당선됐다.

그때가 만 38세. 지금 생각하면 참 젊은 나이다. 30대에 도의원을 할 수 있었던 것은 두려움 없는 도전 정신이 있었기에 가능했다고 생각된다.

도의원 생활은 비교적 순탄하게 진행됐다.

나는 상임위원회를 강원도의 특성을 살려 관광건설위원회를 택했다. 관광건설위원회는 강원도가 역점 추진하는 관광산업과 도로건설 등 가장 필요로 하는 분야를 다루는 위원회다. 의정생활을 하는 동안 다른 의원들과 비교해 눈에 띄는 행동은 가급적 자제했다. 이미 도의회를 10여년 출입하면서 의회의 생리와 다선 의원들의 면면을 잘 알고 있었지만 그렇다고 내가 나서는 것은 초선의원으로서 예의가 아니기 때문이었다. 지역구에서 춘천까지 오가는 일은 쉽지 않았다. 나중에 의원생활이 끝나는 날 알았지만 자동차 계기판을 보니 지구 3바퀴를 돌 정도로 많이 뛰어 다녔다는 것을 알 수 있었다. 나는 얼마 후 그 차를 중고시장에서 32만원을 받고 팔았다.

도의원생활 2년이 지난 후 난 예산결산특별위원장에 당선됐다.

∟ 강원도의회 예산결산특별위원장 시절

강원도와 강원도교육청의 연간 예산을 합하면 5조원이 넘는데, 이 예산을 심사하는 최고의 자리에 있었던 것이다. 그 때가 내 나이 만 40세였다. 경험도 부족한 40세의 젊은 의원을 다른 의원들이 예결위원장으로 선출해 준 것이다. 돌이켜 보면 참으로 고마운 일이고, 나에게는 엄청난 경험을 안겨 준 사건이었다. 예결위원장을 하면서 재정운영이 얼마나 중요한 것인가를 알 수 있었다. (훗날 태백시장에 재직하면서 시 자체부채를 제로화 시킨 것도 예결위원장의 경험이 뒷받침 됐다고 생각한다.)

　　자치단체장의 의지에 따라 편성되는 예산은 말 그대로 선심성이 아니라 도민을 위해 사용돼야 하는 것이다. 때문에 예결위원 회의가 열리는 날이면 집행부와 저녁식사를 하며 사전 간담회 자리를 마련하는 것도 없앴다. 예결위원들이 집행부의 로비에 따라 예산을 삭감하고 증액하는 일을 사전에 만들지 않겠다는 의지였다. 그런 의지가 예산안을 소신껏 심사할 수 있는 계기가 됐다.

　　나는 도의원 생활을 하면서 특별한 직업을 갖지 않았다.

　　의정활동비로는 부족했지만 다른 직업을 갖고 의정활동을 한다는 것은 자칫 소홀할 수 있었기 때문이었다. 다만 의정활동비를 아끼고 아껴서 나름대로의 삶을 살아갈 수 있었다. 그러면서 시간이 나면 글을 썼다. 그렇게 모안 둔 글이 나중에 책 한권을 만들 정도로 방대한 양이 됐다. 2009년 '비탈길 그 사람' 이라는 제목으로 처음 책을 출판했다. 그해 겨울 지역구에서 출판기념회를 갖고 시장에 출마하기로 결심했다.

내 나이 만 41세.

만 41세의 젊은 나이에 시장에 출마한다고 발표하니 모두들 놀랐다. 대부분의 의견은 "도의원 한 번 더 하고 출마하지 너무 빠른 것 아니냐." 는 반응이었다. 나도 틀린 얘기는 아니라는 생각이 들었다. 하지만 도의원을 한 번 더 한다고 시장이라는 자리가 나를 기다려 주는 것은 아니라는 생각이 앞섰다. 주변의 조언에도 불구하고 그해 겨울 지역에서 가장 어렵고 힘들게 사는 마을인 철암동 재래시장에서 출마선언을 했다. 물론 결정적으로 출마결심을 하게 해 준 선배님들도 함께 했다.

대부분 후보들이 시청 기자실에서 기자회견을 갖고 출마선언을 했지만 그 반대로 가장 어려운 동네의 재래시장에서 출마선언을 한 것이다. 그 동네는 동(洞)지역 중 유권자가 가장 적은 곳으로 표를 의식한 행보도 아니었다. 그것은 언론으로부터 주목받기 위해서 그런 것도 아니고, 다른 후보들과 차별화를 시도하기 위해 그런 것도 더더욱 아니다. 다만 이렇게 어려운 지역에서 당당하게 출마선언을 하고 어려운 지역을 한번 제대로 만들어 보겠다는 의지를 보여주기 위한 것이었다.

그 날은 폭설이 내려 일부 기자들은 출마선언을 재래시장이 아닌 기자실에서 해 달라고 요청했지만, 사진을 찍어 언론에 알리기 위한 기자회견은 아니기 때문에 그대로 재래시장에서 출마선언을 하겠다고 했다. 결국 출마선언은 인구가 가장 적은 동네의 썰렁한 재래시장에서 지인 몇 명이 참여한 가운데 조용하게 진행됐다.

시장 출마를 선언해 놓고 유권자를 만나러 다녀보니 대부분 냉랭했다. 너무 빠르고 젊은 나이가 아니냐는 반응이 많았다. 그렇지만 지역의 문제를 냉정하게 진단하고, 시장에 출마하는 이유를 확실하게 인식시키는 것이 중요했다.

1차 관문인 공천은 본선보다 더 치열했다.

현직 시장이 출마선언을 한 상태였고, 재선 국회의원을 지내면서 상당한 인지도를 자랑하는 전직 국회의원이 선거전에 뛰어 들었다. 또한 재경 시민회장을 지내고 동문 선배인 서울 유명대학의 겸임교수도 출사표를 던지고 공천경쟁에 나섰다. 나와 경쟁하는 후보자 대부분이 나보다 더 뛰어난 스펙을 가지고 있었고, 인지도와 조직력 모두 월등하게 앞섰다. 그동안 지역의 각종 선거에서 수많은 경험을 한 '프로'들이 상대 후보캠프에 포진해 있었다.

나는 겨우 고등학교 및 대학선후배와 친척, 변화와 개혁을 바라는 뜻 있는 지인들로 선거캠프를 차리고 본격적인 선거운동에 들어갔다. 말 그대로 순수한 '아마추어'들로 구성된 선거캠프였다. 공천은 출사표를 던진 4명이 나서 면접과 여론조사를 거쳐 어렵게 내게 주어졌다. 그 과정은 이루 말할 수 없을 정도로 치열했지만 결국 승리는 순수함을 바탕으로 선거전에 나선 아마추어들의 승리였다.

본선 또한 치열했다.

공천경쟁에서 탈락한 현직 시장이 무소속으로 출마를 선언했고, 상당한 인지도를 자랑하는 전직 시의회 의장 2명이 본선무대에 뛰어 들었다. 후보등록 결과 후보로 나선 사람은 4명이었다. 도의원에 출마할 때도 공천경쟁률이 4대1, 본선경쟁률도 4대1 이었다. 시장에 출마해도 공천경쟁률은 4대1 이었고, 본선 경쟁률도 4대1 이었다. 참으로 아이러니하게 예선과 본선에서 모두 4명이 나섰다.

당시 한나라당 공천이 내게 주어지자 나와 뜻을 함께 하는 사람들은 점점 늘어났다. 10여명으로 시작한 선거 조직은 100명이 넘었고 나름대로 구색도 갖추어 졌다. 하지만 언론사에서 실시한 여론조사 결과 무소속으로 출마한 현직 시장이 1위로 발표되고, 난 2위에 머물렀다. 선거 운동원들의 실망은 이루 말할 수 없이 컸다. 나 역시 희망이 점차 사라져 가는 느낌을 받고 실의에 빠졌다.

그러나 멈출 수 없었다. 위기 타파는 결국 후보자 본인이 해야 한다. 하루 동안 고민을 거듭한 끝에 다음 날 선거운동원 전원을 소집했다. 그 자리에서 1시간이 넘도록 지역발전을 위한 내 소신을 밝혔다.

'변화… 진화… 그리고 창조'
선거 때 내 걸었던 캐치프레이즈다.
우리지역에 왜 변화가 필요하고 변화를 통해 새로운 사회로 진화해야 하고, 그리고 새로운 지역으로 창조돼야 한다는 의지를 강하게 어필했다. 그리고 시작도 하기 전에 패배감에 사로잡힌다면 우리는 영원히 이 상태로 머물 수밖에 없다며 분발을 요청했다. 선거운동원들은 돈을 보고 모여든 사람이 아니다. 대부분 자발적으로 지역을 변화시키기 위해 모여든 순수한 시민들이었다. 그들의 열정 또한 대단했다.

선거경험이 없는 사람들이 대부분이고 젊은 나를 중심으로 새로운 세상을 만들어 보자는 사람들이 자발적으로 모여 들었다. 그렇기 때문에 그들의 마음은 다시 하나로 모아졌다. 지금보다 더 열심히 뛰고, 자발적으로 선거운동을 하는 자원봉사자도 점점 늘어났다. 때 마침 실시한 TV토론에서 나의 소신을 '선함과 진실함'으로 시민들에게 알릴 수 있는 기회가 주어졌다.

몇 차례 실시한 TV토론을 통해 지지도는 점차 상승하는 것을 느낄 수 있었다. 급기야 선거 막판에 가서는 마침내 상대 후보를 앞섰다는 자신감이 들었다. 재래시장 상인들과 서민들로부터 많은 지지를 받았고 당선될 것이라는 예감이 들었다.

하지만 문제가 발생했다.

법적으로 후원회가 결성돼 선거비의 50%를 모금할 수 있었지만 모금액은 목표치의 절반에도 미치지 못했다. 결국 공식 선거운동원들의 일당을 지불하지 못하는 사태가 다가왔다. 분위기가 점점 상승되는 상황에서

운동원들의 일당을 지불하지 못하는 상황이 알려지면 치명타를 입을 게 분명했다. 급전이 필요했다. 결국 친척들에게 손을 벌렸다. 친척들에게 돈을 빌려 운동원들의 월급을 시일에 맞춰 지급할 수 있었다. 정말 돈 때문에 눈물이 난다는 말을 실감할 정도였다. 나중에 선거경비 보전을 받아 빌린 돈을 되돌려 드렸지만, 이자도 받지 않은 친척분들게 진심으로 감사드리고 싶다.

선거는 치열했다.

각종 음해성 유언비어가 난무하고, 말도 못할 비난이 이어졌다. 아마추어 선거팀으로 구성된 선거캠프는 상대팀의 흑색선전에 대응할 수 있는 방어능력이 전혀 없었다. 정책과 지역에 대한 비전으로 선거운동을 하던 우리 캠프는 마타도어로 얼룩진 선거판에 속수무책으로 당했다. 일부에서는 기자회견을 열어 흑색선전에 대응하자는 얘기도 있었으나 오히려 화를 부풀릴 수 있다는 생각으로 자제하기로 했다. 하지만 주변을 둘러싸고 나오는 흑색선전은 이루 말할 수 없었다. 그런 얘기들을 주변으로부터 들었지만 침묵으로 일관했다. 모두가 사실이 아니기 때문이었다.

선거과정에서 알았지만 선거운동에서 나오는 비방은 득표에 별 도움이 되지 않는다. 대한민국의 모든 선출직 후보들은 명심해야 할 것이 있다. 상대 후보를 비방해 선거에 이기려고 하는 생각은 반드시 버려야 한다. 이젠 유권자들도 상당히 성숙해 있다. 아니 후보자들보다 더 많이 알고, 더 냉정하게 판단하는 것이 유권자이다. 과거 인터넷이나 TV 신문 등이 일반적으로 보급되지 않은 사회에서는 후보자의 학력이나 정보력이 유권자들보다 뛰어날 수 있었다.

그러나 시대는 변했다. 유권자들이 신문과 TV뉴스를 후보자보다 더 많이 보고, 인터넷도 더 많이 활용해 정보력이 뛰어나다. 또한 학력 수준도 후보자들보다 뛰어난 유권자들이 많다. 이런 세상에 상대후보에 대한 흑색선전과 비방으로 표를 얻으려고 한다는 것은 정말 아둔한 생각이다. 유권자들의 의식수준을 무시하는 것이야 말로 낙선의 지름길이다. 반드시 자신의 당당한 소신과 정책을 통해 선거에 나서는 양심 있는 후보자가 되길 권유해 본다.

2010년 6월2일.

치열했던 선거운동이 끝나고 임기 4년의 선량을 뽑는 선거일이 다가왔다. 아침 일찍 투표를 하고 지인과 함께 동해안으로 갔다. 이제는 운명에 맡겨야 한다는 생각 밖에 없었다. 함께 한 지인들과 동해바다에 가서 바다를 보며 스트레스를 날렸다. 점심으로 자장면을 먹고 돌아오는 길에 시골집 냇가에서 물고기를 잡았다. 골뱅이도 주웠다. 그렇게 하루가 끝나고 오후 7시를 넘기자 개표가 시작됐다. 나는 지인들과 함께 시내에서 개표상황을 지켜봤다.

처음부터 조금씩 앞서 나가는 상황이 계속됐지만 결과를 장담할 수 없었다. 조마조마하게 가슴 조리는 순간은 계속됐고 밤 12시를 조금 넘기자

확신이 섰다.

　온 몸에 전율이 느껴지고 가슴은 벅찼다.

　'만 42세… 내가 당선이라니…'

　TV에서 당선이 확실시 된다는 자막을 보고, 참모진들로부터 최종 개표 상황을 전달받았다.

　당선이었다.

　선거사무실로 갔다.

　이미 수 백 명의 지지자들이 있었고, 나는 언론의 집중 조명을 받았다. 그렇게 힘든 선거과정의 아픔이 한 순간에 모두 치유되는 순간이었다. 아마추어들의 진정한 승리였다. 내로라하는 지역의 선거 전문가들이 빠진 상태이고, 대부분 초보들로 구성된 선거캠프의 완벽한 승리였다. 그들의 고마움을 지금도 잊을 수 없다. 돈도 없었고, 조직도 초라하고, 순수한 양심 하나로 지켜온 값진 승리였다. 그리고 젊은 나를 선택해 준 시민들에게 무한한 감사의 마음을 전했다. 다음날 아침 어머님과 단 둘이서 아버님 산소를 찾았다. 소주 한 병과 오징어 1마리를 가져가서 절을 하고 아버님께 당선 사실을 알렸다.

　'이 순간 아버님이 살아 계셨으면 얼마나 좋을까.'

　지금도 가끔 그런 생각을 한다.

　2010년 7월1일.

민선 5기 제14대 태백시장 취임식이 열리는 날이다.

아침 일찍 차를 타고 충혼탑을 찾아 헌화를 하고 취임식장을 찾았다. 800여명의 초청 인사들이 모인 가운데 취임 선서와 함께 임기 4년을 시작했다. 취임선서를 통해 지역발전에 대한 비전을 제시하고, 행사장에 찾아다니는 시장이 되지 않겠다고 약속했다. 이 약속은 임기 4년 동안 지켜왔고 공직생활을 하는 동안 계속해서 지켰다. 취임 6개월은 스스로 수습기간이라 생각하고, 업무 파악과 정례화 된 관행을 깨는 데 초점이 맞춰졌다. 그리고 재정건전화 등 기초가 튼튼한 지역을 만들고, 주민들의 삶의 질 향상에 주력하기로 했다. 임기동안 600여 억 원에 이르는 부채를 모두 상환하고, 황지연못 정비사업 주거환경 개선사업 등을 통해 우리지역을 깨끗하고 쾌적한 환경을 만드는데 전력을 기울이기로 했다. 거대한 시설물을 만들어 임기 중 치적사업으로 홍보하는 것은 절대 금물로 생각했다. 그리고 부족한 사업비를 확보하기 위해 서울로 부산으로 춘천으로 발로 뛰는 시장이 되겠다고 약속했다.

그 결과 시가 직접 안고 있는 채무는 2014년 제로화 시켰다.(나중에 보증 채무를 안았기 때문에 부채 없는 태백은 1년을 채 가지 못했다.) 재정자립도도 강원도 1위를 달성했다. 그리고 낙동강의 발원지인 황지 연못도 맑은 피를 수혈해 시민의 품으로 돌아가 각종 문화행사와 더불어 쾌적한 공간으로 자리 잡았다. 시내에 어지럽게 늘려 있던 전선도 지중화 사업이 완료돼 깨끗한 하늘을 볼 수 있게 됐다. 부도심 뉴타운 개발과 뉴빌리지운동 등으로 제2의 새마을 사업이 시작돼 정부 정책평가에서 최고의 상을 받기도 했다.

그리고 정부합동 평가에서 강원도 1위를 달성해 '행정 경험이 없는 젊은 시장'의 이미지를 완전히 쇄신했다. 내적으로는 사회단체 보조금, 업무 추진비, 공무원 인건비, 경상비, 언론사 홍보비 등 줄일 수 있는 예산은 모두 줄여 부채를 상환하는데 주력했다. 외적으로는 생활환경 개선사업을 펼쳐 공원 조성, 둘레길 조성, 임대아파트 건립, 농어촌 특별전형 선정 등을 비롯해 문화 역사 관광 교육 등 내실 있는 사업을 차근차근 진행했

ㄴ. 태백시장 초선시절 연탄공장 방문

다. 물론 진행 과정에서 시행착오도 있었지만 과거와 같이 빚을 내 사업을 하지는 않았다. 때문에 튼튼한 기초를 다지는 데는 어려움이 많지 않았다.

  그러나 임기 4년 동안 어려운 점이 한 두 가지가 아니었다.

  때로는 '내가 왜 여기에 있는가.'라는 생각이 들 정도로 포기하고 싶을 때가 많았다. 2차례의 주민소환 위기를 맞았고, 지역사회의 분열은 갈등의 단계를 넘어 충돌의 위험까지 갔다. 잠을 잘 수 없어 약을 먹어 보기도 했고, 어지러움 증세로 병원에 입원하는 날도 있었다. 그러나 흔들리지 않았다. 굴복하지도 않았다.

  다소 조용한 성격이지만 바른 길을 위한 것이라면 굽히지 않았다. 그래서 일부 사회단체장들은 나를 보고 '고집불통'이라고 했다. 좋게 표현하면 '소신 있는 행동'이지만 그들의 시각에서는 고집불통으로 보여 질수 있다고 생각했다. 어릴 적 부모님은 나에게 각자의 철학을 가르치셨다.

  아버지는 "절대 정직"을 강조했고, 어머니는 "목에 칼이 들어와도 할 말은 하라."고 말씀 하셨다. 지금도 부모님이 가르쳐 주신 교훈이 무엇이냐고 물으면 이 두 가지를 말한다. 그래서 시정을 운영하는 동안 정직하게 일했고, 바른 길이 아니면 타협과 굴복이 없었다.

  그렇게 힘든 4년의 임기가 끝나고 재선에 도전하게 됐다.

'재선 도전을 할까 말까.'

정말 많은 고민을 했으나, 지금까지 해 왔던 유럽풍 도시 조성을 위해 멈출 수 없다는 생각으로 다시 뛰어 들었다.

그때가 만 46세.

선거가 다가오자 또 다시 경쟁자가 나타나 공천부터 치열한 싸움이 시작됐다. 당원투표와 여론조사 과정을 거쳐 3명의 후보자 중 1위를 차지해 다시 공천을 받을 수 있었다. 본선은 가장 어렵다는 1대1 구도로 치러졌다. 나를 포함한 야당 후보자 1명 등 모두 2명이 출마했고, 무소속 출마자는 한명도 없었다.

선거는 치열하게 전개됐다.

후보자 본인들 보다 주변 지지자들에 의한 흑색선전과 마타도어가 난무했다. 그러나 나는 진흙탕 싸움에 끼어들지 않고 정책으로 승부수를 던졌다. 그 결과 내가 출마한 역대 선거 가운데 가장 많은 지지율로 당선됐다. 득표율이 무려 57%를 넘었다. 조금은 자신감이 있었지만, 그래도 끝까지 긴장을 늦추지 않고 선거에 임했다. 늘 그렇듯이 최선을 다하는 것이 아름다움인 것이다. 선거는 쉬운 것이 하나도 없다. 항상 긴장하고 뛰어다녀야 하는 것이 선거다. 그런 선거를 몇 번 겪으면서 조금씩 노하우도 쌓여갔다. 덕분에 무난히 재선에 성공할 수 있었다. 많은 지지를 보내 준 주민들에게 진심으로 감사드리고 싶다.

2014년 7월1일.

민선 6기 태백시장 임기가 시작되는 날이다.

만 46세.

내 나이에 벌써 두 번째 시장에 취임하는 것이다. 2010년 민선 5기 초선 시장에 취임할 당시 화려하게 진행했던 취임식은 하지 않기로 했다. 대신 농촌지역을 방문해 농가일손을 돕는 것으로 임기를 시작했다. 오후에는 농민단체와 간담회를 통해 소통의 행보를 이어갔다. 민선 6기에도 수많은 현안과 굴곡의 시간들이 지나갔다. 그러나 이러한 것이 나의 길이라고 생각했다. 젊은 나이에 재선시장에 당선되자 입지가 더욱 단단해 진 반면에 기득권자들의 도전도 많았다. 지역은 관광사업 개발로 수천억 원의 빚을 지고 있었고, 이를 해결하지 못하면 도시는 파산할 것이라는 언론 보도가 연일 이어졌다. 나 역시 시정을 수행하면서 이 문제에 자유롭지 못했다. 전임 시장이 펼친 사업이라고 나 몰라라 할 수는 없는 것이었다. 재선시장에 취임해 오투리조트 매각과 국비 확보를 위해 더 열심히 뛰어 다녔고, 그동안 맺어진 인맥을 토대로 지역의 최대 현안인 오투리조트는 성공적으로 매각할 수 있었다. 이 자리를 빌려 폐광지역 경제회생과 기업이윤의 사회 환원이라는 큰 결단을 내려주신 이중근 부영회장님께 감사를 드리고 싶다. 이 일은 '공기업 기업회생 1호'라는 수식어가 따라 다녔고 국내는 물론 해외에서도 많은 관심과 언론보도가 이어졌다.

오투리조트 성공매각과 재정건전화 등 쓰러져 가는 지역을 다시 정상 괘도에 올려놓은 만큼 이제는 더 많은 일을 하고 싶었다. 기초단체장으로 한계에 부딪히는 사안들을 풀기 위해서는 권한이 더 많은 곳을 선택해야

겠다는 욕구가 점점 커져갔다.

내 나이 이제 50.

└. 초선시장 당시 교류도시인 핀란드 대표단 접견

└. 재선시장 당시 육군참모총장과 오찬

3선 도전을 고민했지만 지역의 더 큰 발전을 위해 강원도지사에 출마하기로 마음먹었다. 도지사에 당선되면 강원도를 위해 더 많은 일을 할 수 있고, 지역발전도 지금보다 속도를 낼 수 있다는 확신이 들었기 때문이다. 42세에 시청에 들어가 8년 여간 정들었던 사무실을 떠날 땐 마음이 아팠다. 그동안 젊은 시장을 보좌해 큰 어려움을 함께 겪고 풀었던 동료

ㄴ 재선시장에 취임해 부도 위기의 도시를 살리는데 열정을 다했다.

공무원들의 얼굴을 보는 순간 눈물이 나왔다. 하지만 지금 완전하게 떠나는 것이 아니라 또 다른 곳에서 일할 수 있다는 생각으로 무거운 발걸음을 옮겼다.

2018년 3월15일.

그렇게 시청을 떠났다.

그리고 춘천에 베이스캠프를 마련하고 본격적인 선거운동에 들어갔다. 도지사 선거는 시장 선거와 달리 중앙정치권과 밀접하게 연결돼 있었다. 여의도를 수차례 방문하고 당시 당 대표였던 홍준표 대표와 중앙당 핵심 당직자 등을 만나 경선에 참여하겠다고 했다. 홍 대표도 경선이 필요하다고 했고 강원도내 상당수 국회의원들도 경선의 필요성에 공감했다. 그러나 정치판에는 배신자가 꼭 있게 마련이다. 그렇게 많은 사람들이 당연하게 생각하던 경선은 하루아침에 물 건너갔다. 중간에 배신자가 나타난 것이다. 배신자는 경선 없이 특정후보를 전략공천 하는데 일조했다.

당선을 위한 것인지, 특정후보에게 공천을 주기 위한 것인지… 정말 알 수 없는 일이 정치권에서 벌어졌다. 잘못된 공천으로 도지사 선거는 무참히 패배했고 책임지는 사람은 한명도 없었다.

2018년 지방선거는 그렇게 허무하게 끝났다.

도의원 4년, 시장 8년…

12년 동안 지역주민의 사랑을 받았지만, 고마웠다는 인사도 제대로 못한 채 공직에서 물러났다. 난 도지사 선거에 출마해 '작은 도시에서도 도지사를 할 수 있다'는 당당함을 시민들에게 보여주고 싶었다. 물론 선거에 출마하지는 못했지만 끝은 분명 아니라고 생각한다. 이 책을 쓰면서 태백시민들에게 꼭 하고 싶은 말이 있다.

"정말 고맙고 감사했습니다. 좀 더 많은 분들과 상의해서 진로를 결정해야 했지만 주변 여건상 그렇게 하지 못했습니다. 하지만 시민 여러분과 맺은 인연은 끝이 아니라고 생각합니다. 시민 여러분과의 인연을 늘 소중하게 생각하고 앞으로도 더 감사하는 마음을 안고 생활하겠습니다. 여러분 정말 사랑하고 고맙습니다."

특히 3선을 기대하고 그동안 적극 지지해 준 많은 분들께 미안하고 죄송한 마음이 가득했다. 지역을 위해 다시 일할 수 있을 기회가 오면 더 좋은 모습으로 보답할 것이라는 다짐도 했다. 더 열심히… 더 성숙하게…

앞으로 또 어떤 길이 내 앞에 나타날지 모르겠지만, 지금 주어진 길을 당당하게 가고 싶다.

지금도 나 자신에게 질문을 던진다.

'너는 왜 정치를 하는가?'

내가 내린 정답은 '애향심'과 '애국심'이다.

나보다 지역과 국가를 위해 일하고 싶은 마음이 간절하기 때문이다.

시골 이장님의 아들로 태어난 촌놈. 여름이면 비가 새고, 겨울이면 바람이 새는 너와집에서 원시적인 생활을 했던 산골 아이. 남보다 일찍 학교에 입학하고, 사회경험을 하면서 잃지 않은 순수함. 난 앞으로 그런 선함

내 나이 51.

참 많은 일을 했고, 많은 길을 걸어 왔다. 참 힘들었다. 남들에게 공개적으로 평가를 받는다는 것은 쉽지 않은 일이다. 아마도 '젊음' 때문에 도전이 가능했고, '솔직함' 때문에 지금까지 잘 살아왔다고 생각된다. 좀 부족해도 가식 없이 있는 그대로의 모습을 보였고… 늘 그렇게 살려고 많은 노력을 해 왔다.

나는 어려서부터 도로에 관심이 많았다.

도로에 관심이 많다보니 자연스럽게 지리에도 관심을 갖게 되었다. 어린 시절 집 앞 도로는 신작로였다. 포장도 안 된 신작로에서 친구들과 어울려 흙을 밟으며 놀았다. 그러다가 세월이 지나면서 포장이 됐고 차들도 제법 다닌다.

1990년대 초반 대학을 졸업하고 강원도에서 기자생활을 하면서 늘 느낀 것은 '왜 강원도에는 고속도로가 많이 없을까' 라는 생각이었다. 요즘도 지도책을 펼쳐보면서 백지상태에 가까운 강원도 도로망을 보고 안타까움을 느낀다. 수도권과 영남권은 거미줄처럼 고속도로망이 그려져 있다. 요즘은 충청권과 호남권도 고속도로망이 점점 늘어나고 있다. 그러나 강원도는 중앙고속도로와 영동고속도로 동해고속도로가 전부다. 그것도 연장은 얼마 되지 않는다. 몇 년 전 서울~양양 간 고속도로가 개통됐지만 아직도 다른 지역에 비해서는 열악한 상태이다.

10여 년 전 강원도의원 재직시절 강원랜드에서 열린 지역발전 토론회에 참석했다. 패널로 참가한 나는 그동안 머릿속에서 생각했던 그림을 밝혔다. 그것은 다름 아닌 원주~태백~울진 간 고속도로 건설이다. 수도권 주민들이 영동고속도로를 통해 태백권과 경북 북부 동해안을 곧바로 진입할 수 있도록 고속도로 개설이 필요하다고 주장했다. 이곳에 고속도로가 개설되면 속초 강릉 등 강원 중북부권 동해안에 집중돼 있는 관광객과 피서객을 강원남부와 경북 북부지방으로 분산하는데 엄청난 효과가 있을 것이다.

이 같은 주장이 2015년 현실로 다가왔다.

도의원 시절에 주장했던 내용이 6~7년이 지난 후 공론화 된 것이다. 노선은 경북 울진에서 강원 동해 삼척으로 변경됐지만 우리가 추진하는 동서고속도로와 별 차이가 없다.

자치단체장 재임시절 동해 삼척 태백 영월 정선 단양 제천 충주 음성 진천 안성 평택 등 12개 시장 군수들이 모여 동서고속도로 추진협의회를 만들었다. 당시 나는 이 협의회를 주도적으로 창설했고 덕분에 초대 회장을 맡았다. 협의회 회장을 하면서 국토부 장관도 만나고 여야 정치지도자들을 만나 조기 착공을 강력히 주문했다. 앞으로도 이 문제는 나의 최대 관심사중 하나가 될 것이다.

강원도의 도로 상태는 한 마디로 동맥경화이다.

도로는 국토의 대동맥이라고 하지만 강원도의 도로는 동맥경화 상태이다. 맑은 피가 제대로 공급되지 않은 상황에서 다른 무엇을 기대하기란 쉽지 않다. 매년 초 각급 기관단체와 회사 등에서 발행되는

다이어리 뒤편에는 전국 지도가 그려져 있다. 지도책을 한번 보라. 그곳에 표시돼 있는 고속도로를 보면 강원도의 열악한 도로상황이 한눈에 들어온다. 전국이 균형발전을 통해 건강한 국토를 유지할 수 있듯이, 강원도에도 고속도로와 고속철 등을 조기 건설해 막힌 동맥을 뚫어야 한다. 이는 정부의 절대적인 관심이 있을 때 가능한 일이다.

강원도 사람들은 길을 잃고 산다.
평생을 고속도로 한번 구경 못한 사람도 있다. 강원도에 고속도로와 철도 등이 빨리 건설될 때까지 우리는 노래를 부를 것이다. 바로 '길을 노래하는 사람들' 처럼 우리는 쉼 없이 달려갈 것이다.